他们的伊甸园

潘碧曦 著

海峡出版发行集团 | 海峡文艺出版社

图书在版编目(CIP)数据

他们的伊甸园/潘碧曦著. —福州:海峡文艺出版社,2020.6
ISBN 978-7-5550-2230-5

Ⅰ.①他… Ⅱ.①潘… Ⅲ.①长篇小说—中国—当代 Ⅳ.①I247.5

中国版本图书馆CIP数据核字(2020)第252618号

他们的伊甸园

潘碧曦 著
责任编辑 蓝铃松
编辑助理 张琳琳
出版发行 海峡文艺出版社
经　　销 福建新华发行(集团)有限责任公司
社　　址 福州市东水路76号14层　　**邮编** 350001
发 行 部 0591—87536797
印　　刷 福州万达印刷有限公司　　**邮编** 350008
厂　　址 福州金山橘园洲工业园仓山园19号楼
开　　本 890毫米×1240毫米 1/32
字　　数 250千字
印　　张 11.125
版　　次 2020年6月第1版
印　　次 2020年6月第1次印刷
书　　号 ISBN 978-7-5550-2230-5
定　　价 36.00元

推荐序

郑润良

《他们的伊甸园》我几乎是一口气读完的，可见小说故事相当具有吸引力。这部作品语言优美精当，人物形象鲜明，悬念设计巧妙，细节生动，叙事节奏把握得很好，这些都显示了作者扎实的叙事功底。就主题而言，文明与野蛮的悖论、东南亚华人的苦难启人深思，但由于叙述时焦点过多集中于主人公冰儿的爱情之旅，使这两个主题在深度开掘上有所不足。小说文字清新可感，糅合了爱情、历史、探险等诸多元素，如果作为一本青少年读物，有利于拓宽他们的历史视野，深化他们的人文意识。

（郑润良，青年评论家，厦门大学博士后）

目录

第一章

维多利亚港

1

当我再次见到他时，我的视界已经模糊了，凭借记忆，我还是从朦胧的人群中找到了他。六十年前一脚踏出国门时，我便坚信一定会再相遇。是的，在有生之年我真又见到他了。然而眼前的他已今非昔比。他孱弱得连拍只苍蝇的力气都没有了，当年他可像古罗马角斗士那般壮实有力。

我极力睁大眼睛看他，从那岁月的刻痕里搜寻记忆中年轻的碎片。我像做梦一样，立刻飘回那个苍老而遥远的年代。在那个美丽而宁静的小山村，在村子唯一一条像样的小巷子里，冒出了一个纯朴而憨厚的微笑。那是个极其普通而略带年轻羞涩的微笑，我母亲可能一辈子都无法想象，那个微笑一瞬间就深深地烙在了女儿大半辈子的思念里。或许，人与人之间就是有某一种神秘的力量在牵引着。否则为什么在一个偶然的瞬间被一个陌生而寻常的微笑征服呢？我至今也无法解释那个偶然的感动。没有过多的客套和礼仪，没有言语暗示，没有肢体触摸，有的就是一个自然人发动三叉神经后让面部神经展露一种自然的被称作“微笑”的东西。这个寻常而自然的东西却深深地感动了我，它用一种超乎现实的神奇力量牵动了我的大脑波，大脑波被输入解码信息，我的感情中枢被攻破，我喜欢上他了。这样的解释不知大家是否满意，但是除此之外，我无法说清了。

一个省城来的姑娘就是在一瞬间带着她年轻的灿烂爱上了一个寒酸的乡下小伙子。

要问那是某年某月的事，已经记不清。母亲离开那村庄十几年了，也就是说那次是十几年后母亲首次带着我返回故乡。之前，我压根儿没想过要跟母亲一起走进那片闭塞而落后的土地。是母亲的坚持，为实现外祖父落叶归根的遗愿。出于对外祖父的爱，我便随了母亲一起回到了生养母亲多年的小山村。当那个小巷口遇见他时，我是抱着省城的偏见与傲慢审视他的，当我的眼睛停留在他那帅气而野性的脸上时，他以独特的微笑迎候我的审视，就在那一瞬间，那微笑像一个磁场，紧紧地吸住了我，我不可抗拒地被吸进了那不可见的引力里。母亲说他叫吴一民，是外祖父的远房族亲，双亲已故，是随着叔叔长大的。叔叔是乡学堂里的教习先生，而他一直都是叔叔学堂里的“正课生”。那一年他刚完成国民中学学业，他想上大学，可是大学的门槛离穷人很遥远，叔叔无能为力。母亲说他是个聪明好学的年轻人。我极力怂恿母亲将他带回省城。我说，父亲或许用得着。或许是我的怂恿起了作用，母亲真的带他回省城了。他的命运被两个女人改写了，他原本是打算追随叔叔到学堂当教习的。

“冰儿，你带一民哥哥回屋子去，我去一趟洋行。”这是从山村回来的第一天，母亲似乎有急事赶着去见父亲。

“好的，妈妈。”我平静地应着，心里却激动不已。

“走吧，这边。”我羞涩地朝他努努嘴。他微笑着点点头，便拎着行李跟上我。

傍晚，母亲回来了，吩咐陈妈收拾西厢房，然后他的行李便被搬了进去。父亲是饭后回来的，他用极其苛刻的眼神审视眼前的年轻人，不过，一民似乎并没有畏惧，跟在山村小巷口一样，他用他自己独特的微笑迎候审视。他表现得如此坦然，他似乎完全习惯于这样的审视。有人说，人与人之间真正的较量来自眼神，当与你对视的人并没有被你看来严厉的眼神唬住时，你就知道这个人并不是可以随意征服的。父亲笑了。这是很难得的，父亲一向是不苟言笑的。

"吴一民，明早跟我上洋行。"亚细亚香料洋行，是新成立的，也是父亲事业转型的起点。它的前身是南洋兄弟烟草公司。这个当年被视为国货的南洋兄弟烟草公司出口的香烟，遭受英美烟草公司的层层倾轧，几年间经营状况每况愈下。当父亲深感疲惫时，公司早已无力与市场抗衡，他做出了无奈的选择。洋烟，洋糖，洋烛，洋油等等洋货充斥日常生活的方方面面。在那个洋货叱咤风云的市场上，民族工业和国货遭受毁灭性打击，父亲的挣扎是痛苦而无奈的，最终成为买办或许也是一种必然！对父亲而言，那是一段不幸而几近绝望的日子，而对我来说，那个夏日的阳光却是柔和而充满希望的！暑期的燥热也因了吴一民的到来而清爽了许多。一民正式跟父亲去洋行上班了。母亲花了一整天时间，翻箱倒柜，找了好几件父亲旧日的衣服给一民。换上新装，一洗农家的土气，一民活脱一个洋行伙计了……

"冰儿，是你吗？真是你吗？"苍老的脸上老泪纵横。他紧握住我的手，并一个劲地颤抖着，声音嘶哑凄怆。

"一民!"我再也忍不住了，那压抑胸口六十年的呼唤啊，终于有机会喊出来了。我伏在他消瘦的肩头，痛哭起来。

"六十年了，真是不容易啊!"他紧紧抓着我冰凉的手。

"冰儿，你也老了。老了。都老了。"他颤颤巍巍地抚着我的银发，一遍遍地念叨着。我泪眼蒙眬，但还是极力睁大眼睛看着他。这么近距离看着他，我有点于心不忍，那满头的白发，满脸错综的斑纹，令我深感局促不安。我眼中的他都成这般模样了，他眼中的我又会怎么样呢？还不也是这般苍老孱弱了！岁月终究将曾经年轻的美丽雕琢成如今的老朽之躯，不得不承认我们的确老了。是的，都老了！这么多年他是怎么过来的呢？他内心可还存留我的位置？年轻时错过了，年老了我可不想再错过。不管他变成什么模样，他可一直都是我心中的民哥哥。

维多利亚港的夜风是清爽怡人的，维多利亚港的夏夜也是多彩炫目、激奋人心的。那岸畔的摩天大厦，打着闪烁迷离的霓虹，倒映在水面上。而那或深或浅，一道道细细刻划出来的彩浪，是香港明珠号夜总会游船的惯常手笔，看那远远婀娜着的腰肢，你该知道那炫目的舱口演绎多少缤纷的浪漫了。站在尖沙咀远眺，分不清哪片是天，哪片是海，灯光璀璨，繁星点点，在柔软清新的海风里，星光与灯火融在了同一片水天中。沉醉在维多利亚港温情多姿的夜色，这碧波浅浪，这光影人潮，是夏夜里我们能触摸到的最亲切宜人的温度。

"一民，来，咱回家去。"

"嗯！回家去。"他应着，搀上了我。

玩杂耍的小丑在摆弄着诡异造型逗乐游客，制作小钥匙扣的女人还在嚷嚷着纠缠客人拍照……我和他相扶着，走出了广场。将一切喧嚣抛到脑后，我们静静地一路相依着走出了维多利亚港璀璨的夜色。

2

还记得那日我像疯了一样跑着叫着，冲进西厢房。

“民哥哥！民哥哥！”

母亲站在客厅望着我，她由着我叫嚷着，或许这一切都在她意料之中，她看起来是那么平静。我踢开西厢房的小木门，门吱嘎一声开了。

我愣住了，一切都是真的。衣橱、书桌空空的，他的大行李箱也不见了。只有床，床上的一切还是老样子。我忍不住“哇”地大哭起来。我冲到床上拎起小木枕，使出全身的劲儿将它砸到衣橱上，“嗵”的一声，枕头散开了。

我不记得是什么时候发现桌子上的信。这是民哥哥留给我的第一封信，多年以来，每当打开它，我都会想起那个散架的枕头，那个枕头的碎裂正是我心境的真实写照。

当时，我只顾着生气，只恨他不辞而别。可从没担心过，他在哪里，他将承受什么样的磨难。直到两个星期后的一个晚上，我才从自己的愤恨中平息下来。

那晚父亲回来得特别早，饭桌上他突然提起一艘远洋私人船只在南海触礁沉没，船上二十几号人，无人幸免于难。

“这是什么时候发生的事情？”母亲紧张地问父亲。

“说是前几天发现了船只的残骸。”父亲应着，面无表情。不过对父亲来说，一切都不算什么，想从他刚毅的脸上找到喜怒哀乐，简直是妄想。

“哦——”母亲意味深长地看了我一眼。我埋下头，一下一下地扒着饭，眼泪一滴滴无声地浇在饭上，我尽力不让自己的情绪影响父亲，其实我是挺怕他的。那一餐，不知道是怎么吃完的，总之，饭后我像逃难似的冲回自己的卧室。

我取出民哥哥的信，一遍遍地读着。南洋——南洋——这刺眼的两个字，像两把匕首插进胸口。会不会是民哥哥的船出事了？他会不会出事了？那茫茫大海，浪涛一层盖过一层，一艘简易单薄的小木船怎抗得过那般颠簸？是船长指挥不当，还是海洋气候的突变？是谁让船只触礁沉没……我哭倒在床上，我不敢相信这一切是真的，我不能相信它是真的。南洋，此生我一定要去南洋。那此后的几天，我都偷偷地往码头跑，在那儿我打听到了些许出事船只的情况，不过没有人能说清那船上到底载着些什么人，因为那几天有好几艘类似的船只出海。

民哥哥走了，跟我们一起生活三年后，他就那么无声无息地消失了。自他走后，城里城外处处都笼罩在战事即将爆发的阴霾里。今天传来漳属各地军阀混战，许多青壮年因“走土匪”而逃亡海外。明天又有什么科岭、板寮苏区进行“清乡”“围剿”，百多人被迫离乡背井出洋谋生。这些地区与名称对我来说一点意义都没有，我根本不知道它们到底哪是哪，但是，那些已经遭遇战事的民众同一选择逃亡海外引起了我的关注，我开始理解民哥哥，我知道他跟他们一样，都是被迫出洋谋生。

整个城市变得死气沉沉，似乎在等待着一个可怕而无可抵御的魔爪伸过来。父亲工作的洋行，生意也一日比一日惨淡。除了一些铤而走险，想从战事上捞点横财的人外，普通人家的日子都过得非常被动。

日子沉闷不堪，两个月胜似两年。今天是周一，父亲没去洋行，独自靠在摇椅上抽闷烟。父亲那紧锁的眉头深深地刻上了川字纹。或许，在这样动荡的年月里，一个男人肩头的重担已经不仅仅是家庭与事业了，扛得动的与扛不动的都齐刷刷压了下来。民哥哥的逃亡或许给父亲带来更深层面的思考，他已经不再年轻，他也不像民哥哥孤家寡人。国与家何者为轻，何者为重，这让一个深爱妻女的男人无从选择。连日来，总有陌生人出现在门口，他们是些什么人，冲着民哥哥来还是冲着父亲来，不得而知。不过，今天一大早父亲敞开大门端坐在厅前，门口的陌生人倒不见了。

晌午，管家给父亲递来一封信，其中有一个小纸船是给我的。这是民哥哥寄来的，手捧着小小纸船，我激动地淌下惊喜的泪水，不管写着什么，至少表明他还活着。谢天谢地，他并没有在那艘出事的船上。来信很简单，只道自己平安到达，并嘱咐我一定要好好将大学念完，不要想他，也不要等他。他说，如果有一天，他回来了，再也不贫穷了，刚好我还没出嫁，他要娶我。整封信就这么三两句话，我知道，他是不擅长表达的，他某些地方跟父亲很像很像。

当天晚上，我给他回了一封情思绵绵的长信。我亲手做了一个小荷包，并剪下一张一寸近照塞进荷包里。我在信里没提荷包与照片，但是我相信他明白我的用意。第二天，我起了个大早，将信照着他的来信地址寄了出去。望着这沉甸甸的信被装进邮包，真恨不得自己也能被塞进邮包，远渡重洋找他去。此后的日子就是在漫长的等待中度过，夜里常常梦见自己收到回信，可是回信总是展开后空白无一字。

有一天晚上，父亲很迟回来，隔壁间隐隐传来了母亲的哭泣声。母亲的哭声，给我带来不祥的预感。母亲是个柔弱的女人，她不如意时会默默流泪，但是像今夜这样大哭可是从未有过。我轻轻地打开卧房的门，展现在眼前的是楼上楼下四处灯火通明。发生什么事了？我正欲走出卧房，陈妈进来了。

“小姐，快收拾行李，明早五点的船。”陈妈也是满面泪痕。

“陈妈，发生什么事了？”我紧张地问。

“日本人要来了，要打战了！”

我惊呆了。要来的还是来了。

“可是……我们要去……哪呢？”我感觉自己在发抖。

“香港，去香港。老爷说先到香港避避风头再说。”

“香港……”我下意识地重复着。

那我的家呢？以后的日子会是什么样的呢？谁能告诉我！难民，终究我们也成了难民！我呆呆地望着门口。母亲的哭泣声持续着。

“小姐快收拾吧，老爷太太都是好人，你们要平平安安才好……平平安安的……平平安安的……”陈妈嗫嚅着。

维多利亚港是清丽甜美的，第一次见到它，并没有感到惊喜，那是因为逃难的忧伤遮蔽了所有。在那样的年月，没有人在乎美了，生活的要义已经被生存的前提定住，活着，平安地活着，能平安地活着对普通人来说已经很不容易了。

我是搀着母亲走出甲板的，母亲在海风中显得如此单薄轻飘，看着母亲战战兢兢走进这个萧索的港湾，我感到无限悲哀。

站在岸畔回望大海，来路茫茫，我们真像一颗颗被吸尽汁液的椰果，空洞无助地在浪涛中沉浮着。

别了，一切都别了，那片温情的土地上洒下的满地欢笑；那熟悉的街市，熟悉的朋友们；还有那月圆之夜，民哥哥动人而深情的眼眸……别了，我的祖国；别了，我的家乡，我的亲人们……

父亲的好友罗世伯帮我们找了一套陈旧的公寓楼，我们搬进了那个杂乱拥挤的小巷。

一安顿下来，我便开始写信。不能跟民哥哥失去联系，没有什么比这更重要的了。信发出去后，我就一天一天屈指数着收到回信的日子，想来一趟漂洋过海几近一个月，那回信早的话也是两个月后的事了。正当我满目期待熬过两个月时，父亲突然要我们搬家了，他说，他得让我们住稍微好点的地方。我不愿意搬家，因为这意味着我又得丢掉民哥哥的回信。可是，父亲的话是不能不听的，母亲也乐意离开这杂乱肮脏的街区。

那一天，我恋恋不舍地离开了那个公寓楼，临走时，悄悄地转到公寓楼门房处。

“伯伯，如果有 6 栋 301 室谢冰莉的信，麻烦帮我签收下。”

“好嘞，小姐。”门房伯伯笑着应。

“空了，我会过来取。伯伯，谢谢你！”我挤着微笑回道。

每个星期天我都会跑回来看看，可是每一次都是空手而归。我不知道是民哥哥压根儿没回信，还是门房压根儿没理会这事，总之，接连跑了三个月后，发现门房伯伯换人时，我才不再回来。

不幸的事情，一次又一次地发生，父亲在这一两年里，接连搬了四五个住处，我写出的信也一次又一次地泥牛沉海。

3

“来，一民，是这儿。”我领着他走进尖沙咀海港城左侧的紫荆大厦。

“很好！很好！”他打量着大楼不断地念叨着。

“一民，这可不比你家大别墅，你只能将就着住！”我瞪着他笑。

“冰儿，生活这东西简单安逸才是最真最好。”他浅浅的微笑中露出岁月涤荡后的淡然。我引他走进家门。他看着明净宽敞的客厅，心情似乎一下舒展开来。

我让他先洗漱，这是习惯。他由于不熟悉，在浴室和客厅转来转去。看着他忙碌着，那清瘦的影子晃荡在厅里厅外，我忍不住偷偷抹了眼泪，或许希望总是在人们最绝望的时候出现，上帝像个调皮的孩子喜欢捉弄人。

我趁他洗漱之际，在露台摆好摇椅和茶点。他洗完，我招呼他上来。

他爬上楼来，慢悠悠地在露台上转一圈，然后默默地倚在栏杆上，望向远方。

“看，那灯火阑珊处，就是香港岛。”我倚在他旁边，指着远处说。

“静静远眺香港夜景是一种享受……”他望着远方。良久，他说：“冰儿，你这儿真不错。”

他还是那么不善言辞。我倚在他身旁看着他笑。我知道他一定和我一样，在远眺之时百感交集。毕竟我们身上都背负着沉重而无奈的往昔。

“我喜欢远眺，像这样静静地远眺！”他说。

“是的，我也喜欢。远眺会让心灵找到慰藉，远眺会叫思念更加明晰……”我轻轻地说着。

他转身惊讶地看着我，我迎上他的目光。我真想告诉他，多少个日日夜夜，我都是这样静静地远眺着。

“远眺香港岛，远眺太平洋，远眺长空——明亮的灯盏，摇曳的船只，闪烁的星光……”我将目光投向了长空，并动情地叨叨起来。“黑夜里，思念像春水细密而绵长。随意望一块礁岩，就会想天涯哪一块石头是属于你的。随意望一户屋舍，又想着你会藏身哪个屋檐底下。那时候啊，我还真没这么老……”我停下来，发现他正定定地盯着我，目光灼热而悲伤。我转向他，他的目光立刻便逃开了。我没理会他，望向远方。

“到香港之后，我家老头子已经快不行了，看着他憔悴的模样儿，我可担心你了。那时常想，你会不会也跟老头子一样，生活承受太多的重担，而让自己过早地老去。有时甚至想，或许你早已不在人世了，远方哪棵无名树的年轮正代替着你，一点一点地转动着曾经的印痕呢！——嗯，人这一生啊，折腾来折腾去，最终还是都得走同一条路！”我转头冲他苦笑。

“每个人都是殊途同归啊！”他沉沉地应着。

“冰儿，你这几十年都好吗？”他问着，眼睛依然望着远空。

“战乱的年月里每个人都踩在刀尖浪口上！这一路尽管有不少坎坷，但总的说，已经很好了！——你知道吗？我曾经到过赤道附近的国家找过你，在那儿待了好几个年头……”我再次望向远空，心里沉沉的，说不出是什么感觉。那片土地，我曾无数次回想起的婆罗洲原始丛林，那个达雅克人的伊甸园。我是那么不期然地闯进他们的伊甸园，记忆里人们赤裸身躯款款而行，与地上走兽相伴，与天空飞鸟相呼，与园中嘉树相拥，与野地鲜花相卧。那是一块多么神奇而野蛮的土地啊，那片土地有着神圣而奇特的安详……可是，我却历尽艰辛逃离那儿，挣扎着回到了赤道城……

“我再次回到了赤道城。与赤道城有关的许许多多血淋淋的记忆，常常搅进了我的视野……可是一民，你呢？你一直都不在赤道城吗？我常为你祈祷，但已经不敢奢望你能回来了。漫长的岁月里只想着：你能够平安地活着就好！真的，活着就好……”我已经说不下去了，眼里早已满含泪水，这是多么辛酸苦涩的泪啊！

人这一生真是太短暂了。若说前世今生只是一堵墙的距离，那去年与今日也不过一层纸的薄度。穿越这薄薄的纸，往昔的一切又历历在目……

4

正如胡兰成说的，香港是个无情思的地方。香港的洋气代表了世故与现实，浪漫的理想纯然与之格格不入。1940 年的春天，我终于带上美丽的爱情幻想离开这片妖艳却精神苍白的土地。

维多利亚港邮轮码头，母亲拉着我的手久久不愿放开，哭泣早已让她美丽的面容扭曲得不成模样，泪水晕开淡淡的妆容，她早已顾不得这些了。

启航的号角在水手口中吹响，服务生彬彬有礼地接过父亲手上的行李，并微笑着点头示意上船。父亲空出手后，紧紧地抱了我一下，便哽咽着催促我上去。我紧紧地抱了下他们。就在我转头离去的瞬间，母亲号啕起来，她忘乎所以地沉浸在别离的痛苦里。一向体面的母亲，在父亲的怀里，很不体面地痛哭流涕。

这是我第一次离开父母，而第一次的离别就要漂洋过海。这一切之于我，或是之于母亲，都不是那么容易能承受的。当我独自跟着服务生踏上和平号时，我的心也跟母亲一样痛。还记得那个晚上，我试着提出要出洋找民哥哥的想法，让我出乎意料的是父亲一口应允了，当时母亲傻眼了，她极力斥责我无理取闹，也责备父亲的胡乱应允。那时，我不明白父亲为什么没有阻止，在香港那样现实的地方，我的爱情梦显然不合时宜，而对父亲那样理性的人而言，我的行为显然很不可理喻。可是，他答应了，答应得如此利索。听到他应允的瞬间我的惶恐不亚于母亲。有点奇怪的是，第二天早上母亲一改昨日的态度，跟父亲一样支持我出洋了。不过，往后的几天里，母亲时常拉着我的手，看着我发呆，我知道她心头难过着，但是似乎有什么事她是无法挣脱的，似乎除了让我远离他们外，她别无选择。

启航的号角又一次吹响，我站在甲板上，尽情地挥舞着手中的红帽子，我扯着嗓门嘶哑地喊着“爸爸!”“妈妈!”我的叫声被号角声吞没，那咸咸的泪水也被猛烈的海风抹去，脸上湿了又干，干了又湿。

和平号远洋油轮开始吞吐白色浪花，一点点地驶离海岸线，“呜——呜——”它战栗着，嘶叫着，朝无边的天际驶去。

父亲，母亲，连同那拥挤的码头渐渐地模糊了……

迎着海风，脸被吹得又僵又硬，许久之后，我便像套着一层硬壳面具回到了自己的舱位。船舱里已经有人在整理铺盖。他看到我走进来便抬起了头，温和地冲我笑了笑。我礼貌地挤了下僵硬的脸，算是勉强给了他一个微笑的回应。还好他看起来不是个令人讨厌的家伙。在这船上可是要待好几个星期的，我取下身上的背包，看着小床又伤心地流下了眼泪。

“姑娘，洗脸台在那儿!”他微笑着指着门背后的洗浴室说。他没问什么，看着我，似乎对一切了然于胸。

随后的两天，我蜷缩在床上一动不动。晕船的失重感让我沉入迷迷糊糊的睡眠中，我既没有起来吃饭，也没有起来上洗手间，整整两天没进没出没洗漱。

我并不知道这两天里他是如何看我的，除了他自己外，这个小船舱里唯一的同伴看起来却像一只冬眠的蛇蜷在穴中一动不动。我想他忍不住给我送来饭食，应该是不忍心就此看我饿死在他的身边吧！

“姑娘，你比佛家辟谷僧人更胜一筹，你连水都不用喝啊！”这是第二天晚上，他终于忍不住走到了我的床边。

我微微睁开眼睛，看到了模糊的中式分头，以及那分头下方英俊的方脸。我不清楚他几岁，或许三十，或许四十。

“坐起来喝点水吃点饭吧！”他说着冲我弯下身来。我警觉地瞪着他。他自顾自伸出手碰碰我的鼻子，然后摸摸我的额头。

“呼吸正常。没有发冷。”他微笑着说。

我松了口气。

“你是我所见过的最奇特的动物。”他摇着头一本正经地说。

“动物？没有发冷的动物？”

“你的本事比任何冬眠的动物要强上数倍。人家冬眠前需要长时间储备体内能量，人家冬眠后除了不吃不动外，为确保体内贮藏的营养物质足够供应，还需要调低呼吸次数，降低体温，减慢血液循环等等。而你呢，看起来似乎不需要任何准备，也不需要任何措施节约体内资源。你瞧起来呼吸正常，体温也正常……”

“还有血液循环正常，新陈代谢也正常。”我没等他说完就接下去了，我忍不住笑了起来。

“不，代谢变微弱了，这和冬眠动物相似。”他依然一本正经。

“马上就要正常了。”我从床上一骨碌爬起来。整整两天没上洗手间了，这一笑小腹马上缩成一团，一种剧烈的胀痛袭遍全身。我痛苦地皱着眉头小跑进洗手间。

“哈哈哈……”我听到背后豪放的笑声。

“砰”的一声，笑声被关到了外面。

晕船与别离混杂的不快在一点一点地变淡。他的幽默与欢快在一点一滴地影响我，跟他对话是件令人愉快的事情。

接下来的日子，在他的帮助下，我的生活起居逐渐正常起来。情绪好时我会随他一起去食堂吃饭，情绪不好时我就借口晕船，然后赖在床上一动不动。他似乎更愿意见到我走出船舱，他总是想方设法让我走出船舱，即便是简短的吃饭时间也好。不过，我真不想动时，他也乐意给我捎饭。

傍晚霞光透过小窗照进舱里，整个舱室浮在一片柔和的红光中。我缩在床上百无聊赖地翻看着杂志。

“开饭了！”红光中我看见他快乐地抱着便当盒走进舱来。这是他给我带饭食的第五天。

“谢谢你！”

“不客气！小朋友吃得开心就好！”

“咦，蛋糕？”我瞥见他拎在右手的大蛋糕。

“是的，蛋糕！让我们一起分享这美好时刻吧！”他抿着嘴微笑着。

“今天是你生日？”

“哦，不，不。”

“那么是你爱人生日？”

“别急！你先吃饭，稍后就知道了！”

我不解地冲他笑笑。我一边扒饭一边抬眼偷看他。他正美滋滋地摆弄着蛋糕，蛋糕上面趴着一只可爱的小白兔，小白兔那惟妙惟肖的红眼睛似乎在诡秘地瞪着我。

“你属兔？”

“不，别急。”他一边应着，一边不紧不慢地打开蜡烛盒子。他从盒子里取出两根粉红的小蜡烛小心翼翼地插在蛋糕上。

“你几岁了？”他突然转头问我。

“我？二十。”我迟疑了下应道。

“很好，二十很好！那么，你叫什么名字呢？”

“谢冰莉。可以叫我冰儿。”

“谢冰莉，冰儿。”他重复着，若有所思。“好名字！对了，我怎么没想到呢？雪儿，她应该叫雪儿。冰雪佳人。”他像突然想起什么似的，高兴地叫起来。

“叔叔，什么雪儿？”我好奇地抬起头看他。

“嗯，雪儿，今天是雪儿的两周岁生日！”他并没有正面回答我，他自顾自念叨着。“冰儿，你帮我点上蜡烛好吗？”

“好的。可是，雪儿是谁呢？”我又问。

“雪儿是我的女儿。”他说着笑了。

“哦，你女儿？你有女儿了！”

我点亮了蜡烛，他站在烛光中庄重地打起手势闭上眼睛做祷告。

“来，冰儿。吹蜡烛吧。雪儿若是认识你，我相信她的愿望就是二十年后也能跟你一样美丽动人——嗯，每个女孩都渴望……”他轻轻地说着。我并没有听清楚他讲了什么，对着忽闪的烛光，我似乎看到了十几年前自己在父亲怀中踢蹬的情形。那是我的几周岁生日呢？记忆中是我第一次认真注视蛋糕以及蛋糕上的烛火。那是无意识面对火的岁月，那柔软跃动的火光激起了我强烈的好奇，我伸出手抓烛光，那微弱的火焰没有灼伤我，但是，那足够吓坏一个婴孩的热量却警告了我，不是什么东西想要就可以要的。母亲说，那年生日蛋糕上的烛光，一只是被我捏熄的，另一只是被我哭熄的。那年，我没有愿望，我的生日是在一片哭声中结束的。

“冰儿，吹啊！”

我缓过神来，可是似乎又沉入梦中，这声音听起来真像父亲。

“吹啊？”他又一次催我。

“嘿！”我终于鼓起了腮帮对着蜡烛吹去。

从那个晚上开始，我完全信赖他，跟他在一起，我已经不会担心什么或是害怕什么。冥冥中我总是觉得自己刚离开了一个好父亲，然后便遇到了另一个好父亲。尽管，他比父亲年轻许多，或者说他并没有比我大几岁。

5

船上的日子，他似乎除了应酬朋友外，其余的时间都陪着我。早晨，他常带着我站在甲板上看日出。他会说：瞧，那是日神来了，高大魁伟、英俊无须的美男子，头戴金冠，身披紫袍，驾着四辆火马拉的太阳车来啦！

我会偷偷地望向他——高大魁伟、英俊无须的美男子，他不就是吗？他看起来那么年轻帅气。

他察觉我在看他，总会不动声色地说：嘿，看太阳，别看我。俨然一副父亲的模样。

我不得不羞涩地随着他手指的方向望去——那海天交接处一轮火红的太阳慢慢地探出脑袋，那红色的光柱像一束握在日神手中的染料棒，所到之处，那蓝色的海水便一层一层地被染上淡淡的红、淡淡的金、淡淡的白……

他说，他喜欢太阳，太阳带来的是希望与光明。或许是基于这一点，他常常将光明之神阿波罗和太阳神混同。

夜里，他偶尔会带我去一等舱咖啡屋坐坐。在那儿他告诉我，他也是二十出头自己独身出洋的。当时，他也和我一样深深地恋着家，恋着女朋友。

“不过，男儿有泪不轻弹。我可不像你一天到晚哭鼻子。”他笑了。我羞涩地低下头。

“可是，你为什么要出洋呢？既然你的女朋友在香港……”

“你知道好男儿志在四方。”他轻轻地抿了一口咖啡，意味深长地望向舱外。

我轻轻搅动咖啡。好男儿志在四方！我静静地想着。我将奶伴侣倒进了杯中。深咖色的杯子里泛起了层层乳白。

一会儿，他转过头来。“我知道国内许多逃奔南洋的，都是迫于战乱。对于香港来说，局势还算稳定。如果伯父膝下不是无儿无女，我不会走这么一遭的。呵呵，到南洋后，我就知道，这辈子可是逃不开了。”

我停下了手中搅动的小匙子望向他。“为什么说逃不开了呢?”

“你知道，老一辈总是喜欢给你安排人生。到南洋后才知道我的人生已经被人安排好了。”他说着无奈地耸了耸肩头。

我垂下眼睑，看着杯中渐渐淡去的咖色。

“——还好我的父亲不会这么做。”

“是的，你有一个好父亲。”他应和着，那声音轻快自然，像是在评价一个老朋友。

“你认识他?”我惊讶地抬起头盯住他。

“不，从你的话里可以知道。”他否定了。但是，我却始终觉得他与父亲有着某种关系。我继续看着他，他低着头继续讲他的故事。

“你知道，我一到南洋就有一大片橡胶园等着我去接手，还有一个美丽的印尼姑娘等着我去迎娶。当时，若是换了别人开心都来不及。可是我并不喜欢管理橡胶园，我喜欢画画。另外，我心里已经有了香港姑娘。当时，我拒绝了伯父的一切好意，我差一点就登上邮轮跑回香港了。”他突然停了下来，抬起头看着我苦笑。

“哦？为什么是差一点呢？”我莫名地觉得很遗憾。

“或许上帝的戏本里，没有我回港的戏份吧！我不喜欢管理橡胶园，但是我并不讨厌橡胶园。东南亚橡胶园和东南亚海湾一样，是奔放而美丽的。白天，我喜欢在橡胶园和海湾上转悠，夜里，我会将白天转悠到的美丽搬到画布上。你知道，我们用的煤油灯是要打气的吧。就在我决定回港的前夕，我在画画时，灯突然熄了。我不得不铆足了劲儿给它打气，我想让它尽早地亮起来，因为着急画一幅最美的海景，当时，只顾打气，我忘记了其他东西，也不知道我给它打了多久的气，反正，最后油灯‘轰’的一声炸了。我受伤了。”

“啊，受伤了，严重吗？就这样回不去啦？”

“由于伤口感染，我在医院待了好几个月。就在那几个月里，美丽的印尼姑娘感动了我，她让我留下来了。”他停下来，笑了。

“美丽的印尼姑娘？她就是你现在的妻子？雪儿的母亲？”

“是的，她就是我的妻子，雪儿的妈妈。再过两天你就可以见到她了，我想你会乐意见到她的。”他提到妻子神采飞扬。

“哦，过两天我们就要到雅加达了？”我倒惊讶时间过得飞快。

“是的，你都忘记我们在海上漂了多少天了吧？”

“呃，我以为还要几天呢！”

“如果顺利的话再过两天就会到了。”他极其肯定地说着，并将目光投向了窗外的大海。他应是想家了。那个美丽的维多利亚港像他的故人，他的依恋早已淡却。而雅加达，才是他真正的情人，他的依恋是浓郁真切的。

看着他，我明白了，人是会变的。

第二章

那莫的红房子

1

这是一个小村落，举目望去，尖尖的黑色斜三角瓦顶像一柄柄利剑刺向空中。一条清澈的小溪从错落的木屋间蜿蜒而过。

到处都是椰树，走进村庄，孩童的呼朋唤友声，夹杂着鸡狗啼吠声，一股熟悉厚重的乡野气息汹涌而来。村庄中三三两两的别墅林立椰丛中，别墅只属于少数的种植园主，小木屋才是多数那莫人的家。不过无论如何，木屋已经比田间稀稀落落的割胶工人的小茅屋好多了，那莫村庄里的人都会这样宽慰自己。

枣红色的坡屋顶，桃红色的外墙砖，方形烟囱，圆形窗楣，弯曲的回廊，笔直的行道树，深与浅，刚与柔，方与圆，曲与直，处处都似乎在极力诠释着矛盾的统一。门前屋后满眼的芭蕉棕榈，前庭后院，花花草草一丛丛一簇簇。掩映在绿林中，阳伞下的木桌椅显得悠哉闲适。这是一座美妙的双层欧式小红楼，是那莫村庄边上难得一见的好房子，矗立在蓝色的海湾前，宁静与喧嚣在这儿显得傲慢而执着。

院子里静悄悄的，我已经习惯了这种了无声息的死寂。崇明叔叔和马来仆人还没有回来，又两天了，还是一点消息都没有。雪儿已经平静下来睡着了，她是累坏了没力气再闹下去。

我拢了拢发梢走出红房子。金色的沙滩，海岸线长长地拉向遥远的地方。炎炎烈日下，随处可见的椰子树，像一把把撑开着的大绿伞挺立在海滩上。我静静地沿着海滩慢慢踱去。午后的海风，伴着椰林喁喁细语，软软的，咸咸的。

还记得第一次来这儿的情形。这座娇小玲珑的海湾小别墅，在高高的椰林底下特别醒目。可以说这座红房子是那莫众别墅最出彩的一笔。在我最初的印象中它是娇美的化身，跟这房子里的女主人一样。

那天，一个美丽的女人抱着一个小姑娘走出大门迎接我们。

这个女人并不像我想象的那样棕色皮肤黑色卷发。这个女人颇为白皙，整个儿看起来似乎有一股东方女人难抑的娇柔。不过细看她，点点滴滴里却分明洋溢着西方女人的张扬。鼻梁高挺，眸子深邃幽蓝，金发柔软卷曲。混血儿，我看着她，不禁想起游走在香港街头那些美丽机灵的混血儿姑娘们——那鼻子眼睛高低错落，立体感很强。她身上很多地方都闪烁着那些姑娘们引人注目的气质。

崇明叔叔迎着女人走过去。“雪儿，来，让爹地抱抱。”他伸手从女人手上抱过孩子。

“雪儿?”那个女人愣愣地看着他。

“好听吗?这是在船上和冰儿商定的，咱们的小妮子就叫雪儿。冰雪聪明的雪儿。”他看着眼前的女人快乐地说。

“冰雪聪明!”女人像梦呓一般重复着。她将孩子递给丈夫后转向我，并微笑着朝我点头。

“她叫谢冰莉，可以叫她冰儿。”崇明叔叔转头介绍我。

“冰儿，很高兴见到你。”她声音很轻柔。

我凝视着她，看着她美丽的蓝眼睛，久久不忍移开。那深邃的幽蓝好像一口深井，井水映照着蓝空，通透而深远。“阿姨，你真美。”我由衷地赞道。

她笑着向我伸过手：“冰儿，欢迎你……来，行李递给我吧!”

“谢谢!”我感激地应着。

雪儿在崇明叔叔怀中扭转着，她望着我，好奇地咿呀叫着。我微笑着迎向她。雪儿像香港 SUPERMALL 大橱窗里摆放着的洋娃娃，那皮肤和妈妈一样白皙粉嫩，特别是那大大的眼睛和长长的睫毛，跟妈妈像极了。我怜爱地握住她肥嘟嘟的小手儿。她似乎很怕生，马上缩回小手躲进父亲的怀中。

“冰儿，来，到屋里休息下吧!”女人热情地招呼我。

“好的。”我紧随她身后。

一块红色的大毛毯铺在门前，她脱了鞋子，我也跟着脱了鞋子。我们俩一前一后走进屋子。

红房子内宁静整洁。外厅正中间挂着一幅偌大的圣母像，圣母像下面是红木茶桌，茶桌上摆满塑料贡品。马来女仆在忙乎着朝拜。美丽的女人伊丽娜阿姨解释说今天是礼拜五，然后便直接将我领进里间客厅。

客厅内的摆设厚重而华贵，偌大的棕色皮沙发和木茶几几乎占去客厅三分之一的面积。木雕饰品整个客厅随处可见，细心观察，红木家具那暗褐色的木头上总是或多或少地镶着铜铁等虎头狮面造型的金属装饰，这些家具饰品在视觉上即不同于北欧家居的简约，更有别于中式家具的禅意。火山石雕、骨头雕等也随处可见，还有羽毛、木屐、鹰隼、土著人神等等，古老而有力量似乎是这个家庭装饰气质的唯一。

伊丽娜阿姨让我靠在沙发上好好休息。不过我无意休息，想先冲洗下，岛国的雨季似乎一时半会儿难以适应，似是燥热，又似咸湿，全身黏黏的令人烦躁不安。

我穿过客厅，伊丽娜阿姨带着我来到位于别墅后花园的洗浴房。

“要不要穿纱笼？”她亲切地问。

“什么？”我困惑地看着她。

伊丽娜阿姨指了指自己身上的裙子。“这就是纱笼，穿起来很凉快。我楼上有新的，你可以试一下。”

我看着艳丽的纱笼笑了。那是一款鲜艳的印花布裙子，椰树蓝天的图案，带着浓郁的异域风情，天蓝与深紫相间，穿在她身上非常醒目。还有那吊带款式，也使她倍显性感娇柔。

“你等等。”她不由分说地将我搁在了浴房门口，自己重新回到屋里。我愣在那儿，但我立刻对这个独立的浴房好奇起来。一个大隔间，满地的水桶，满缸的水，这不得不叫我想起母亲乡下的水缸，以及浸泡在水缸里的咸菜。在那个贫瘠的乡村里，长长的像破布片的咸菜是家家户户必备的下饭菜，我不明白一民为什么特别喜欢吃那玩意儿。

“来，试试看。”我对自己的走神感到羞涩，看到伊丽娜阿姨手上拎着两片布块，我几乎误当作记忆里的咸菜干。

“这就是纱笼？”

“是的，这就是。有两条，看下哪一条更适合你。”她边说边递给我，脸上还是那甜蜜蜜的笑。

接过她递过来的纱笼，我细细地打量起来。它们色泽鲜艳，图案丰富，还装饰着流苏。我选了淡绿色的那条，拎起它时，却傻眼了，我担心它会从我的头套进去，然后再理所当然地从脚底滑出来，它看起来无非就是一片长两米，宽一米，前后左右都一样的布条儿。

善解人意的伊丽娜阿姨微笑着拿起自己手上的纱笼示范起来。“纱笼的穿法有很多种，吊带式就是像我身上这种穿法。还有就是斜背式、半穿式等等。可以充分发挥自己的想象力，爱怎么穿它就怎么穿。”

“什么？”我一时没反应过来，什么叫爱怎么穿就怎么穿！

“嗯，这样说吧，有时它是件地道的长裙，有时它又是一件短裙，有时你可以拿它当浴巾、沙滩巾往身上一裹就得了。还可以拿它当披肩。总之，只要你擅长想象，你便可以用你自己想到的方式来穿它。这儿的女人都爱穿纱笼。”

伊丽娜阿姨不厌其烦地示范着，说着，笑着。她是一个好老师，我学着她的样子，一会儿将手上的纱笼摆弄成吊带，一会儿摆弄成斜肩、短裙等等。真是有意思！就是从那一天开始，我喜欢上了这艳丽的服装。一袭纱笼裹在腰间，走动时随风摇动，看起来轻盈、俏丽，很是有味儿。

海滩上，我低下头来，下意识地看了看自己的衣服。这一款淡绿色纱笼就是当时伊丽娜阿姨送给我的。我居然整整穿了四年。

2

四年，在人的一生中似乎不算什么，可是在一个女人最初的青春里，这四年是多么宝贵啊！就在这四年，我从一个女学生，变成了一个大姑娘。我在苦苦地寻找与等待中度过了宝贵的光阴。

战争，没完没了的战争，如影随形，从国内到香港，从香港到这个孤独的海岛，我似乎被战争追逐着，裹缠着，无处可逃。我始终无法理解，人们为什么要发动战争，人类用自己的聪明才智发明最先进的武器来自相残杀，这是多么悲哀的事情。可是，事实不容我置疑，战争该来时还是来了，一民哥哥杳无音信，现在伊丽娜阿姨也失踪了，学校里的林校长和许多老师都失踪了。到处都是失踪人口，泥地里拥挤着可怜的孩子，他们在哇哇地喊着母亲，唤着父亲。没有人理会他们，日本人不会将父母还给他们，他们的父母在被带走之初或许就已经注定了回不来。自从那个大年夜开始，好几个月下来，失踪的华人越来越多，没有一个人能说得清楚他们到底都去了哪儿。

“不，请别带走他，明天就是大年初一了。求求你，让他在家里好好过个年，求求你……”对面楼里传来校长夫人沙哑的哀求声。

“滚开！”一声呵斥撕破冷冷的夜空。“不准哭，否则，连你也一起走。”

校长夫人苍老的哀号突然中断。取而代之的是低低的饮泣声。

“有人问起，就说他去走亲戚了。听懂了没有?”又一声呵斥。呵斥声里，隐隐夹杂着痛苦惊惧的呜咽。

门“咯吱”一声被打开了，又“咚”一声被关上。一阵急促的脚步声过后，一切重归寂静。

教师宿舍楼里，我紧紧地拽着被子一角，呆呆地望着空洞洞的墙壁，孤寂与恐惧像两只魔爪紧紧地箍着，使我几乎喘不出气来。这种战争笼罩着的压抑我并不陌生，多年前，那个省城也有过，可是那时的东厢房里，父亲，母亲都绕在身边，并没有觉得特别的怎么样，确切说，我并不觉得可怕。可是今天，完全不一样了，一切都发生了，而且就近在咫尺。

饮泣声时断时续，我紧张地竖着耳朵，我不知道下一秒还会有什么事情发生。

好一会儿都是静悄悄的，这么沉静的夜晚似乎什么事情都没发生过，可是那饮泣声又分明在宣告什么事情都在发生。还有下一个不幸的人，还有下一个，再下一个……这下一个又将会是谁呢?恐惧一点一点地倾入内心，我害怕得直发抖。天要塌下来并不可怕，最可怕的是等待中的恐惧。冷冷的长空下罩着沉沉的阴气，我在静静地等待着，等待重重的敲门声，等待沉沉的呵斥声，等待噼啪的暴打声、枪击声……哦，不，不能等待这样的残暴。我受不了这样充满血腥的夜晚。可是，很悲哀，除此之外，我真不知道还会有什么好事。我受不了，知道继续等待下去就要崩溃了，我终于鼓起勇气悄悄走出房间，敲开了黎凯家的门。

苏菲开了道门缝，见是我，便一把将我拉了进去。

“有没打扰你们？”我极其抱歉地看着他们夫妇。

“不，不会。我们也没睡下。”苏菲轻声应着。

“校长，被带走了。”黎凯低低地嘟哝着。他低垂着头坐在桌边，手上无意识地在摆弄着什么。

“是的，被带走了。可是，今天是大年夜。”我紧张地应着，几乎要哭出来。

一阵令人窒息的沉默。似乎谁也不知道该说些什么，因为谁都不知道下一刻会发生什么事情，绷紧的神经都在等待一个不可预知的未来。

“冰莉，真遗憾，没有一民的消息。”黎凯冷冷地打破了沉寂。

“是的，没有。杳无音信。”我苦涩地扬了扬眉梢。

“这以后要找他可就更不容易了。”

“嗯，不容易了！或者，早已经没机会了。”

“真也奇怪，就像蒸发了一样！唉！”黎凯叹了口气，他始终没有抬起头来。

“凯，你别胡说。人与人，遇与不遇是最说不清楚的。说不定正是因为战乱，一民跑回城里看老朋友来了也不一定，或者在某个街头巷尾就是那么不期然地碰面了，就像第一次一样——等着吧，总有一天他会冒出来的。”苏菲一开口就是一大串，这是她的习惯，尽管在这个冰冷的时刻，她依然是那样的伶俐。

我轻轻地抬起头朝她感激地笑了笑。

又一阵沉默。谁都不知道该说什么，连一贯健谈的苏菲也找不到更好的话题了。四壁充斥着血腥，展开了全是一片悲凉，还是不说为好。

大家静静地坐着，静静地听着彼此的呼吸，静静地数墙角时钟有序的嘀嗒响声。没有爆竹声，没有欢闹声，只有时钟在一分一秒地传递着午夜到来的消息，大年初一了，过大年了，这对华人世界来说是一个多么不平凡的日子。可是，今天一切都变了，没有人为了这个大年夜而欢欣了。

不知道过了多久，我听到楼道里有脚步声，然后我又听到焦急的叫唤声。

"谢冰莉，谢冰莉——"

"有人叫我了。"我惊慌起来。苏菲也警觉地竖起耳朵。"没错，是叫你，这声音有点耳熟。"她说。

我站起来，走到门口，悄悄地拉开一条门缝，探出半个脑袋。

哦，罗崇明！是他！

昏黄的灯光中，我一眼就认出他来。他站在走道尽头惊惶地叫着，张望着。看到他，我松了口气。确切地说，看到他我莫名地激动起来，隐隐的快乐让心头的激动更加耐人寻味。我回头朝黎凯夫妇笑了笑，然后走出他们家，迎着他小跑过去。

"在这儿呢！"我冲他高兴地叫着。在这样空落落的夜晚，黑暗与恐惧似乎就在见到他的瞬间消失了。

"哦，上帝！还好没被日本人带走。"他极其夸张地在胸前划了个十字。

“哪那么容易说抓就抓呀!”我笑了。

“敲了半天门都没人应，还真以为出事了，吓了我一身冷汗。”他瞪着我。

“谁知道你这种时候会冒出来呢？不是说回乡下过节了？”

“是的，我是刚从乡下赶过来的。快，收拾下行李跟我走。这儿不是久留之地。”他着急地说。

“刚才林校长被带走了。”我说。

“这么快？”他愣了下，“好了，咱们得抓紧时间。”

我们一前一后走进屋里。

“哦，黎凯他们？能不能也叫他们一起走？”我怯怯地看着他，不知道自己的要求会不会太过分。

他犹豫了下。“这样吧，你赶紧收拾东西，我过去叫下他们。”他说着转身向楼道另一头走去。

不到半小时，我们便收拾妥当了。崇明叔叔带着我们上了他的汽车，马来仆人已经在车上等着。路上一排排荷枪实弹的日本兵在街头巷尾晃动着。那一夜，我们不知道是如何闯出日本人的视线的。总之，我们到乡下时，已经是凌晨了。往年，这该是热火朝天的时候，人们要守岁，人们会在这种时候大放鞭炮，赶走叫“年”的猛兽。

夜空依然明净高远，那闪闪的星星狡黠地眨巴着。那莫村庄，在金色沙滩上的红房子里，伊丽娜阿姨穿着纱笼，松散的金发让她显得特别娇媚。她独自缩在客厅那偌大的棕色沙发上，似乎半睡半醒。当崇明叔叔带着我们一伙人悄悄走进屋子时，她从沙发上蹦了起来，一下子扑到了崇明叔叔身上。她什么也没说，只是紧紧地紧紧地抱着崇明叔叔。好一会儿，她才松手。

伊丽娜阿姨转身看向大家，她快乐地笑了。她似乎一下子忘记了日本人，忘记了外面冷凝的空气。娇美的脸上，又露出那熟悉的笑容。那轻盈的声音，又亲切地响起来。

“坐，坐。大家都受惊了。”伊丽娜阿姨吩咐马来女仆铺床去。她自己亲自给大家准备点心。

“这是学佬糕，试试看。”伊丽娜阿姨殷勤地招呼着。“嗯，这是荷兰蛋糕，来一块……看看这个。如何？”她总是那么热情地看着你问这问那，快乐的脸上似乎不断地提醒大家——过年了，快乐点。她让大家品尝她的糕点，她像一只快乐的兔子，在厨房与客厅间，欢快地蹦进蹦出。不知道什么时候，她取出一瓶葡萄酒，给每个人斟上了满满的一杯。

“红红的美酒，红红的年味。”她高举酒杯，那高脚杯里红色的液体在轻轻地颤动着。“过大年了。来，大家干一杯。”她快乐地说着。

“干杯！”我们站起来，纷纷举起了杯子。

“嘣”，响亮而沉重的碰杯声毫不客气地撕破沉闷压抑的午夜。酒花四处飞溅，那甜腻而略带苦涩的红汁液呀，那湿漉漉中搅拌着惊魂未定的呆滞神情，一滴滴从手上，脸上，脖子上，淌下来，淌下来。没有人去擦拭，大家都任由它在脸上脖子上淌着。

“哈哈哈！”伊丽娜阿姨首先狂放地笑起来。你看着我，我看着你。“哈哈哈！”一刹那大家都忘乎所以地笑了。

……

日本人继续潜入居民楼，一个个无辜的华人被陆续带走了。带走了，也就失踪了。伊丽娜阿姨，那个美丽而快乐的女人，那个独特而随和的女人，她失踪了！失踪了！

战争，让美丽的精灵也失去晶莹的翅膀。伊丽娜阿姨她应该属于这儿，这金色的海湾，这美丽的红房子，还有那可爱的小雪儿。我踩着软软的细沙，眼泪一点点模糊了长长的海岸线，模糊了蓝蓝的大海。

3

“伊丽娜！伊丽娜！”

红房子里远远地传来粗暴沙哑的喊叫声。

罗爷爷醒了，他又开始寻找伊丽娜阿姨了。这几天，他总是似梦非梦，一会儿糊涂，一会清醒。

他清醒时会问：“伊丽娜回来了没有？她去哪儿了，怎么一声不哼？”他还会指着崇明叔叔的鼻子责备：“是不是你让她难过了，她跑苏丹家去了……还不快去把婆娘找回来！”

可是，他糊涂时就不分东南西北了。这时候他就像个暴君，粗暴无礼，乱使唤人，乱指摘人。他也常常发呆，常常自言自语，而且连谁是谁都分不清楚。他总是将小雪儿当成伊丽娜阿姨，他总是不厌其烦地念叨什么赤道石，还有宛月汀。宛月汀，一个很陌生的名字，在他家呆过三十多年的马来女仆说，她也从未听说过这个人。

我从沙滩上折回来，我怕小雪儿被爷爷吵醒。我轻轻地走进红房子，屋内静悄悄的。

在门口我被堵住了。罗爷爷就站在面前，直愣愣地看着我，那表情似惊喜，又似伤悲，看起来是如此复杂，难以名状。

“月汀，是你吗？月汀，是你回来了吗？”罗爷爷叫着，颤抖着，一动不动地盯着我。那声音充满诧异、惊惶，又满含惊人的柔情。

我微笑着走近他，那苍老而浑浊的双眼噙满泪水，看着他，一种莫名的感动席卷而来。

“罗爷爷是我，我是谢冰莉。冰儿。”我走过去扶住老人。

他听到我的话，愣了愣。

“月汀，你不要再骗我了。你回来就好，回来就好。”他噙着泪水，紧紧地拽着我的手，哆哆嗦嗦地颤抖着，他似乎在极力抑制什么，可是似乎又总是控制不住。

我由他拽着，另一只手轻轻挽着他，走进了屋里。

我以为进屋后他会松开手。没想到，他连坐都不让我坐。他还是那样紧紧地拽着我，他似乎怕我又突然消失在眼前。他痴痴地盯着我，那眼神热情而温柔。他直接拽着我爬上楼梯，朝自己的卧室走去。我有点紧张，不明白他想做什么，正犹豫着要不要唤马来仆人来解围时，他一把将我拉进卧室，然后迅速地关上门，我吓呆了。门关上了，他也松开了手。或许刚才用劲过猛，一进门他就喘不上气了，他轻轻地放开我，独自走到桌前，从中间的小抽屉里，他拎出了一个小石头挂链。一条红绳系着的，弯月形小石头挂链。

我望了他一眼，准备离开，他却小跑过来。

“月汀，你看到了没有？这是赤道石！这是你的赤道石！”他颤颤巍巍地拎着小挂链。

“……看看，这是你的……你的……还记得吗？”他有点紧张，他的话音总是微微颤动。

他拉起我的手，往卧室外的阳台走。他让我坐在他的摇椅上，他自己想挨着我坐在一张小板凳上，可是，他试了半天就是坐不下去。

“来，罗爷爷，咱们换个位置。”我站起来，扶住他。他还想谦让，我不由分说将他按在了摇椅上。

“好，我坐，我坐。”他嘟哝着坐了下来。当他抬起头时眼睛望向了远处，他又呆住了。那惯常的发呆对他来说应是最好的休憩吧！只是，不知道那平静的表面下，他的内心是否也能一样平静。

让他自己好好待待吧！我轻轻地抽出手，他似乎一下警觉起来，一把抓住了我，他又将我的手紧紧地握在手心，握得我生疼。

“月汀，别动。你这么多年都跑哪儿去了？你不知道我天天都看着你的赤道石。你看，你的赤道石月弦朝右弯，而我的是月弦朝左弯。哦，我的赤道石，我的赤道石呢？伊丽娜，伊丽娜在哪儿呢？我唤她来，你得看看她，她都长得桌子那般高了，她长得跟你一样，跟你一模一样……”他紧紧地握着我的手，又怜爱地拍了拍我的手。

“我叫下伊丽娜，你一定很想见她，我知道。”他说着要站起来。我阻止了他。

“别叫她，伊丽娜在睡觉，让她好好睡一觉吧!”我轻轻地暗示他别出声。

他出奇地听话，他放低了声音挨着我问：“你见到她了？那小精灵你见到了？她是不是跟你长得一模一样？她身体可健壮了，她在园子里跑啊跑，我都追不上她了。还记得那个赤道碑旁，你将她交给我时才这么大呢！我抱着她回来，像抱一只小母鸡。哦，一只小母鸡……”他说着自顾自笑了起来，那笑眼里却满是泪花。

“可是，你知道，我当时一心只想抱回你这只大母鸡，可是，你这大母鸡跑了，却硬塞来一只小母鸡。那小母鸡多烦人啊，哦，真是烦人，烦人……”他不断重复着，眼睛直直转向了远空，似乎在极力寻找什么，眼神急切而迷茫。

“‘要妈咪……’她今天早上又哭着要妈妈了，是的，她今天早上就哭着闹着，我差点没抡起巴掌揍她……还好我没揍她，否则，你得怪我了……哦，月汀，你怪我吧，怪我什么都行，可你就是别跑了，别再躲着我们好不好？别躲着我们……”他念念叨叨，他紧张兮兮，他紧紧地握着我的手，眼睛直勾勾地看着我。那眼神复杂极了，有恳切，有伤悲，还有隐隐的祈求。

我有点不知所措，可又不忍拒绝。这一定是他心底的秘密，他多年未了的心愿！在那平静的呆滞中，他是不是时刻都沉浸在一种对往昔极度的渴望中？思念着他的恋人，那个叫宛月汀的女人？

他深深地沉在自己的回忆中。宛月汀，那个陌生的女人，又是伊丽娜阿姨什么人？我满心疑惑。

“月汀，你答应我，答应我不再躲着我们?”他依然苦苦地乞求着。

“嗯，不躲，我答应你，我就住在这红房子里，陪着你，陪着伊丽娜。”我脱口而出，我知道自己扮演什么角色，我并未对自己这一番瞎话感到害臊。

“嗨!”他似乎长长地松了口气，脸上露出满足的笑容，那紧紧拽着的手也松了下来。他张开另一只手，认真地拎起红绳子。赤道石淡淡的黄，淡淡的纹理，在阳光下晃荡着，晶莹透明，有点像玉，又有点像玛瑙。

他松开红绳子，轻轻地将它挂到了我的脖颈上。

“不，不!”我紧张地摇了摇头。

“为什么不?”他愣了下。我的表现似乎让他觉得很意外。

“在赤道城可是你缠着我买下它们的。两个拼在一起可是一个圆，一个太阳。分开了，便是你一个月亮，我一个月亮了。你说的：分开了，便是你一个月亮，我一个月亮了。你是上弦月，我是下弦月，你的月亮挂在西边，我的月亮挂在东边……他低低地念叨着，一遍又一遍地重复着。他似乎又沉入苦苦的回忆中。

我静静地看着他，他应该是又回到了那个遥远而永恒的赤道城了。

那是什么样的日子呢?阳光或许像今天一样，明艳而火辣。他挽着宛月汀，轻快地走上码头！他们应该是远道而来，像我第一次踏入这岛国一样，感觉一切都是新鲜奇特的。

望着这个古老而全新的世界。他应会快乐地喊起来：“总算到达幸福的彼岸了!”那瞬间他或许忘却了漂洋过海的艰辛。

“赤道石，买个赤道石吧，先生！两个一盾很便宜了。”一个棕色皮肤，顶着一头乌黑头发的岛国男孩，瞪着两只圆溜溜的大眼睛看着他们。

“买个赤道石吧，先生！赤道石合二为一，你和你的女人，合二为一。买一个吧，先生!”这个光脚丫子的大眼睛男孩一路跟着他们。

宛月汀幽静恬美。她被眼前的小男孩吸引了。他执着地跟着他们，可怜兮兮地看着他们。她似乎不忍拒绝。她终于停下来，接过男孩手中的赤道石，仔细端详起来。

“买一个吧！阿龙!”她看中了淡淡黄色的一对，那石头中有云雾纹理的一对。

他低头看看自己身旁的美人。“好吧，宝贝儿!”他轻快地应着，掏出了一个盾币递给男孩。他跟所有逃荒到这儿的漂客一样，在船靠港前就从水客手里换好岛国的钱币了。

“来，阿龙，这个月牙朝左的归你，这个月牙朝右的归我。”宛月汀微笑着，慢慢地扯开红绳子，轻轻地挂到了他脖子上。她把另一个挂到了自己的脖子上。

“你瞧，它们俩拼在一起是一个圆，一个太阳呢!”她伸手拎起他的一半，将那一半与自己脖子上的一半拼到一起。然后，她又一下松开了手。两个小石子又各自垂了下去。

“你瞧，分开了。分开了，便是你一个月亮，我一个月亮了。你是上弦月，我是下弦月，你的月亮挂在西边，我的月亮挂在东边。”她调皮地说着!

“不许胡说。赤道石是合二为一的，我和你，只能合二为一。”他抓住她的小手腕。紧紧地，紧紧地……

“妈咪，我要妈咪。”楼下传来小雪儿的尖叫声。她醒了，她又开始吵着要妈妈了。

“伊丽娜，伊丽娜醒了。”他惊叫起来，他慌慌张张地又想从摇椅上爬起来。

“你就待这儿。我去，我去哄哄她。”我微笑着将他按回椅子，他看着我愣了愣。

突然，他皱起了眉头。他似乎清醒了。他迅速地抽回自己的手，别过身去了。他静静地抬起头，静静地将呆滞的目光投向了远空。

我悄悄地从他身边站起来，朝门口走去。我回头看了看他，阳光下，他一动不动，像一尊雕塑。

茶几上的果点全部搬了家。偌大的榴莲滚到茶几脚，白兰瓜、牛心果满地都是。山竹，那紫色的汁液，那炸开的白色果肉，满地满沙发。

“哦，我的上帝!”马来仆人尖叫着冲过去，她还是没能止住随之而来的灾难。

响亮的“乒乓”声响起，茶几上的玻璃茶具全被推到地上。

站在楼梯口，我被眼前的情形惊呆了。小雪儿又闹了，她闭着眼睛嗷嗷哭叫着，两手挥舞着，茶几被扫荡一空，放在茶几上的东西全到地板了。

楼上传来沉重的脚步声。随着那脚步声渐行渐近，小雪儿的哭叫也渐渐低落下来。马来女仆主麻整个儿埋在地上收拾碎玻璃。

“哦，我的小祖宗别再闹了，好不好?”我说着走过去，抱住雪儿。

罗爷爷走下楼来，他木木地望了望客厅，然后，拄着拐杖孤独地向门口走去。主麻，我，都呆住了。我们静静地望着他的背影，或许都在默默地等待另一场暴风雨，可是出乎意料，一切平静如水，这异乎寻常的平静，让大家一下子没反应过来是怎么一回事。

“他要去哪儿?”我望着门口摇晃着远去的背影自言自语。

“他会去林子里走走。”主麻还趴在地上，她微抬起头望着门口说。

“他常到林子里去吗?”

“不，他已经好久不去了。”

“他以前常去?”

“是的，以前常去。只要有空他都会出去。林子东头有一棵望天树，他会去那儿。他一定是去那儿。”

“望天树?他去那儿看望天树?”

“是的，那是一棵很特别的树。村子里就一棵。这一棵据说还是他三十多年前到这村子后种下的。听说这种树多长在丛林的河谷里。他是从丛林带回种子，种在这个村庄的。那时，这个村庄还没有那片橡胶树林。”

“哦!那他一定很喜欢望天树了。”

“不！不见的。这么多年来，望天树也掉下不少果子，果子长出的苗全被他铲除掉了。他似乎不喜欢其他望天树，他只想要这一棵，似乎一棵就足够了。”

“还有这事！可这又是为什么呢？”

“哦，小姐，这可就没人知道了。村里曾有人想种这树，他的种子就是不给人。你知道，其实他不是个小气的人。”

“是的。他不是个小气的人。”我望着那远去的背影嘀咕着。

雪儿从我的臂弯中挣脱出来，自顾自朝门口跑去。“雪儿，你去哪儿？”我叫着追了出来。

追到门口我停了下来。原来崇明叔叔和马来男仆大吾代回来了。汽车在门口停下，雪儿静静地站在车旁。

崇明叔叔下车了，他看起来是那么疲惫。我明白了，还是没有找到伊丽娜阿姨。前后整整三天了，该找的地方应该都走遍了吧！再没消息就意味着失踪了。在这样的时期，失踪与日本人分不开，可是谁都知道跟日本人扯上关系就意味着没有好事。

大吾代也下车了，车子里空荡荡的。雪儿呆呆地望着空车，她多么希望这后座里突然冒出一个脑袋，那个她最熟最亲的脑袋。

“妈咪。妈咪在哪儿？”她冲到了爸爸身边，紧紧拽住爸爸的手哭喊着摇晃着。崇明叔叔那张原本快乐的脸被痛苦扭曲得不成模样，他站那儿一动不动，任由雪儿哭着叫着。

“雪儿，来。爸爸累了，先让爸爸休息一下。”我走过去拉过雪儿，雪儿扑到我怀里痛哭。

崇明叔叔垂着头默默地走进红房子。

“乖雪儿，让爸爸好好休息下。”我轻轻地拍着雪儿，泪水却悄悄地模糊了自己的双眼。

“怎么样？还是没有消息？”主麻在门口一把拦住大吾代。

“唉！”

“出事了吗？”

“有人见到四天前一个女人和三个日本兵跑进了丛林。然后，丛林里隐隐传来数声枪声。”

“上帝呀！那可怎么办？”

“主人要进丛林，被我劝回来了。回来的路上又遇到日本人。他们扛着枪在村庄里游走。”

“村子？村子出什么事了？”

“丛林边上的田野里发现一具日本兵的尸体，他们怀疑有人暗杀日本兵，所以正带人在村庄搜查。”

“哦，上帝，又要不太平了！”

“三天前死的，又刚好在丛林边上。主人怀疑这跟夫人失踪有关。——哦，主麻，我都告诉你了，记住要闭紧你的大嘴巴，等一下日本人肯定会到这儿来的。记住，闭紧你那张大嘴巴。”

千万别再生什么是非了！我默默祈祷着。

我拉着雪儿默默地向海滩走去。海滩，海滩像一个温暖的怀抱向我们伸展着。

雪儿已经平静下来，她低着头，重重地踢着脚下的沙子。那稚嫩美丽的脸上布满愁云。她不知道发生了什么事情，这么多天了，妈咪都没有露过脸，她知道妈咪不会无缘无故离开她，妈咪爱她。

我轻轻俯下身拥住她。几天来都没有见到她一丝的笑容，她变得沉默寡言了。

“告诉冰儿姐姐，你想不想让妈咪开心些?”

雪儿抬起头看着我，大眼睛里泪光闪闪。

“冰儿姐姐，妈咪还回来吗?”

“哦，乖雪儿，妈咪当然回来的。”我紧紧地抱住她。

“跟冰儿姐姐说，以后在家里不搞破坏，不胡闹了，好不好?妈咪知道雪儿闹脾气会很伤心的。”

雪儿直直地盯着我，眼泪盈眶。我轻轻地抚着她垂在胸前的金色卷发，一滴滴晶莹的泪珠从她长长的睫毛上滚落下来，她并没有回答我，她流着眼泪倔强地摇着头跑开了。

天空还是那么蓝。平静的海面，点点浪花和着椰风，唱着潮汐不朽的歌，拢上来，退下去，退下去，拢上来。

我拢了拢发丝，从沙滩上站起来。远远望见雪儿红艳的蝴蝶裙子摇曳在红房子近处。

一切看起来多么安静祥和——红日，大海，和那绰约摇动的椰影，多么宁静的海角啊。可是，在这烽火连天的时期，像这样的一角安宁也变得奢侈了。

我抬起脚，慢慢地往红房子走回去。

日本人来得真快！我前脚进屋，日本人后脚就到了。我以为日本人来问下情况，做下笔录应该就没事了。可是，日本人毕竟是日本人，他们没那么容易打发。

“伊丽娜是你什么人?”院子里一个日本军官模样的人盯着崇明叔叔问。

“是我爱人。”崇明叔叔轻轻应着。

“她在哪儿?”

“不知道，我们也在找她。”

“她不在村庄几天了?”

“七八天了。”

“有人说只有这三四天没见到她。”日本军官歪着脑袋眯起眼睛逼近崇明叔叔。

“她七八天前出门，就没回来过了。”崇明叔叔不慌不忙地应着，他抬着头眼珠子一动不动地盯着日本军官。

“有人见过三四天前她和三个皇军进入丛林。你知道她去丛林了?”日本军官挑衅地拍打崇明叔叔的肩膀。

“不知道。”崇明叔叔面无表情地回道。

“好，那我就让你知道。我还要让你知道她和别的男人去丛林里到底做了什么好事!——走，带回去!”

日本军官大摇大摆地走出红房子，两个日本兵推着崇明叔叔跟在后面。

“不，不要。”窗棂下，我腾地跳了起来。主麻迅速掩住我的嘴巴，另一只手紧紧地抱住我，并将我拉回角落。

红房子门口，崇明叔叔在日本人的推搡下走进林子。望着空荡荡的院子，我扑在主麻身上痛哭起来。

火红的太阳一点一点往西天沉下去，院子前的椰子树一棵棵被拉出长长的斜影，风拂过林子，林子那头传来一阵阵凉飕飕的沙沙声。

罗爷爷是在落日斜辉中伴着长长的身影走进红房子的。他清瘦的腰板这时候看起来特别细长。风卷着他的发须，那花白的寸发，在尖尖的脑袋上缩成一团。

“老爷，出事了！”大吾代朝罗爷爷小跑过去。

“什么事需要这么嚷嚷。天塌下来也有这顶着。”罗爷爷怒斥着大吾代，他拎起拐杖朝天晃了晃。“人没找着是不是？”

“是的，小姐没找到。可是少爷却被日本人带走了。”大吾代战战兢兢地说着。

“什么，少爷被带走了？凭什么？日本人凭什么带人？”罗爷爷颤抖着，愤怒地直敲拐杖。“在哪里，什么时候被带走的？”

“就在家里，也就一刻钟前。”

“真是岂有此理。来，给我备车。”

“老爷！这——”大吾代欲言又止。

“这什么这！备车，去苏丹家。”罗爷爷暴躁地吼叫起来。

“好！好！”马来仆人连连应着，大步跑到院子，急急地发动了汽车。

车子绝尘而去了，清冷的红房子无助地横在海角沉沉的暮色里……

4

夜色在湛蓝的海湾上静静铺开，那满天忽闪的星斗在悄悄地窥视着林子以及不幸的红房子。红房子里的灯早早地熄了，整个小别墅静悄悄的，除了偶尔一两声叹息绕过窗棂漏到屋外，再也听不到一点声息了。

今夜，一切都笼在一片揪心的死寂里，夜虫也停止了歌唱。我侧了侧身，那张酷似伊丽娜阿姨的小脸蛋静静地横在我的枕边。那红润的小脸蛋上隐隐地闪动着泪痕。

一种深入骨髓的痛楚在瞬间席卷而来，我长长地叹了口气。看着沉睡的雪儿，我似乎看到那泥地里的挣扎又多了一张新面孔，那因战争而失落街头、肮脏无助的孤儿，又开始呼唤妈妈寻找爸爸了。那街头，有可爱的雪儿，还有我，都没能逃脱同样的命运。

几年都没有父母的音信了，还记得自己离港后头几个月父亲捎来的信件，那是父亲的第一封信，也是父亲的最后一封信。

“冰儿，我的女儿，原谅爸爸圣诞节没能给你寄份礼物。香港的平安夜过得一点都不平安，圣诞老人跟香港人开了个大玩笑，在这特别的日子里送来了日本帝国的铁蹄。马克总督宣布投降了，这使全港人都过了一个极其沮丧的圣诞节。爸爸妈妈祝福你，想来你的圣诞节过得也并不轻松。听说日本人踩住港岛时，另一脚也伸向东南亚岛国了……冰儿，我的女儿，你一定要好好的，爸爸妈妈都想你。你一定要学会保护自己，照顾好自己，没事别轻易独自出……”父亲的信，我都会背了。那是三年前收到的，那也是迄今为止，我收到的最后一封家书。整整三年，杳无音信，他们可还好？泪水渐渐模糊了双眼，我轻轻地转身望向窗外，海湾的长空夜色依然撩人。

找不到一民的日子度日如年，那时真想回到父母亲身边。

可是，不知为何，在父亲信件所有的措辞里，未提过一字想我回去。他们似乎丝毫没有要我回去的意愿，事实上，崇明叔叔也一样，他并不支持我回去，他甚至更为主观地促成了我的今天。

“你一个星期后就可以到育华中学上班了。”那一天，他直截了当地对我说。

“什么？”我难以置信。

“你如果不喜欢当老师，还有一个选择，到我工厂去。”他认真地看着我，一点都不像开玩笑。

“可是，你怎么知道，我会留下来，而不想转道回港呢？”

“嗯！我想你选择来了，不会就这么回去了。”

“或许吧！可是你为什么要给我安排这些呢？可别指望我会因为你的帮助而感激你，你知道我不喜欢被别人像棋子一样排列！”一种莫名的不快涌上我的心头。我语气稍强硬了些，他感觉到了。

“生气了？”他站起来拉住我的手。“不要太在意这工作是如何得到的，在这个岛国里，每一个新来者都会寻找另一只手。谁都知道只有手搭手才能站得起身来。”他轻轻拍着我的手，微笑着。

“当你站起来时，你要知道，伸出你的手很重要。”

“就比如搭着你的手？”

他静静地看着我，我躲过他的目光垂下头来，我情绪有点激动，并不是针对他。在那样迷茫的时刻，去留两难。

“好了，只要留下来，总有一天会找到人的，生要见人，死要见尸，你说的。”他的最后一句话让我再次下定了决心。

“是的，生要见人，死要见尸。”我轻轻地念叨着，将目光投向了远处。

“告诉我，你喜欢钱吗？数钱。数别人的钱。”他看着我，那俏皮的脸上，装出一副不苟言笑的样子，看起来很是忸怩。

“喜欢吗？告诉我。喜欢数钱。数别人的钱，帮别人数钱。”他像在念顺口溜。

“不，我喜欢钱，但是不喜欢别人的钱。尤其不喜欢帮别人数钱。”我抬起头，认真地应。

“行啊，跟我一样。”他欢快地笑了起来。

我呆呆地看着他，突然极其厌倦那张欢乐的脸，那个俏皮的笑容。

“好了，你应该更喜欢教学的。我就知道，你会喜欢上当老师的。”他很自以为是地说着。

“那就这样定下吧！谢老师！”他拍了拍我的肩头。

实在不知该说什么才好，我迷惘地冲他点了点头。

那一天应该是无奈的，悲哀的。崇明叔叔安排了一切，让我省却了许多烦恼，可是我却是那么不甘愿。或是长期在父亲的庇护下养成了强烈的自尊，崇明叔叔的所有安排无意中侵犯了我敏感的神经。那一天，真的从未有过地厌恶他。他快乐的笑容，在我眼中却变得如此的嬉皮。不过，很快我就明白了他的良苦用心，他在一路呵护我，我不明白为什么，但是，事实是他一路呵护着、关照着我。我不敢想象如果没有他，我一脚踩入这个岛国时将会是什么样的情形。雅加达又回到我的眼前。

雅加达用炽烈的阳光拥抱我。那炎炎烈日下，我第一脚踩下船时，迎接我的是一片椰林棕榈。从码头到街市，我被浓厚的异域风情吸引住了。街道上熙熙攘攘的棕色人群，咿咿呀呀说着陌生的言语，那奇异的花花绿绿服饰告诉我，我已经身在异国他乡了。我穿着白色衬衣黑色格子裙，怀着很特别的心情走入人群。我发现自己那一身黑白配在人群中极其醒目，恰如我白皙的肌肤沉浮在那一片棕色的海洋里一样，我深深地意识到自己不是他们的同类。

对这个东南亚最大的海港城市，我说不出感觉。走近了看，那街市并不宽敞，甚至有点脏乱。同样是殖民地，感觉香港更洋派。从以英国女王的名字命名的维多利亚港就可以觉察到，英国对香港文化的渗透是至深的。而荷兰对印尼的殖民统治或许更多的是停留在经济掠夺上，这里的人们似乎更多地保持着爪哇岛古老而传统的生活习性。

他还是一路陪着我，他坚持要先将我安顿好了才回家。他说这是上帝的指示，他不能违背上帝。当然，我也半推半就，在没找到一民之前，他似乎理所当然成了我唯一的依靠。船上近一个月的相处，我几乎完全相信他，并已习惯依赖他。我将一民的来信地址交给了他。

“这是市区一所华人小学，那儿我很熟悉。”他瞄了一眼地址说，“许多逃亡来的华人知识分子，都会首选到华语学校任职。至少第一份工作是这样。他们需要时间与空间去靠近这个陌生的国度。”

他拉着我坐上一辆出租车，娴熟地用当地语言告诉司机目的地。

车子在校门口停下。我看到了醒目的汉字“向华小学”。在满街陌生的符号中，这一行红色的行楷让我倍感激动。

“在这片土地上，华人的印迹是无处不在的。”他并不以为然。

学校里静悄悄的。“都快两点半了，为什么连半个学生的影子都没有？”我不解地望着空荡荡的教学楼。

“在这儿学校只上半天课。”他应道。

“这儿的孩子真幸福。”对孩子来说，不用成天待在学校真是一件很大的幸事。

“你以后会知道的。这儿大部分的孩子其实很不幸，贫穷几乎伴随他们的一生。”他说。

校门口一个矮墩的中年男子正蹲在木椅上悠闲地摇着芭蕉扇。他朝中年人走过去。我也跟过去并悄悄地站在边上。我怀着极其紧张的心情望着那中年男子，欲从男子的神情里读出点什么，但是，那男子一会儿摇头一会儿点头，搞得我一头雾水。

“走，我们见校长去。”

“校长？一民当校长了？”

“不。没有吴一民这个人。”

“没有吴一民？”我紧张地瞪着他。

“不过，门房说几年前有一批来自中国的年轻教师。当时来的年轻人差不多都走了，只有一个叫尔德的留下了。尔德现在是这所小学的副校长。”他一边说着，一边引着我往校园里面走。我忐忑不安地跟在他身后。

这是一座很简陋的学校，操场很小，除了一个残破的篮球架外，就是那个小小的升旗台了。微抬起头便可以看到两杆旗杆上飘荡着两面旗帜，其中一面极其亲切熟悉——那是青天白日满地红旗。望着它，我心情沉重而复杂。

在一楼一间小办公室里，我们见到了尔德校长。

“王斌，是你？”一见到那个校长他便惊呼起来了。

“罗崇明大哥，你怎么会在这儿？”尔德校长似乎也大感意外。

原来他叫罗崇明，我羞涩地看了他一眼，都快一个月了，我还不知他叫什么呢！他们看起来是老相识。从叙旧中知道，他们是两年前在雅加达的中华会馆里认识的，在会馆里他们都用中文名。尔德是王斌的印尼名。

“来，认识一下——美丽的小表妹，谢冰莉。”罗崇明笑着介绍我。

小表妹？我惊讶地看着他。

“谢冰莉，见到你真高兴。”王斌深深地看了我一眼，并笑着冲我点头。

“她找一个远房哥哥，不知道你能不能帮得上忙？”罗崇明笑着说。

“叫什么名字？”

“吴一民。三年前从国内来的，听说在这学校待过。”

“吴一民，瘦瘦高高的？三年前从福建出来的？”王斌比画着问。

“是的。是的。”我紧张地接过话茬。

“哦，他是在这儿待过两三个月。可是，后来他说他不大适合教职，便离开了。听说他离开了爪哇岛，到婆罗洲西部省市找他的朋友去了。那都是三年前的事了。”

“啊！”我几乎失声叫出来。这是一民的唯一线索，如果断了，我该怎么办？头脑一片空白，我不敢再往下想。

“你有没有什么熟人还可以联系到他的？”罗崇明问。

“真抱歉，没有。他在这儿认识的人不多，与他同船来的两个都不在爪哇岛了。”

“那与他同船来的两个人叫什么名字你知道吗？”我问。

“一个叫黄黎凯，一个叫刘立衡。我和他们乘坐同一艘船到这儿的，他们仨是一伙的。嗯！到雅加达后，黄黎凯就直赴婆罗洲投奔一个亲戚了。估计是黄黎凯在婆罗洲落脚后便叫上吴一民和刘立衡了。可以确定的是吴一民和刘立衡是在雅加达待了三个月后才去的婆罗洲。”王斌很友好，他冲我笑了笑，又指了指罗崇明说：“嗯，婆罗洲要问他，罗崇明大哥可是从婆罗洲来的。”

“嘟嘟”一阵刺耳的汽车喇叭声惊醒了我，我从床上腾地坐起来。崇明叔叔回来了？我紧张地摸索着套上衣服乘着月色走向门口。

主麻已经点上灯了，客厅里亮堂堂的。我走出屋子，院子里，大吾代正搀着罗爷爷静静地走进来。

崇明叔叔没有回来！我望着那一老一少拉长的影子，失落和痛苦一时填满胸口。罗爷爷低着头，认真地走着，一步一步慢慢地走着，他径直爬上楼梯回到了自己的卧房。从院子到梯口，他都低着头默默地走着，没有抬一下眼皮，也没有吱一声。

大吾代从楼上走下来。我和主麻在楼梯口截住了他。

“怎么样?”我急切地问。

“很遗憾！小姐，事情可能变得更复杂了。”大吾代望了望楼上，轻声应着。

“怎么说?”我紧张地问。

“靠近赤道城那边的丛林边上，又找到两具日本兵的尸体了。”大吾代耸了耸肩。

“可是，这跟我们有什么关系呢?”我难过地提高了嗓门。

“日本人相信一个女人和三个士兵进入丛林是事实。”大吾代应道。

“可尽管如此，他们也不能说那个女人就是伊丽娜阿姨啊!”我着急地几乎要嚷嚷起来。

“问题是我们无法找到伊丽娜小姐。”大吾代又抬眼望了望楼上，压低了声音。

“哦，上帝。——那么你们见到苏丹王了没有呢?”我压住怒火继续问。

“见到了，小姐。可是苏丹王压力也很大，日本人一直在给苏丹王施压。”

“天哪，那么说苏丹王也是一点办法都没有了?”我紧张地手心冒出冷汗。

“现在还不知道。苏丹王说会尽力帮忙的。你稍等下，小姐。”大吾代朝我欠了欠身。然后转向主麻。“哦，亲爱的主麻，给我准备点糕点好吗？我饿坏了。”

“上帝。你们没吃晚饭吗？”

“是的，没怎么吃。”大吾代苦笑了下。

“可是，老爷呢？他要不要来点什么？”主麻下意识指了指楼上。

“不用准备他的。我问过了，他说不用。”

“那好吧！你等着，我的小亲亲。”主麻一边应着，一边拉着长脸，扭着屁股向厨房走去。

“小姐，只能等苏丹的消息了。除此之外，没有办法了。”大吾代转向我低低地说。

“没有办法了？”我自语着，心里空荡荡的。

……

一切都悬在那里，那一夜大吾代并没有给我们带回来任何一点好消息。

5

急急的门轴转动声过后，便是一阵咚咚的下楼声。这是熟悉的，是生活里最亲切婉转的声音。这声音意味着身边的一个人下楼了，出去了，或是身边的一个人上楼了，回来了。周末里，那个遥远的小院子，那个遥远的西厢房，我总是静静地听着这些声音，一次次地数着倾听着。我知道是谁出去了，又是谁回来了，我知道最重、尾音拖得最长的那一个脚步声是属于一民的。你听到这样的脚步声总忍不住怀疑这人的鞋子不合脚，太长了，或是太宽了。陈妈曾经给他量脚纳鞋，是量脚纳鞋的。鞋做完后，他穿起来很合脚，确实是不长不短，不胖不瘦的。可是，在楼道上，他穿着布鞋走起来那脚步声还是带着重重、长长的尾音。

我又想他了，那么不期然，他那帅气而野性的笑容又跳到眼前。我忍不住爬起来，从抽屉里掏出信来，清秀的字里透露着绵绵的情思，心里热热的软软的却又酸酸的。我始终没有寄出去的荷包，夹在信封里。掏出荷包，看那歪歪扭扭的针脚，我苦笑着。这不是街上买来的，这是我花了整整半天时间一针一线缝出来的。记得那个昏黄的灯光下，我是那么认真地歪着脑袋紧一针松一针地缝着……我不擅长女工，尽管这是第一次绣荷包，但是我还是像模像样地绣出来了。他要是知道我能绣出这样一个荷包，一定很惊喜。我从荷包里抽出那缕纤细的长发，那夜我对着星空偷偷剪下的长发。我原以为不久之后，他就会抚着长发想念我。可是，谁又知道，这所有的东西我始终没有机会寄出去。还想到了赤道城，或许可以亲手交给他，就像那夜，我可以趁机抓住他，抓住他因贫穷而犹豫的手。那夜，父亲和母亲一起参加晚宴去了，家里二楼只有我和他，静悄悄的，我仿佛可以听到他喘气的声息。站在窗前，隔着墙壁想他。若是白天我一定冲到他的卧室去。我真想见到他！可是这黑漆漆的夜里我不能没规矩到冲进一个男人的卧室。我开始想象他走过走廊，晃荡着，从我眼前经过，我毫不客气地堵住他；我想象他手持长箫坐在窗前引吭高歌，然后我自然而然地走到他面前，就着星光托着腮直直地盯住他……像这样安谧的夜晚总是要发生点什么的，是的，要发生点什么特别的，我在潜意识里默默地等待着。可是，时间一分一分地过去了，什么事情都没有发生。眼见着夜渐渐地拉深了，父亲母亲不久以后就要回来了，我终究忍不住了。我生气地吹熄了油灯，然后，急切地唤他的名字。“一民，一民，我的灯怎么啦？快，快过来。”我大声叫着，嚷嚷着，我要确定楼下的陈妈能听到，我要让别人知道这夜里一男一女待一起只是因了油灯出了点小问题。他来了，或许他什么也没做就是在等着我一声呼喊。他来得很快，他朝我低下头来，昏暗中我触到了他的发丝，柔柔的，暖融融的，似乎还散发着皂香。他熟练而轻松地拧亮了油灯。微弱的灯光下，我看到他微微翘起的嘴角露出一缕狡黠的笑容。“没事啊，这不好好的。”他凑到我的耳根轻轻地说着，我听到了他沉沉的喘息声。我当然死不认账。“油灯突然熄火了，你知道我最怕黑了。”我倚着他说着。我解释自己怎么调都无法让它重新亮起来。他轻轻地挑了下灯芯，灯火更亮了。灯光下，我低垂着头不安而羞涩地绞着手指头。其实我是在等待时机，我多么渴望抓住他或久久地靠着他。他没有向我伸过手，是我，是我主动地抓住他的手。那是一双强壮有力的手，不过是光滑柔软的，我想主要是在他还没来得及长出乡村老茧时，我们便将他带到省城来了。他先是犹豫了下，然后马上握紧了我的双手，我顺势靠在了他的怀里。那是我们第一次相依偎着静静倾听彼此的心声。那晚我便认定他是自己这辈子的“牵手人”……

天微亮，我被窗前的影子吓了一跳，罗爷爷，他像一根棍子一样直直地立在我的窗前。

“冰儿，你——你方便去工厂吗？学校一时半会儿开不了学，我知道。”这没头没脑的话将我搞愣了。我一时没明白罗爷爷什么意思。没多久我就知道了，他要我参与管理工厂，崇明叔叔什么时候回来还是个未知数。不过，当时他的举动让我着实不知所措，以这种方式谈论让我转行这么严肃的事情或许只有神智已经有点紧张的老人才会做得出来。这是一件大事，对我来说，工厂是一个很陌生的地方，罗爷爷知道我的忧虑，但是他安排我插手或许真是家里没人了，他将我当作家人了。

崇明叔叔能回来吗？我心底冒起一种不祥的预感。

雪儿起得很晚。我吃了早饭，便独自走向海湾。红红的日头给海面铺上了万道金光。红红的日头，那是太阳神红红的四轮火马太阳车。太阳神，天上那个高大魁伟、英俊无须的美男子来了，他轻轻地来了。可是地上那个高大魁伟、英俊无须的美男子却被日本人带走了，至今生死未卜。我眯着眼睛望着海面，那旭日叫我想起那个热爱太阳神的人。如果可以的话，我一定要告诉崇明叔叔，太阳神是赫利乌斯而不是阿波罗。可是还有机会吗？崇明叔叔还会回来吗？被日本人带走的人，以及所有失踪的人还可能回来吗？红房子没有了男女主人，那空荡荡的凄清感，揪人心魄。这种感觉似曾相识，记忆中南海北岸那个熟悉的城市，那个城市中心的西厢房，我永远都无法忘记被那空荡荡的卧房以及卧房中人掏空心肺的瞬间。那一天，我不知道在西厢房里待了多久，害怕那份冰冷至骨的凄清感，却又舍不得离开那儿。民哥哥这仅存在记忆里的召唤，不知何时才能在现实中兑现。千万遍里，那清瘦的身影晃荡着的守候，是那么艰涩！或许是造化弄人，黄黎凯和刘立衡我那么轻易地找到了，可是一民却始终没有出现过。

“一民会回来的，年底他就回来了。”苏菲总是这样安慰我。可是四年了，他始终没有出现过。

望着蓝色的大海，那消瘦的肩头，那粗犷的眉眼，那野性却温柔的微笑，混合成一张英俊无须的快乐脸孔，渐渐地模糊了。

“或许他再也不会回来了！大家都不会回来了！”我轻轻地嘟哝着，泪水悄悄地蒙住了双眼。

“冰儿姐姐，冰儿姐姐……”

一阵急促的哭叫声从身后传来，我迅速转头，看到雪儿哭叫着朝我飞跑过来。

“你怎么这般模样？”我惊讶地望着她。

她一直都是个小公主，伊丽娜阿姨总是有办法让她看起来尊贵而娇美，可是今天她却像换了个人，头发凌乱不堪，小裙子吊在胸前，白皙的肩头残留着印花枕的姜花纹。她无助地揉搓着眼睛，抽泣着朝我飞奔过来，湿漉漉的发丝粘在额前，几乎盖住了小半张脸，眼睛肿肿的，鼻子红红的，脸颊上印着一道道黑乎乎的猫爪痕，长长的鼻涕泡在嘴唇上方一出一进呼噜着。看着她这副模样我再也忍不住了。这哪是美丽的雪儿，这分明是污头垢面浪迹街头的小乞儿。我紧紧地搂住她，无声地抽泣起来，我再也无法说服自己平静面对一个孩子的伤悲了。

6

已经整整三个星期了，伊丽娜阿姨没有回来，崇明叔叔也一点消息都没有。罗爷爷三天两天会去一趟赤道城。可是，每一次回来都是沉默不语。他已经完全不像之前的他了，红房子里再也听不到他粗暴的叫骂声。他总是坐在阳台摇椅上发呆，那浑浊的眼神，显得更加呆滞。静悄悄的，一切都掩藏在那静悄悄的表象下。

今天他又去了赤道城，不过午后就回来了。大吾代又饿坏了，肯定又发生什么事情了，否则不会这么匆匆地回来。

罗爷爷没吃几口饭，就回到楼上。一会儿又下楼，走出了红房子。他会去哪儿呢？是不是又去了林子里了？那棵望天树，他又去找望天树了吗？阳光静静地洒在树梢，洒在红房子上。二楼那宽大的阳台上，摇椅静静地横在那儿，尘埃在阳光下静静地游动着。主麻已经陪着雪儿到那莫村庄找小伙伴去了。我靠在院子的小秋千上，静静地注视着红房子。我的眼睛久久地停在了二楼，那个偌大的欧式阳台上，锻铁筑栏和花草相得益彰。阳台是别致的，摇椅是精美的，罗爷爷的双目却是空洞的。

大吾代在红房子门前出现，听那响亮的饱嗝就知道他已经填饱了那个大肚囊。

“小姐，你有没有见过苏丹大人？”大吾代的眉毛拧成一团。

我被这突如其来的问话震住了。

“没有，大吾代。从未见过！”

大吾代轻轻地叹了口气说：“那么你可能再也没机会见到苏丹大人了！唉，苏丹大人他可是一个温和的长者！”

我听出了不幸的暗示：“怎么啦，大吾代？苏丹王怎么啦？”

“日本人要逼死苏丹王，苏丹王快不行了。”

“哦！上帝，这可怎么办……大吾代，你见到苏丹王了吗？今天，就今天？”

“见到了，小姐。我和老爷见到苏丹王时，他已经快不行了。”

我紧张地盯着大吾代，全身冰凉冰凉的：“那苏丹王有没有告诉罗爷爷，崇明叔叔什么时候回来？”

“哦，小姐。老爷没问少爷的事。老爷问了伊丽娜小姐的事。”大吾代认真地应着。

“哦？伊丽娜阿姨怎么样了，找到她了吗？”

“不，小姐。伊丽娜小姐没找到。老爷问苏丹王伊丽娜小姐的父亲是谁？”

我惊讶地看着大吾代：“上帝，怎么会是这样呢？伊丽娜阿姨的父亲不是罗爷爷吗？”

“看来不是这样的，小姐。老爷可能以为苏丹王是伊丽娜小姐的亲身父亲。”

“这是怎么一回事呢？苏丹王不是伊丽娜阿姨的教父吗？”

“是的，是伊丽娜小姐的教父！可是，老爷还是认为自己不是伊丽娜小姐的亲爸爸，苏丹王才是。”

真是难以置信！我困惑地看着大吾代，这个小自己两岁的年轻人脸上似乎也写满了困惑。

“哦！那么苏丹王承认自己是伊丽娜阿姨的父亲了？”我轻问。

“不，没有。苏丹王说他并不知道谁是伊丽娜小姐的父亲。苏丹王有点生气，他喘着粗气指责老爷不该怀疑他，尽管好多年前伊丽娜小姐的母亲在他家住过一段时间，但是他是正派人，他碰都没碰过那个美丽的女人。——嘿，小姐，你相信吗，苏丹王提到伊丽娜小姐的母亲时两眼发亮，尽管他说话都显得艰难，但是他似乎还是没有忘记那个女人的美丽。”

“是嘛！可是，大吾代，他们这种时候为什么还要提这种事呢！两个活生生的人都生死未卜，为什么还纠缠着一个已经消失了几十年了的女人呢？”我轻轻地摇了摇头，将目光转向了红房子的大门口，以及大门口外的林子——望天树。罗爷爷，宛月汀，现在又多了一个苏丹王，很久很久以前，他们之间到底发生了什么事情？到底谁是伊丽娜阿姨的父亲？

我从小秋千上跳下来，径自朝大门口走去。

“你要去哪儿，小姐？”大吾代愕然地看着我。

“嗯，我去林子里走走。”我转头冲他点点头。

椰树林满地都是斑驳的影子。高高的椰树以及椰树底下的矮木一同在午后的暖风中摇曳着。阳光透过密密匝匝的树梢，投射在林子里，矮树上斑斑点点、光线闪烁不定。草地上铺满星星黄花，一条小径在黄花丛中弯曲着伸到林子深处。我心情极其沉重。我很少独自走入林子深处，我不喜欢林子里斑驳闪动的影子，以及那蛐蛐与鸣蝉单调的鸣叫声。如果单纯为了散步，我会走向那宁静的海湾沙滩。不过，现在我要找到望天树，我急切地想见到罗爷爷，我知道罗爷爷和望天树有一个尘封的故事，但是这并不重要了，重要的是我急需知道苏丹王有没有办法救出崇明叔叔。

向林子深处走去，我显得很无助，自从崇明叔叔被带走后，这种感觉越来越明显。这不是一个单纯的椰子园，确切说这是一个水果种植园，高高的椰树底下，热带水果甜腻的果香迎面扑来。波罗蜜、木瓜、香蕉等等，矮树上沉甸甸的花果并没有引起我特别的兴趣。或许在这个热带岛国里，我已经习惯了那些林子与果实，那丰富的物产早已不足为奇了。当然，此刻我只愿意专注于脚下的路，我低着头茫然而认真地走着，也不时抬起头望望，我知道最高的那棵树就是望天树。主麻说那是奇高无比的树，笔直地直想冲向云霄。主麻说望天树长在丛林深处，丛林里有许许多多参天大树，但多数是树上长树，叶上长草，能够独自冲破那一层层交织攀缘而密不透风的绿色，一枝独秀、一揽蓝空的，也只有这望天树和塔豆等少数树种能够执着地做到。丛林，在这个岛国里像一个古老而美丽的神话。这个岛国的子民，对丛林似乎总是敬而远之，可是，伊丽娜阿姨难道真的闯进了那个美丽古老的神话中了？

罗爷爷那消瘦的身影就在眼前，那花白的头发在林子里特别的醒目。他静静地靠在一张石椅上，石椅前面孤零零地挺立着一棵大树。这就是望天树吧，那浑圆而笔直的树干直冲云霄，那枝叶在六七十米高处铺展开，倔强地迎合太阳与光，俯瞰整个椰林，望天树应是在沉默中向往蓝空。望天树底下另一张熟悉的脸孔让我大吃一惊，黄黎凯的亲戚黄老爷子，他正拄着拐杖立在望天树跟前。

“苏丹是熬不过今夜了——”罗爷爷长长地叹了口气。

“气数已尽啊！”黄老爷子低着头。

“我始终没弄明白她是谁的。到底是谁的呢？这——”

“你问过苏丹了？”

“问了。他矢口否认。”

“我琢磨着也不像。”

“那你说她还会是谁的。都三十多年了，月汀始终没有再出现过，她留给我的谜我始终无法解开。唉！就这么糊里糊涂地当成自家闺女养着也无妨，可是现在，你瞧瞧，都没了，人都没了！”

“你别急，别急！总会有办法的。”

“没办法了！苏丹不行了。没办法了！——你看看，这世界啥时乱到头啊！”

“总会有个了结的。你我那么艰难的时日都走过来了。走过来了，就有个头了。”

“唉，三四十年了，我就想着再见到月汀，她似乎就想带着谜底这样永远消失。她是不是怨我当年弃她而去了？你说说看，这算怎么一回事？”

“阿龙啊，这个中的苦我明白啊！她不怨你，她怨命！她只怨命！”

我躲在一棵矮树后面，心咚咚咚地跳着。他们在谈那个女人——宛月汀。我有点心虚，我知道这是无意的偷听，但是不管无意还是有意，这终究是偷听。好奇心早已经驱使我将无意变成了有意，尽管我内心深感不安，但是还是不舍离去。

“当年也是不得已。困在矿山上只有死路。如果没有跑出来，你我跟其他人没什么两样。困死在煤堆里是肯定的了！”

“是的，她明白你的心思。你我的处境她最明白不过了。卖猪仔，谁不是削尖了脑袋想逃出去的？你能走是你的本事，她替你高兴。”

“我原以为出去了，赚够了，折回来赎你们。可是，谁知道那一走就是三载五载。唉！”

“她自己心里有数，逃出猪仔圈不容易。不过，她总是有办法的，在你回来之前，她逃出来了，可是，她终究没有逃出妓院的阴影。”

卖猪仔？猪仔圈？妓院？我惊讶地差点喊出声来。当然，这并不是新鲜的词汇，可是对我来说这是传说中的词汇。面对曾经的卖猪仔，我还是没能掩住自己内心的诧异。在赤道城里待过的人都听过勿里洞、老埠头、东印度公司。在林校长家，我也见过猪仔钱，那是一枚类似铜贯的金属币，上面印有“合兴元记”字样，记是公司，合兴元是商号名，传说中的烟园、锡矿山、金矿山等等都会发行自己的代用币，这种代用币就是猪仔钱。

从矿井里爬出来时，有种重生的感觉。无论从哪个角度想都算是重见天日吧。他重重地抬起脚，又极其笨拙地放下去，沉沉的雨靴一下一下地搅动着稠稠的烂泥，脚底下咕叽咕叽的声响，让他觉得很是畅快。天气沉闷异常，苍蝇在空中嗡嗡地叫着，空气中有一股搅不动的黏稠感。汗水一滴滴从额前淌下。豆大的汗珠淌过了眼角，模糊了视界，他拉过肩头的毛巾，急急地往脸上擦拭。“该死!”他愤愤地骂了一声。一阵灼痛感从眼角传来，脸上掉下几片土疙瘩。他扯下毛巾，朝空中气愤地挥舞着，“嗖嗖”，一股刺鼻的汗酸味随着扬起的劲风流向四周。

他抬起头望了望天空，今天是见不到阳光了，头上像顶着一个铅灰色的大锅，阴沉沉的，满目阴霾。若是晴天，这会儿该是艳阳高照！凌晨下井，出来也总是午后时分。远处赌场传来吆喝声，有人被拖到场外来了。又一个赌掉生命的可怜人啊！他轻轻地叹了口气，又轻轻地摇了摇头。“龙坡厦”静静地瞪着，躺下去的人再也爬不回去了。凝香楼门口伸出一双纤细的手，一股浓郁的胭脂味冲鼻而来。他已经不再需要这些女人的慰藉了。他已经有了自己的“展八婆”了，她很勤劳，会开荒种地，这对他来说很重要。“爱吸烟就吸罗格草，爱讨老婆就讨牛郎婆；三日两日转一下，不是滚蕉就民牙罗。”他轻轻哼着，走过他的龙坡厦，他发誓不再住龙坡厦。他一手伸进短衫口袋紧紧捏住猪仔钱，他在猪仔钱上摸索着，他熟练地摸到“合兴元记”。他是捏着猪仔钱走过烟馆，走过酒馆，走过借贷小当铺，他跨过一条蜿蜒的小河，在小河边上一个峭壁前停下，那儿几片破碎的木板，空空落落地搭在一个小岩洞旁。他弯下腰弓着背钻进了小洞里。这就是他的家，这里住着他与展八婆……

我偷偷地看看罗爷爷，又看看黄老爷子。那个从矿井里爬出来的卖猪仔，会是曾经的罗爷爷吗？或是曾经的黄老爷子？——不，那是个卖猪仔的传说，是个传说，我怎么也无法将眼前这两个老人同那些凄凉的传说联系到一起。

“她，她逃出来的？她能逃出那铁网？”罗爷爷沉默许久后问。

“确切地说，她是找到靠山，跑出来的。”黄老爷子不紧不慢应道。

“到底又是怎么一回事？”

“荷兰来的客人看上她，她顺杆爬，出来了。她也想带我出来，可惜没成。”

“荷兰客人？那是哪门子事儿？”罗爷爷痛苦地垂下头。

“就你走后的第四个年头，她终于熬不住了。她没错，不能再等了，再等下去她怕没机会了。”

“她再等两年我就回来了，两年，就两年啊！”

“没用了，我已经无力再保她。两年你再不回来，我也完了。”

“唉——”

“伊丽娜会不会是荷兰种？”罗爷爷惊叫起来。

“不，不是。我曾也估摸着，会不会是那个荷兰佬。可是，从种种情况来看，不像。那个荷兰佬将月汀带到赤道城后便走了，那之后两年她的生活怎么样谁也不知道。你接到伊丽娜时，那已经又是五年后的事了。”

“是的，我接到小东西时，也就整十年后的事了。”

“这些陈年旧事说不清楚了。说不清楚了。算了，由它去吧！想法子弄回人才是最重要的。”

“不易啊！”

“唉——”

夕阳在树梢洒下金晖，林子下那拉长的树影像一支支开弓的箭，密密匝匝地射向远方。斜光中，两个老人像两尊古老的雕塑，他们无奈而颓然地坐着，任由一双隐形的手在他们身上刻下岁月的尘沙。

我偷偷地从矮树丛中钻出来，悄悄地走出林子。我不忍自己贸然惊动他们，尽管我是那么渴望知道更多的消息。

第三章

赤道城的红日

1

日本人终于投降了，这是一年后的事情。婆罗洲这一片倍受蹂躏的土地似乎依然惊魂未定，断瓦残垣，伤员病号随处可见。有一部分人开始沉醉在凯歌里，有一部分人却还惊惶地四处张望着——日本人真走了？日子可以太平了？

爪哇岛传来总统沉着而自豪的讲话声——现在宣布，印度尼西亚共和国正式成立，定雅加达为首都。总统的独立宣言揭开历史的新篇章，印尼要结束三百多年的殖民统治了，国歌《大印尼》奏响千岛之国，千千万万渴望和平自由的民众走上街头庆祝伟大祖国的诞生。这一天，整个热带岛国都沸腾了。当然，婆罗洲也不例外。独立宣言给婆罗洲这片惊魂未定的土地捎来莫大的宽慰，人们渐渐相信自由与和平已经来临，一切都会好起来的。

得悉日本投降的那天，我特意去赤道城走了一趟。我也特意回到了育华中学。可是，我在校门口徘徊了好一会儿，始终没敢跨进校门。门都虚掩着，里面空荡荡的，静悄悄的。几只乌鹊在房梁上叽喳着，残破的教学楼前，几株椰树在晚风中孤独地摇动着，西边的红日像火舌，舔舐着楼道斑驳的伤口。林校长和几个同事就是在校内被捕的，其余老师被全数赶走后，学校便被日本人堂而皇之地占用了。日本人在这儿设审讯室，随时都有无辜的华人被带进来，被带出去，而被带出去就意味着失踪了。想象星夜里发生的事情并不难，凄厉的喊叫声太熟悉了。人们被拖进来，然后再拖出去。没有人能够站着进来，然后站着出去的。看看这门口铁栏杆的斑斑锈迹，谁又能说清到底染着多少华人的血泪？

从学校回来，我的心情一直无法平静。夜里，我总会做各种可怕的噩梦。梦中我看到学校着火了，一民在烈火中挣扎着，火舌像幽灵一样缠绕着他，他绝望地呼唤着我的名字。我奔跑着，像是奔跑在一片无边的旷野里，我听到了他的呼唤，可是我却怎么也跑不到尽头，我怎么也靠近不了他……我还梦见崇明叔叔。那个除夕夜，他跑进了我的学校，学校里空无一人，他在我的宿舍门口徘徊，有人叫了他的名字，他转头，一颗子弹嗖地从他脑门穿过去，他被钉在墙上。他像圣主耶稣张开了双臂，歪斜着垂下脑袋一动不动，鲜血从额前一滴滴汇成水流，淌下来，淌下来……我也见到炮火在跟前炸开，一股浓厚的黑烟升起，人们消失在炮灰中。等烟云散去，一切平静下来时，我发现自己坐在满地的残肢断臂里，没有伤悲，没有恐惧，我拾掇地上的手、脚、胳膊、胸膛、脑袋——我拼凑着这些被炸飞了的零件，我一片一片地寻找着，拼凑着，像儿时玩拼图游戏，我拼接着人们的眼睛、鼻子、嘴……每一个夜晚，我都要重新经历战争。梦中，我被推到前线，我常常倒在血泊中号啕大哭，无助地寻找一民，寻找崇明叔叔。梦中，我甚至模糊了两个人的脸孔。在拼图游戏里，我几乎拼错了两个人，两个人似乎你中有我，我中有你……就这样，我总在无数的反反复复的噩梦中醒来。清晨，面对阳光，面对大海，清点残梦，除了无望地等待外，还得努力地融入新的生活。

长期的战乱之后，街市已经不是往昔的街市了。华人战时服务社团经过有序组织，开始清扫街区，看护伤员，保护财产，稳定人心，经历三五十天的奋斗，生活的秩序才又渐渐地拉回到原来的轨道。

走在赤道城，街头又见到熙熙攘攘的人群，华人坚强地经历战争洗礼后又活跃起来了。短衫与纱笼里穿梭着中山装、长袍，就像官话、潮汕话里，掺和着客家话、闽南话一样。这个据荷兰人测定位于地球纬线零度的城市里，人们举手投足里都延续着祖辈的唐山情结。唐山，是这儿的人不厌其烦谈说的主题。有的人一辈子都没见过唐山，但是对罗湖桥充满热情，因为他们知道罗湖桥一脚踩进去就是唐山了。走在赤道城，尤其是走在这街头，那熟悉而又生疏的乡音，那丝绸，那陶罐，那山水绣花巾，点点滴滴惹起的无限乡愁会叫人陷入极度的恐慌中。明灭的微光里，缕缕香烟弥漫，街市上又扬起了熟悉的檀香，那是商铺神龛里的关公与妈祖又亮起了兴旺的香火。

今天要见华侨社团，我穿上旗袍。隐匿多时的旗袍女人也多起来了，那是华人世界里知识女性的标志。黎凯在社团门口迎接我，还有刘立衡。刘立衡的出现让我欣喜若狂，这个失踪人口的回归让我重新看到了希望。据说日本占领这三年，他一直潜伏在高山土著族中组织地下抗战。他是一个典型的热血青年。他一开口不是打倒法西斯，就是共产主义万岁。三年不见，他除了更黝黑外，其他的都没什么变化。那高高的额头让整个秃秃的脑门看起来像是占去半张脸的长度，那眼睛依然炯炯有神，一眼就可以感觉到他旺盛的精力。他站在黎凯边上比黎凯整整矮一个个头。他黝黑的皮肤，矮短的身段与马来土著极其相似，要是他鼻孔粗大头发卷曲的话，你很难从马来人中认出他来。

“嘿，朋冰莉。”他一眼认出我来。

“立衡。”我说不出第二句话来。要是某一天一民也这样突然冒出来，该多好。有一瞬间，我几乎憎恨站在眼前的不是一民而是立衡。我对自己这瞬间的憎恨感到羞愧。

“朋冰莉，你越见水灵了。”他端详着我，眼睛一眨不眨。要是换一个男人这样瞪着你，你一定会毛骨悚然，怀疑他是否有什么卑劣的想法。可是，立衡看着你时是一种纯粹的稚气，如果他赞美你，无非是来自心底里的一种真挚的崇拜。这与他对共产主义的崇拜一样，是单纯的，真挚的，不带有任何杂念。

“好啦，什么朋冰莉，朋冰莉的，快叫冰莉姐吧！”黎凯拍了拍立衡的脑袋取笑着。“占山头三年，还是不改这流氓脾气，有你这样瞪着看人的吗？”

“嘿，朋黎凯，什么叫流氓脾气，我是共产主义者，又专又红，懂不懂！”

“什么共产、无产还是多产的，这我不懂。”

“朋黎凯，都三年了，你怎么还是这么无知啊！来吧，让弟好好教教你……”

“去去去。少谈主义多干活，冰莉来了，要谈什么就快点，人家忙着呢。”

“唉，无知啊！要是一民在就好了……”

他们俩互相打趣着，多年不见还是那么坦诚。他们仨，一民最大，立衡最小。立衡看起来还是那么一腔热血。要是一民在就好了，他说的没错。黎凯制止他再往下说了，黎凯明白我的心思，他怕立衡无意中伤到我。我抿着嘴，笑望着他们。今天社团要讨论恢复学校的问题，立衡想重立育华中学，他要黎凯帮忙，他也想让我回来。黎凯知道我是回不来了，立衡他固执地坚持着，他说至少我要在学校留个名头，或者说办学经费上可以支援些，他知道我会有办法。那一天，在社团里我见到了许多老同事，可是还有许多老面孔没出现，谁也没问他们的去向，大家都知道他们失踪了，就不再提了。

对于别人而言，失踪了就不提了，可是在我心目中，失踪还意味着有希望。我还是继续着我的等待。我祈祷某一天，他们会像刘立衡一样突然冒出来，然后告诉我们一些丛林里的传奇或是山地土著的传说。在这片奇特的土地上，传奇时刻在发生，关于丛林与土著的故事，那莫村庄的老人永远也讲不完。每天，我从工厂回来，雪儿从学校回来，罗爷爷从林子里回来。我汇报工厂情况，雪儿汇报学校学习情形，罗爷爷，这个红房子的主宰，他渐渐地也习惯了没有崇明叔叔与伊丽娜阿姨的日子。赤道石与宛月汀他再也没提过。他似乎很专注于他的望天树，他并不在乎我的能力。我不知道他是否有暗中观察，或者说有暗地里派人盯梢，我不能确定他暗地里没有关注我，但是从整个生活表面看来，他似乎极其地信任我。他将工厂与种植园托付给我，他教我如何与晒尔东打交道，那是个狡猾又忠诚的家伙，他这样评判他的管事。晒尔东是一个壮实的中年马来人，对于我半路出家他并没有为难我。他是个不错的管事，精明能干，看起来随和亲切，只是偶尔会有些卑劣的动作，比如递交文件时会趁机蹭蹭你的小手，摸摸你的肩头等。起初这些小动作让人难以忍受，后来知道他也仅此而已，便也渐渐习惯了。

人们慢慢地忘却战争，生活回到了正常的轨道。走街串巷挑着担子叫卖水果的人多起来，乡村小道骑着自行车贩卖咖啡、食用油的人也回来了。立衡的育华中学也在一个多月后重新复校。复校那天，我又回到了育华中学，参加了开学典礼。站在礼堂前，面对全校师生，我神情木然，这毕竟是一个缺憾，这里少了太多熟悉的面孔。立衡要我代表资助方讲话，被我拒绝了。我无法像立衡一样，一挥手就可以慷慨激昂地口若悬河。况且，本来站这儿的应是罗爷爷，办学经费说是我想了办法，但实际上还是罗爷爷掏的钱。我一张口，他就慷慨解囊了，一伸手就拿出五万盾。主麻说的没错，罗爷爷并不是个小气的人，他不仅不小气，而且出手大方。这一点在后来的生活点滴里，我感受很深。

那次开学典礼后，我就再没见过立衡和黎凯。期间听说苏菲给黎凯生了个胖小子。

2

跟晒尔东共事，我学会了许多往日里学不到的，权衡利弊成了我的新行为准则，尽管我有时依然感情用事，但是在关键时刻，我明白何者轻何者重，从忍受他的小动作开始我学会了隐忍。然而，忍耐总有限度，我生来就没有忍辱负重的优点，晒尔东越伸越长的黑手，终将我惹火。不过，我们闹翻已经是三年后的事了，三年后，谁也没想到世界又是另一番模样。荷兰士兵又卷土回来，在一片反共的声浪中，军警又一次开火。而我因为帮助立衡而被列入了追捕的黑名单。

第四章

婆罗洲的丛林

1

一切似乎就在瞬息停止，寂静笼罩四周。我靠在一棵大树下，直喘粗气，那急促的喘息声，似乎成了这丛林里唯一的异动。我瞪大眼睛惊惶地扫视着，不时地望向来路。我没能望多远，四处浓密的灌木和错综攀缘的藤蔓挡住了我的视线。我屏住气倾听，咚咚咚，自己剧烈的心跳声显得极其刺耳。一切看起来是这样的平静安详，除了我这个闯入者外，丛林没有其他的声息。我微微抬起头，确定枪声已经消逝，断定自己把士兵甩了。

真是累坏了，这一路跑下来，不知道自己到底跑了多少里路。只记得在前往赤道城的路上，两个士兵张牙舞爪扑过来，我拼了老命地跑开。我狂乱地奔过田野，跨过马路，冲进丛林。我知道丛林能够掩护我。两个士兵穷追不舍，他们以胜利者的姿态围捕一个女人，就像两只猫在玩弄一只触手可及的小老鼠一样。他们起初对于我的奔跑并不在意，在我后面一路追着，一路叫着，还一路打着响指怪笑着。这不得不让我想起育华中学的孩子们见到他们一米四个头的植物老师颠簸着八公分的高跟鞋走上讲堂时的情形，叫声和着响指与怪笑弥漫整个教室，那是无知的轻视与愚蠢的小觑。等我熟练地穿越田野冲进潮湿而茂密的丛林时，士兵才缓过神来发现自己错了。高大而错综的灌木挡在眼前，我一闪一现，不时地逃出他们的视野。他们掏出横在胸前的枪，枪声在林子里响起。我头脑一片空白，什么也顾不了，只知道拼命地跑，跑，跑……眼见着到手的猎物就要飞了，他们或许愤怒了，要命地追着，不断地射击着，可是一切似乎都是徒劳，他们到底没射中，他们到底也没追上……

“见鬼去吧！”我愤然骂道。

望着这深邃宁静的林子，我长长地松了口气，乏力地垂下头，背靠着大树，最后瘫坐在地上。阵阵清风扫过树梢，“沙沙沙”声由上到下，由远而近，从林里传递起神秘而古老的言训。

突然，我觉得背后黏黏的，滑溜溜的。我警惕地挺直了身子，转过头，看到树上潮湿的苔藓被划掉一大片，而两只肥嘟嘟的蜗牛正在我裸露的肩头扭动着，那软软的身肢，拖着长长的黏液，似乎在奋力挣扎着，想爬过我的肩头。

看着肩头那轻轻蠕动的身躯，我毛孔一下竖了起来。我并不是一个胆小的丫头，可是对于软体动物却天生恐惧。我神经质地叫起来，胡乱地抓起衣服使劲地朝它们扫去。一声清脆的刺啦声响过，肩头的衣服被撕成碎片。

“该死！”我握着揩下蜗牛黏液的布片，直愣愣地看着自己的纱笼。这一身的棉布纱笼早已不成模样，除了从肩头扯下的布片垂掉在胸前外，前襟后背从上到下早已支离破碎，不知道什么时候树枝将衣服划了无数道口子。不过，最让我吃惊的是自己皮肤上细细密密的血色划痕。这累累伤痕，立即让我想起马来人的鞭刑，此刻翻开破碎的衣物，我不能不怀疑不久之前自己是否受过鞭刑。

时候不早了？我抬起头望望天空。可是，我见不到天空了。密密匝匝的树叶一层叠一层，挡住了所有。没有蓝天，没有太阳。这暗淡的丛林，只有绿色，这丛林里的天幕是一片深沉的绿色。无法猜测到底几点，或许是晌午，或许是傍晚，或许马上就要天黑了。我开始感到不安，暗淡而潮湿的丛林，恐惧悄悄地袭上我的心头。

挣扎着从地上爬起来，潮湿的土地上多了一个凹坑。我的屁股已经湿透了。丛林里的潮气无处不在，这潮气正散发着一阵阵腐朽的味道。站直身体，乏力与饥饿袭来，我才想起自己是准备到赤道城吃午饭的，午饭时间或许早已过了。必须趁着还有点力气走动时，先找点东西吃。只有填饱了肚子，才有体力走出丛林，我想。

我开始注意身旁的每一棵树，午餐全在树上！可是，再次抬起头时，一切让我失望至极，这里的树足有几十米高，看起来高不可攀。那不知名的藤萝也说不清到底有多长，上百米或是上千米，谁又能说得清楚。你看它们倔强地抱着树干往上攀，从一棵树到另一棵树，它们倔强地攀附着，交错着，根本看不清一棵完整的树，或是一根完整的藤萝，树与藤萝在半空中悬起一张巨大的网，你中有我，我中有你。

望着这张巨网，我苦笑着摇了摇头，即使那树上那藤萝上长满可口的果子，即使看得见，也摸不着。

还是朝着来路走回去吧，可以一边往回走一边寻找食物。我想着，抬起了脚。原以为只要转身，只要抬脚，走那么一会儿就可以看到蓝天白云了。当然，事实并没有想象的那么简单。当我站直身欲抬起脚往前迈步时，我慌了——自己到底是从哪个方向来的？到底哪一条是来时的路？我再怎么眨巴眼睛，也没找着来路，确切地说，四周根本没有路可言。此刻，我眼前的世界就像被施了魔咒一样，枯叶、苔藓、地衣、菌菇、灌木、老藤与古树，从左到右，从下到上，层层叠叠都是同样的绿色，同样的腐烂，同样的阴湿。原地转了两圈，没有任何痕迹可以告诉我来时的路在哪里。茂盛而古老的灌木丛令我深感不安，我紧张起来，预感自己不知不觉闯进了丛林深处。

“深沉的古老丛林有强大的魔力。只有古老的种族才允许在这里繁衍生息，外界的无知闯入者都要为自己的莽撞付出代价。”我想起了那莫村庄的古训。在那莫村庄里，人们对丛林有一种古老而庄重的敬畏感。死囚犯为了逃避追捕闯进丛林再也没有出来过；贪婪的猎人为了寻求更丰厚的猎物闯进丛林再也没有出来过。那莫村庄里的人，只能在丛林外层活动着，他们从来不敢私自闯入丛林深处，因为他们知道，丛林里，强大的吸力会让你失去方向，魑魅的魔力会让你丢掉灵魂，丛林上空诡异的雾气是久久不能消散的古老的阴魂。他们确信，走向丛林深处就意味着迎向消亡的魂灵。

死亡的恐惧不期而至。望着丛林，想着那莫老人，我战栗不已。我会受到惩罚吗？我算是一个莽撞的闯入者吗？不，不。我是个无辜的闯入者，我是被迫的，我是无意识的。

“哦，上帝，请宽恕我。”我在额前画了个十字。我并没有真正进入教堂领过圣水宣誓入教，红房子经年的生活让我耳濡目染，此刻我没有想到佛祖，我却这么无意识地想到了上帝，不知道上帝是否会保佑我这个临时的信徒，不过，已经没有选择了。我折下一根树枝握在手上。必须抓紧时间离开这儿，我颤抖着做出决定。

全凭直觉，我选择了一个方向走去。无论是对是错，都必须走。走，才会有希望。现在最担心的是夜晚，如果在夜晚降临之前，我没能走出丛林，那后果将不堪设想。除了手上这根干巴巴的棍子外，我什么也没有。

我用棍子探路，地上潮湿而滑溜，苔藓、地衣，以及盘根交错的树根与藤蔓，一不小心就会叫人栽跟头。当然还得时刻当心小灌木刺到脚踝，这种时候脚不能有什么三长两短，走出丛林全靠它们了。我痛苦地扫了一眼满目阴湿的丛林，真想不明白自己是怎么跑进来的。

认定一个方向，往前走。不能有其他的想法，只有往前走，必须相信前方就是希望，蓝天与光明就在前方。往前直走，否则很可能在这个丛林里兜圈子。丛林强大的魔力首先就是让人兜圈子迷失方向。此时的我，意识清醒且行止果断。

“唆”的一声，矮树丛里闪过一条蛇尾巴。

“啊——”我惊叫起来。我的眼睛里满是惊惧的泪水。我呆立在那儿，不敢乱动。又是“唆”的一声，小东西蹿上了旁边的树枝。我看清楚了，这是一只不大不小的变色龙。

虚惊一场！我揉了揉眼睛，抬起脚继续赶路。可是，丛林平静安详的表面下，很多小东西都在活动着，那从跟前逃窜而过的奇丑无比的大老鼠，那调皮地从树上滑翔而下的小猕猴，那灌木丛里突然腾空而起的锦鸡，以及那倒挂枝头慢悠悠移动的大树懒……每一种声响异动都不时地让我惊出一身冷汗。

最担心遇上巨蜥、巨蟒、四脚蛇什么的。总是怀疑自己踩到什么，或是后面有什么在追自己。抑制不住胡思乱想，脑袋瓜里时时闪现出许多恐怖的画面，越是害怕什么，越是爱想象什么。比如枯叶底下潜伏着巨蝎，大树枝头倒挂着巨蟒，小灌木丛里一双大猫眼暗中窥伺，或是背后紧紧跟着大黑熊……越是想着，越是怕，越是怕，越是觉得后面真有跟随而来的脚步声。完完全全笼罩在自己假想的恐惧中，一丁点沙沙声，都会让我战栗不已。每一根神经都绷得紧紧的，我在恐惧的漩涡里挣扎着，时不时回头望望，尽管一次次确认身后并没有什么异动，但是我还是会忍不住打寒噤。

要挣脱这种恐惧很不容易，因为我很清楚，丛林越是平静，越是安详，越是充满神秘，便越是令人深感不安。不过尽管如此，我还是尽全力加快了前进的步伐。自始至终，我害怕的巨蜥或巨蟒并没有遇上。我一味地害怕大东西，可是却疏忽了丛林里的小东西。

当我一脚踩进枯叶丛时，一窝蜂在我面前炸开了，我意想不到的大麻烦来了。很遗憾大灾难却源于这普通而渺小的动物。那飞舞着的小东西，密密麻麻地迎面扑来，黑漆漆一团像乌云压顶，我压根儿无法抵御这突如其来的群体骚动。凭借本能，我挥舞着双手朝另一个方向逃去。蜂群穷追不舍，我跑到哪儿，它们紧跟到哪儿，越是跑，蜂群越是聚拢而来。我完完全全被罩在了蜂群的狂噪里，手臂、头顶、脖颈麻麻的刺痛感接踵而来。我已无力行走，眼前漆黑一片，什么也看不见了，什么也感觉不到，除了这“嗡嗡嗡”乌团团沸腾的一片蜂群。

我绝望地抱住头跌坐在地上，蜂群嗡嗡嗡地绕着我，我缩成一团，像被罩在一个黑色的球体里……

2

我感觉有一双毛茸茸的手在胸前磨蹭着，轻轻地，蹭得我痒痒的。

自己是躺在院子里的摇椅上睡着了？小毛犬在自己胸前磨蹭什么呢？怎么这么安静？雪儿呢，她怎么没有来唤我？我想睁开眼睛，可是眼皮是那么沉重，怎么使劲也抬不起来。蒙蒙眬眬，我透过眼缝看到一只红色毛茸茸的手正在把玩着自己胸前的赤道石。这是什么？这不是自己的小毛犬，这分明是一只手，一只毛茸茸的手！我大吃一惊，试图抬起手推开这个毛茸茸的东西，可是，我发觉自己的手臂是如此沉重，沉重得根本动弹不得。我开始试图用脚踢蹬，可是我的脚也无法动弹。我像整个儿被施了定身咒，全身上下无法动弹，剧烈的肿胀感与酸麻感密布全身。

“崇明叔叔！崇明……”我叫着，可是我发现自己的小嘴巴似乎也不听使唤了。我什么也没喊出来，在翕张中，我听到的只是自己微弱而沙哑的喉音。

“咚——咚——咚——”一串笨重而迟缓的脚步声由远而近。一股浓烈的腥臭味也由远而近。好腥好臊，我感到恶心。

“呜——”随着一声沉闷的吼叫，耳畔响起了“啪啦啪啦”声。胸前的赤道石被笨拙地放下了。我感觉身旁一个笨重的身躯离去。紧接着便又是一阵沉闷的吼声和一串笨重迟缓的脚步声。

听着这陌生的吼叫声，我毛骨悚然。当我感觉到另一个更肥重的身躯挨近我时，我惊跳起来。伴随着沉闷的嗫嚅声，一只更肥厚的毛茸茸的手伸向了我的胸前。那红色的长长的毛发在我胸前上上下下蹭着，我痛苦地忍受着这令人作呕的磨蹭。那毛茸茸的手粗鲁地抓起了我的赤道石，我的脖颈有种灼烧的疼痛感。挂着赤道石的红绳紧紧地勒着我的脖颈，我感觉到赤道石被握在一双大手中，正被翻来覆去地观看着，观看者不时地发出一串串赞叹似的“嗯——嗯——”声。我不明白，这些红毛怪物为什么看上我的赤道石。不过，我很庆幸，至少怪物没有看上我。我真担心，这些怪物会像晒尔东一样，将肮脏的手伸到我的内衣里。晒尔东，面目可憎的晒尔东，我想起了跟他吵架的情形，我掀了他的办公桌，我扇了他一巴掌，我冲出工厂，我准备赶往赤道城……是的，我是要去赤道城，在赤道城的路上我被追捕。士兵，士兵将我赶进了丛林——想起来了，我冲进丛林了——丛林，自己深入丛林，巨蜥、蟒蛇——不，不，是蜂窝，那密密麻麻铺天盖地的蜂群——我想起来，我被困在丛林，我被蜂群包围——可是，后来呢？后来我不省人事了……

“到底在哪里？”我痛苦地想着。这不是院子里的摇椅，我根本不在院子里，我根本不在那莫村庄。我感觉到了身子下面刺刺的，略微动一下，便沙沙作响。这是树叶或是草秆，我是躺在树叶上或是草秆上？

“还在丛林里？”我绝望地想着。

我想起丛林里我瘫坐地上，那湿漉漉的树叶，以及我站起来时整个儿湿透的屁股。可是，现在可以确定自己身子下面树叶或草秆都是干燥的，至少现在我还没有潮湿的不适感。轻轻地动了动身子，我无法确定自己到底在什么地方。

真想睁大眼睛看看，可是沉重的眼皮怎么也抬不起来，我只能尽全力透过一条缝看到自己的胸脯，以及那挂着赤道石的红绳子。突然，一张扁平的脸凑近了我。那红色毛茸茸的脑袋下，是一张丑陋扁平的脸，那深棕色光滑的脸上，一双黑溜溜的大眼睛正直直地盯着我起伏的乳房。

“ORANGUTAN！森林之人！”我大吃一惊。但是我没有出声，我只听到了自己喉头吃力的吞口水声。我依然不能动弹，所有的一切只能听天由命了。

我眼睛一眨不敢眨。透过眼缝我愤怒地盯着这张慢慢凑近的丑陋脸孔。我心跳加剧，乳房在眼前微微颤动。我明显感觉那奇丑的朝天鼻里发出沉闷的嗫嚅声，那鼻息正一点一点地吹起了我胸前单薄的衣物。哦，上帝！森林之人那松弛的喉袋垂到了我的胸前，那脸颊两侧长出的肉瘤般的赘肉也快抵上我的下巴。我想起那莫村庄传说中被人猿掳走的女人，那个怀上人猿孩子的女人。我会是那莫村庄第二个怀上人猿的不幸的女人吗？我瞪着它，惊恐万状。我眼睁睁地看着那张肥厚的嘴唇一点一点朝着自己胸脯凑近，那巨大的暴牙，那是可怕的大暴牙……

天哪！它就要压在我身上了，它压在我的身上了……我眼前一阵昏黑，绝望地闭上眼睛。

“上帝啊，保佑我！”我颤抖着，祈祷着。眼泪簌簌地顺着眼角流了下来。

一切似乎就在瞬间停住了，那可怕的森林之人并没有像想象中那样压下来，它似乎和我保持着距离，它看起来并不急着动手脚，它应该正沉醉在什么之中——我的酥胸？我雪白的胴体？我绝望地想着。好一会儿，我只觉得脖颈上的红绳子动了动。除此之外没有更大的动静了。不过那沉闷的鼻息还在我胸前起伏着。我忍不住睁开眼睛，透过细细的小缝，我看到了森林之人在痴痴地亲吻着我胸前的赤道石。那明净的眼神充满温情，赤道石在它眼里像是一个不可侵犯的圣物。

“哦，上帝！”我长长地舒了口气。它并没有伤害我的意思。

或许是刚才过于紧张，或许是自己身体极度虚弱。我只觉得一种无法挥去的困意席卷而来。那沉重的眼皮一点也抬不起来了，那细细的小缝在瞬间紧闭上。我迷迷糊糊地沉入了黑暗中。

当我又一次醒来时，感觉有人在给我擦洗身子。什么毛巾如此粗糙？那双擦洗的手所到之处立即升起一种灼烧的刺痛感。不过，奇怪的是，刺痛之后立刻迎来一阵冰凉舒缓的松弛感。

眼皮已经不再那么沉重了，我轻轻地睁开眼睛，又马上闭紧了。那强烈的光线刺激了我，我的眼睛似乎不能适应这强烈的阳光了。

“我在哪里?”我茫然地想着。丛林是暗淡的，丛林见不到这样强烈的阳光。

“阳光，这是阳光，它让我睁不开眼睛。我到底离开了丛林?”我兴奋地想着。

一双巨大的手粗鲁地推着我，我只觉得自己像一块烂泥巴，“叭”的一声被整个儿翻了个个儿。“轻一点好不好?”我气愤地叫起来。我被自己的声音吓一跳。这声音是如此的沙哑浑厚，而且还有回音，我真像是对着一个扩音喇叭在喊。很明显，我跟前的人也被吓一跳了，那双巨大的手在我身上不由自主地抽了一下。伴着那沉重的鼻息，我听到了沉闷的“嗯——嗯——”嗫嚅声。

我想起来了，自己和森林之人在一起。

我尝试着再一次睁开眼睛。这一次我是慢慢地，一点一点地睁开，或许是因为我现在是趴着，没有直接的强光照射，或许是由于我的小心翼翼，眼睛适应了光线。我顺利地睁大了我的双眼，我贪婪地摄取到了我渴望已久的亮光。

我第一眼看到了一个大岩洞，自己是趴在岩洞口的一块大石头上，阳光透过树梢直照在洞口上。我看到了自己身旁的怪物，那敦实肥厚的身上长满了红色的毛发，那纤长的手臂和腿也全是长长的红毛，那头上只有一张脸是光溜的。我轻轻地扬起头，那一张扁平的丑陋的脸上，一双乌溜溜的大眼睛正圆鼓鼓地瞪着我看。

“ORANGUTAN！森林之人!”我轻轻地念叨着。它似乎回应我一样，嘴里又发出了低沉的“嗯——嗯——”的嗫嚅声。

我直愣愣地盯着它看，它似乎躲避我的目光，转过头，然后伸出长臂一把抓起身旁的一把蒲公英。它将蒲公英叶片塞到嘴里嚼了嚼，然后一点一点地吐到手中。我惊讶地看着它将那黏黏的汁液全部按到我的身上。

“啊——不！”我惊呼起来。

它愣了下，可是并没有停下手，那长臂像擦地板一样一下一下地在我身上粗暴地揉擦着。我感到一阵刺痛，刺痛过后，却是一阵清爽的松弛感。

我看着它专注的神情，心里说不出什么感觉。它在给我疗伤？现在已经没有那种肿胀的灼热感了，那种被铁皮裹紧的紧绷感也没了。我试着动动手，看到自己的手举起来了，原来那种沉重的感觉完全消失了。“真好！”我又慢慢地抬起脚，可是，一只黑乎乎的大手粗鲁地握住了我的腿，我的双脚便像上了箍一样动弹不得。

“放手！”我不快地转头对它喊。它似乎听懂了我的话，它摇了摇头，又发出了沉沉的“嗯——嗯——”声。

它明白我说什么？它可以沟通？我惊讶地瞪着它。

“好啦，我不动就是了！”我耸了耸肩，轻轻地笑了笑。它果然松开了手，继续专注于它的工作。我不可思议地看着它。

我静静地躺着，静静地享受着这草叶“SPA”，心里却空荡荡的。我不知道自己到底在什么地方，我猜自己并没有远离丛林，只是在丛林的某一个空旷角落里。不过无论如何，这儿比起那潮湿阴暗的丛林深处好多了。想起丛林，丛林下那沉重的恐惧像一只黑色的魔爪罩住我，想起了那迷失方向后绝望的感觉，我突然陷入深深的悲哀之中。

“咚！咚！咚！”我听到洞口外传来的沉重而迟缓的脚步声。

随着一声长长的呼叫，我看到了另一个稍小点的森林之人，这个新来者的一只长臂抱着一个硕大的波罗蜜，半爬着走了进来。进洞后，这个新来者便扔下波罗蜜，转向了我。我看到原先站在身旁的森林之人被粗鲁地推到一边。然后，我被这个刚进来的巨人粗鲁地翻了个个儿。我仰面朝天躺在那儿，很气愤，感觉自己像一块橡皮泥，被随意地翻转着。可是让我意想不到的、更糟糕的事情发生了，新来者居然像拨动挂钟指针，灵活地转动着手指头，将我从上到下拨转了一圈。

“你想干什么？”我瞪大眼睛恼怒地叫起来。

眼前的新来者并没理会我，它只是停了停，然后默默地拾起我胸前的赤道石端详起来。突然间，它的眼神变得柔和温婉，我看到它低下头来轻轻地吻了吻赤道石，然后再轻轻地将它放回我的胸前。

我凝视着它。它看起来没有先前那个那么丑陋，尽管那布满皱纹的脸并不好看，但是从视觉上来讲，这些皱纹比刚才那沉甸甸的大肉瘤顺眼许多，那脖颈上也没有皱巴巴的喉袋。我仔细地端详着它，我看到那胸前浓密的红毛里隐隐地露出两个下垂的皱巴巴的大乳袋。这应该是一只上了年纪的母猩猩，我肯定地想着。这个母猩猩看起来有点粗暴。公猩猩怕母猩猩？可是，那莫村庄的人说过森林之王都是公猩猩，他们说，母猩猩基本是在公猩猩的统治下交配、生子、觅食的。可为什么在这儿，这只母猩猩更显霸道呢？难道因为它是老者？或者这个是母亲，那个是儿子？

很奇怪的是，无论母亲还是儿子，都对我的赤道石感兴趣。它们对赤道石似乎都怀有一种神圣不可侵犯的敬畏感。

洞里充盈着波罗蜜甜腻腻的香味。肚子咕噜咕噜叫着，我不知道自己多久没吃东西了，从丛林倒下那一刻起到现在也不知过了多久了？一天、两天、三天……或许五天、十天、半个月……哦，谁知道呢？反正我现在感觉肚子饿极了。趁那个母亲转身之际，我悄悄地爬了起来。

从地上站起来，有点晕，我踉跄着，踢到了一个空椰子壳。我往身后的石壁靠了靠，见到了满地的椰子壳。我站了一会，尝试着朝波罗蜜走过去。那个儿子似乎很善解人意，它早已剥开了波罗蜜，它将厚厚的一大半果肉递给了我。我接过这微黄的香蜜蜜的果肉，狼吞虎咽起来。真是饿坏了，我从未像今天这样觉得波罗蜜是人间一大美味。

3

一大早，我就醒了。我醒来时洞里静悄悄的，母子俩早早就出门了，它们或许去寻找食物，或许寻找伙伴。它们每一天都要出去活动。

我发现草垛旁边放着两个榴莲和几个椰果，这是我的早餐。昨天也一样，我醒来时，身旁是一串香蕉，我吃了一半，另一半是午餐。今天比昨天丰盛一些，它们留下两种水果。有点渴，我抱起一个椰果，挖开一个洞，就近拾起一根枯草秆当吸管。

我解决了一个椰果，半个榴莲。我知道，晚上，它们会带新鲜的食物回来。如果可以的话我应该吃掉完整的一个榴莲。但是，今天，我似乎不那么饿了，开始挑剔起食物来，我想吃点熟食，比如那香脆爽口的烤沙爹之类的。

烤沙爹，我不禁想起主麻。主麻烧得一手好菜，烤沙爹（羊肉串），哥罗卜（鱼片），登登（烤牛肉）等等，味道香美极了，还有她的什锦黄饭——想着想着，我不自觉地舔了舔嘴唇。主麻，雪儿，罗爷爷，那莫村庄，记忆中的点点滴滴又展现在眼前。我深深地想念起家来。什么时候可以回到那莫村庄？一想起这个问题，我立刻陷入一种绝望的恐惧里。——不能再想了，我粗鲁地掐断回忆。我想我是明智的，从那一天起，每一次想起那莫村庄，我都会强制自己掐断所有的思路，尽管这样做很困难，但是我还是努力这样做。我并不是害怕回到过去，我害怕自己会被过去无边的想象与无望的渴望折腾疯掉。这儿，现在，赤道城就是一个梦幻中的世界，我不能沉迷于梦幻之中，我必须保持清醒，时刻都需要清醒。我拍拍屁股从地上爬起来，伸伸手脚，扭扭腰肢，所有的动作都运作自如，我知道自己基本恢复过来了。昨天晚上，我还被摁倒强制做草叶“SPA”了。我仔细打量起自己的身体，那原先白皙的肌肤整个儿泛着一层厚厚的绿光。站起来，感觉自己像一棵长满青苔的树。身上的纱笼不成模样，左一片右一片，根本无法遮住身躯。我看到自己肥硕的屁股几乎裸露在外面，那胸前丰腴的乳房也是若隐若现。还好那绿油油的一层让裸露的身姿看起来不那么扎眼，那厚厚的一层绿色草叶般，像一件全新的绿色青衫裹在身上，我只当自己穿了一件绿色紧身衣。

我再一次伸伸手扭扭腰，手脚轻松多了。今天应该不用再做草叶“SPA”了，我看着满地残渣，那草叶的粗纤维一根根倔强地横在地上。“太脏了，我得好好清扫一下。”我嘀咕着，顺手抓起一把草秆，扭成一团，做成一把简易扫帚。我将地板上的空椰子壳一个个扔到洞口外，将洞里的果皮、树叶、残渣一点点清扫出去。我不紧不慢地忙着。与其说地板需要清扫，不如说我需要清扫地板。我不能让自己闲下来，闲下来又会沉入沉思。

清扫之后，整个岩洞焕然一新。我细细地打量起岩洞。这是由两块大岩石顶起来的一个大空隙，洞顶极高，外小内大，不过，两米多宽的入口已足够让光线照进半个洞来。或许由于有足够的光照，这个洞平整干燥。或许由于洞顶极高，这个洞才清爽怡人。岩洞最里头有一个狭窄的小口子，小口子通往黑暗的不知名的地方。森林之人，将这个黑暗的小洞当作储藏间。我相信只要我举起手往黑暗的小洞里伸进去，我便可以随意抓到其他食物，比如说更多的木瓜、凤梨，或是面包果等等。不过，自始至终我都没有这样做，我害怕黑暗中我摸到鼻涕虫之类的软体动物。

我打量起地上的三个凹坑。这是并排着的三个长方形凹坑，这凹坑就算是床了。那正中间的是我的，左边是那个母亲的，右边是儿子的。我注意到，那左右两个坑上面都铺着一层薄薄的树叶。而我躺的那个坑里铺着一层厚实的草秆。他们看起来很优待我，望着这贵宾级的待遇，我欣慰地笑了。

走出洞口，阳光直照在脸上，有点睁不开眼睛。我抬起手，挡住耀眼的光线。我望向远处。远处像揭开了一幅彩色油画，一个活生生的奇特而美妙的世界展现在眼前。

这是一个平缓的小山坡，近处是草坪，稍远处是林子，高处是悬崖峭壁，而低处是一眼望不到边的绿色海洋。小岩洞是在毛茉莉的簇拥下探出脑袋的。我在毛茉莉的牵引下，走出岩洞，走进草坪，整个视界异彩纷呈。荨麻、炮仗花、万代兰、野菊花，到处都是，红、黄、蓝、白，那一簇簇，一汪汪，层层相拥，随意而恬美。浓郁的花香引来了万千的蜂蝶，那五彩纷飞的大花蝶，轻轻地飘在花丛中，在明媚的阳光下，那一片片，一团团，似绒毛，似飞絮，轻灵而缥缈。草坪尽头是林子，那连接坡底丛林的无边绿色，令人望而却步。叽叽喳喳的鸟雀声是从那儿传来的，当然还有阵阵沙沙声，那是丛林古老而不朽的号角。沙沙声里隐隐夹杂着凄厉的尖叫声，可以想象调皮的猴群在高树上追逐、斗殴的情形。仔细倾听，这里除了林鸟的欢叫，还有隐隐的山涧飞流的呜咽，还有丛林顶层狂风怒浪般的号叫。居高临下鸟瞰丛林，不敢相信那潮湿氤氲的丛林，它的顶层风光竟是如此的万紫千红。云雀纷飞，花团锦簇，这是一个真正的人间天堂。不，是一个真正的植物天堂。那是高耸入云的古树，那是交织纠缠的萝蔓，那是寄居树挤入顶层的蕨木。阳光啊！只有这挤入天蓬顶层的，才有拥抱阳光的特权。

我在一块大岩石上坐下。静静地沐浴着日光，我沉入了丛林喧嚣的宁静中。该怎么办？这是一眼望不到边的绿色汪洋，我将如何穿越它？

“轰隆隆！”天空中传来轰鸣声。我轻轻地抬起头，蓝空中，一个银色的光点正拉着一条水雾白带，一点一点地移动着。飞机！我有点小激动，因为那上面有人。可这是战斗机吗？我又有点小担心。赤道城往北是不是又有什么可怜的城市要被轰炸了？赤道城，我的赤道城，崇明叔叔还在吗？一民呢，他到底在哪儿？赤道城的点点滴滴跃入眼前——日本兵占领了赤道城，荷兰人跑了，全跑了，他们将整个城市拱手让给了日本人！自称高人一等的白种人，终究也有被黄种人赶得四处鼠窜的时候。可是现在，荷兰人又回来了，他们又回来了，就因为日本人被赶走了吗？哦，赤道城，那个刚刚为和平喘口气的城市，又罩进战争的阴影。立衡还在赤道城吗？他会逃出反动军警的追捕吗？还有那莫村庄，罗爷爷是不是又在大声嚷嚷着什么？他听不到我的声音，他肯定大发脾气了。可怜的雪儿，她一定躲在马来仆人背后发抖了，她最怕爷爷生气了……

“呜——呜——”一声声嘶哑而急促的呼叫从身后传来。我大吃一惊，转过头。我看到了森林之人。它正陶醉地仰望着长空，长长的前臂弯曲着撑在地上，嘴里发出这急促的“呜——呜——”声，那神色像极了乡下孩子看到飞机时兴奋不已的模样。

它怎么这么早就回来了？它没有和母亲到远处觅食吗？我看着身后的森林之人，心里涌起一股无名的痛楚。“我还要跟它们生活多久？”我绝望地想着，痛苦地将目光投向了长空。“飞机，只有飞机才能带着我离开这儿。”我想。

飞机渐行渐远，那银色的光点在天际消失了，那长长的白带还在蓝空中悬浮着。我久久地久久地注视着。我的赤道城，那片天底下或许就是我的赤道城，我的赤道城。那儿有周璇、姚丽，那儿有《桃花江》《哪个不多情》……

“玫瑰玫瑰最娇美，长夏开在枝头上；玫瑰玫瑰最艳丽，长夏开在荆棘里；玫瑰玫瑰我爱你，心的誓约，心的情意；圣洁的光辉照大地，心的誓约，心的情意……”我轻轻地吟唱起来，眼泪止不住往下流。“伤了嫩枝和娇蕊，来日风雨来摧毁……”

它轻轻地走过来，伸出手揩去我脸上的泪水。嘴里发出“呜呜”的低鸣声。它或许知道我在难过，它眼里似乎也饱含清泪。这是一个善解人意的人。姑且当它是人，在这广漠的天底下，我太需要一个人来陪伴了。尽管它丑陋无比，尽管它腥臊无比，在这无望的蓝空下，它却是我生存的希望，我永远都不能忘记，它和它的母亲那茫然的眼神里流露出的怜爱……突然，它挺起身子，半直立起来，一只手很绅士地伸给我，乌黑的眼珠直直地盯着我，它像一个大人在招呼孩子，它的眼睛似乎在说：来吧，将你的手伸给我，我带你回家。我望着它愣住了，那黑乎乎的大手掌让我犹豫不决，最后我鼓足了勇气，将自己的手交给它。它握住我的手，紧紧地牵着我，往岩洞走去。

洞里那个母亲嘴里噼啪地嚼着什么，看起来吃得津津有味。它和我走到了洞口，那个母亲很认真地在地板上忙碌着，听到我们的脚步声，却抬都没抬眼皮。

满地蠕动着白蚁，那些白蚁肥嘟嘟的，亮晶晶的。当我的目光落在地上时，我惊惶地叫了起来“啊！不！”看着密密麻麻半透明的小东西，一只叠一只地爬着，蠕动着，我全身起了鸡皮疙瘩。那个在地上忙碌着的母亲正将白蚁一只只送到嘴里，那噼啪声真像是谁在嚼炒花生。它轻轻放下我的手，爬进洞里，跟在母亲后面忙起来，只是它并没有将白蚁一只只送到嘴里，而是一只只握在手心。看着这一切，我已经叫不出声了，我惊惶地张大嘴巴，直直地愣在那儿。

它朝我走过来了，张开手，抓起白蚁就往我嘴里送。“不，不，不要！”我尖叫着逃开，并惊恐地冲它使劲地摇头。它茫然地看着我，它似乎不明白，但似乎又明白了。它将手上的白蚁一只只送到自己嘴里，它和它母亲一样，津津有味地咀嚼起来，噼里啪啦就像人们吃炒花生。

这个中午，我一点胃口都没有，只喝了椰汁。坐在自己的凹坑里，呆呆地望着地上，眼前晃动的似乎尽是满地蠕动的大白蚁，那密密麻麻一层叠一层的大白蚁。我无法让自己不去想那白蚁，那是我见过的最肥最大的白蚁。

母子俩下午又出去了，看来它们活动的地点并不远。我静静地瞪着洞口，看着阳光一点一点地移走。夜幕就在我眼皮底下拉紧，天空悄悄地换上了一个红盘。整个洞被罩在一片红光之中。我不知道自己要做什么，或许我得开始做个记号，表示这一天又过去了，我得知道自己到底在这儿待多久了。从完全清醒那一刻起到现在，马上就是两天了。再之前呢？我不知道，那是一段空白，就当是生命里的一段留白吧。得找一块小石子来记录它，就从昨天开始吧！

我从坑上爬起来，走出洞口。我似乎要去干一件要事，心里充满了期待。可是，当我走出洞口，就在洞口不远处捡到我要的小石块时，我痛苦地垂下了脑袋。我确定自己只是要找一块小石子而已。我茫然地抓着小石块继续往外走，迷迷糊糊地被我眼前的景致吸引了。我不由自主地走向草坪，走向红日。

哦，那远天的夕阳，像极了电影院的投影机，那巨大的光圈，将整个丛林笼在了红色的光柱里，这丛林唯一的高地，像被披上一层红色的透明薄纱。随着夜风，这层薄纱轻轻地撩起来，轻轻地舞起来，托着叶浪，抖动那无边的红晕，抖动那沉沉的沙沙声，一层层一层层推向了遥远的地方。

红霞，一片片被剥离开，又一片片被凝聚起来。远天，红日渐行渐远。

4

岩洞里的石壁已经有小一行阿拉伯数字了。一大早从地上爬起来，我第一件事就是拿起小石块在岩壁上写上“25”，这是第二十五天了。突然，我想多写点什么，除了阿拉伯数字之外的东西，我觉得有必要记录下居住在这儿的人口。“这是我和阿玛、尤素夫共同的家。”我果断地在那排阿拉伯数字旁边写上这样一串话。阿玛是那个母亲，尤素夫是那个儿子，这是前几天我给它们取的名字。这几天，我都是这样叫唤它们的。它们很聪明，明白我的意思。我只要一叫“尤素夫”，再远的地方，它都会跑过来。阿玛也一样。

和往常一样，阿玛和尤素夫早早就出洞了。

我啃了一些果子，喝了一些水。我知道如何去山涧取水了。那个山涧隐隐的呜咽声就从林子那头传过来，那是山坡的另一头。前两天，我尝试着走出了草坪，我循着水声绕到了山坡那一头。我看到了另一番触目惊心的景象。与这边坡地的宁静截然相反，那儿充满喧嚣。那是百米高的山涧，从悬崖上飞泻而下，那长长的水柱在半山腰的岩石上炸开，“轰隆隆”那响声像一颗颗重磅炸弹爆炸，那晶莹的残屑飞溅到千米之外。林子的一个洼地蓄满了水，水草零零落落地趴着，犀鸟、吼猴、鹿群，悠闲地走着，饮水或是戏水，这是丛林尽头动物休憩的胜地。貘潜在水中，青蛙从水上滑过，火红的丛蛙在叶片上呆望着，像幽灵一样的小跗猴“唆”的一声窜到了林子里……我悄悄地用竹筒在洼地里取水，不敢惊扰这“隆隆”水声掩盖下的安详，我知道我是这儿陌生的闯入者。

取水是我最新发现的打发时间的方式，我一次取一点，一天可以跑上三五趟。

我静静走出岩洞。一切依旧那么美丽恬静。我喜欢这样美丽的恬静，可是我又害怕这恬静里陌生的孤寂。我多么渴望见到个人，说说话，聊聊天。

我抬起头望了望天空，碧空如洗。几天了，我再没听到飞机的声音。

“战争结束了吗？”我低低地自语着。

“是的。应该要结束了。”我自问自答。我迫切地想说点什么，或者说我热切地想听点声音，哪怕只是自己的声音。我随手在地上捡起一只小木棍，拿木棍敲起竹筒。我要听到点声音，人造的声音。我突然有一种冲动，一种大声呼喊的冲动。我想起黎凯激动时振臂一呼的神情，我觉得人在压抑太多的情况下都会有这种冲动。我凝视山坡，这看起来像画家随意点染的山坡，我张开双臂，放开喉咙“呜！呜！”我颤抖着，使出全力叫起来。我见到惊鸟掠过，看到灰兔逃窜而去，这声音听起来是那么原始而有力，我甚至想象我的叫声振落了满地的黄花落叶。我突然明白了原始人或是红毛猩猩为什么首先学会叫“呜”。“呜呜”应是深具震撼力的呼喊声，这或许也是人类最初发泄恐惧或是无奈的心声。“呜——”我放肆地叫着，我又疯狂地奔跑起来。我张着双臂，挥舞着竹筒木棍，叫着，跑着，冲进了林子。我看起来应该像个疯子，或者说，我真的是个疯子了，我已经开始无法忍受这无声的痛苦了。

我不知是怎么被绊倒的。我不像被树桩或石头绊倒，绊倒我的东西没那么硬，是的，不硬，我很确定。可是，是什么呢！有点软，难道是巨蜥？巨蟒？我马上想到一个可怕的结果：巨蟒，它的上半身吊在树上，它被这突如其来的撞击惊醒，本能反应令它卷起了大尾巴，然后我的脚被紧紧地缠住了，它缠住我，然后掉转头慢慢悠悠地从树上滑下来，像一条丝带滑下来。它在我面前竖起头来，盯着我，咻咻地伸缩着芯子，它在等着我抬起头……我想象着，我伏在地上一动不敢动，我噙着眼泪祈祷着，我祈求上帝让它明白我并没有伤害它的意思。我的心突突突地直蹦着，我忍不住发抖。我静静地等待着，静静地竖着耳朵倾听着。并没有听到预期的咻咻声，或是游动的沙沙声，我听到了一阵低沉而嘶哑的呻吟声。到底是怎么一回事？我真想抬起头来看看，或者转过头去看看，可是我又害怕我的动静会让它产生误会，然后对我进行全面攻击，我听说过太多被蟒蛇缠死的例子，我不想自己也成为其中之一。我依然伏在地上一动不动，静静地听着自己的鼻息，静静地，我又听到了低低的呻吟声。突然，我感觉到我被缠住的那只脚有什么东西动了下，我的脚并没有被缠紧，相反它被轻轻地松开了。我睁大眼睛，松了口气。我竖起耳朵，又听到了那熟悉的呻吟声——是人？土著？森林之人？我惊惧地抬起头，翻了个个儿。我看到了一只手，一只黑黑的瘦削的手。这只手就搁在我脚边，这只手是从旁边的面包树里伸出来的。那是一棵巨大的空心面包树，树冠高高地撑在空中，而树干被一打粗大的藤萝层层包围着缠绕着。与其说这树的主干是面包树，不如说这面包树被藤萝挟持着，这巨大的身躯空洞洞的，和丛林里的许多老树一样，它被藤萝架空了，藤萝早就喧宾夺主了。我望着这高高的大树，以及这大树洞里伸出的手，惊呆了。呻吟声又响在耳边，那是无助的痛苦的吟声。我在惊惧中爬起来，小心翼翼地朝那手走过去。我在树洞口蹲下来，看到了他的脸，一张尖瘦而黝黑的脸。他瞪着我，直直地瞪着我，好一会儿都没吱声。

“嘿，你是？”我紧张地看着他，不知该说什么。我伸手握住了他的手。我确定这不是森林之人，这是现实中的人，这是真正的人，只不过他或许是个土著，或许是个野人。

“嗯！”他开口了，他说话了。他听到我的话，他听到了！他沙哑的回应让我激动不已，我差点兴奋地叫起来。我必须将他从洞中拉出来，我得立刻将他带回岩洞，他看起来虚弱极了。

我先是抱住他的头，他的头搁在我的怀中，我一点一点地后退，一点一点地移动，慢慢地将他从洞中拉了出来。我将他平放在地上，然后试图搀着他站起来。可是他站不稳。他虚弱地连喘息的气力都没有了，不过他似乎很想站起来，我看到他挨着我一次次努力地站起来，可是没等站起来就倒下去了。他挨着我来回试了好几次，最后还是没有站起来。我看到他痛苦地皱起眉头，他软下去时显得很绝望。我不忍再看到他绝望的神情，我试着将他托到背上，我想将他背回岩洞，我使尽一切办法终于将他托到背上了，可是他趴在背上像一块巨石，他尽管皮包骨头，但是我再怎么使劲也始终没能背起他。我别无选择，我只有抱歉地放下他。

“我必须离开一下……你等着，你一定要等我回来……我去叫人帮忙，我去去就来……”我一边放下他，一边轻轻地说着，一句句地叮嘱着。他向我点点头。“去吧！”我听到低低的声音。这很难以置信，“去吧！”这是他说的，他在回答我，他用华语回答我。我惊讶地望着他，他动了动手指头，似乎向我挥挥手。我明白他要我立刻找人帮忙。

我站起来，我放开喉咙喊叫起来：“尤素夫——阿玛——”我边跑边喊，我知道它们会听到我的叫声，它们会的。

我一路喊着跑回岩洞，岩洞里静悄悄的，它们没回来。我马上又折回林子，我紧张地奔跑着，呼喊着。在林子边上，我兴奋地跳起来，我看到尤素夫正蹒跚着走来。

“尤素夫，快，那边，那边。”我紧张地说着，大口喘着粗气。我拉上尤素夫的手，朝林子中间飞奔而去。

他还是躺在那儿。尤素夫在我的指使下很快抱起他。可是，他此刻似乎连睁开眼睛的力气都没有了，整个过程我感觉到他只剩下非常非常微弱的呼吸。

我催促着尤素夫快跑。

他会死吗？我紧张地想着。我看到他的手无力地从尤素夫背上垂下来，像深夜里随风摇曳的枯草。我忍不住伸出手握住他的手，我不想他看起来这么无助。我握住了那手，那手黑黑的，那老长的指甲尖利而弯曲，像鹰爪。是的，像鹰爪，紧紧地紧紧地箍着我。

岩洞里，尤素夫将他放到地上，我收回手，我看到了深深的血痕，我白皙的手背上印下了五道深深的血痕。

他醒来时，已经是傍晚时分了。我将先前喂一半的椰汁和榴莲再拿过来，他静静地躺在地上，静静地张开嘴，我一口一口地喂他。他和刚见到我时一样，直愣愣地盯着我，一边无力地动着嘴唇，一边直直地盯着。他是那么认真而执着地盯着我，我甚至可以感觉到他几乎是屏住了呼吸。我不知道他为什么要这样瞪着我。是紧张？是庆幸？或者是他多少年没见过女人了？我突然想起自己破碎的衣物，我知道我衣不蔽体。我忍不住低下头来，看到自己起伏的胸脯，那一颤一颤的丰腴的乳房，以及乳房间那深深的沟壑。我不由自主地将衣服布条往上扯，可是，这一扯，我的屁股整个儿露出来了。我羞愧难当，可他还是那样直直地瞪着我。我埋下头来，一股从未有过的羞辱与愤恨掠过心头。我霍地站了起来，摔下椰果与榴莲，气愤地冲出了岩洞。眼泪夺眶而出，我并不愿意这样粗鲁地对待我的客人，他是我近一个月来见到的唯一的人。我为他的到来紧张不已，刚才我还因为他没死去而兴奋地跳起来。我需要他，我渴望他能成为我今后走出丛林的伙伴。我开始后悔自己不该这样跑出来，可是我真害怕他那样瞪着我，他像看怪物一样看着我。我相信，他看我的眼神就像我第一次见到森林之人那样。是的，就像我第一次见到森林之人，惊慌、困惑，难以置信，就像做梦。对，他的眼神就像做梦。哦，如果我不是这么袒胸露腹地面对他，他还会那样瞪我吗？他还会吗？我想，他应该不会，是的，应该不会。我需要一件衣服，我要一件衣服，至少可以遮住乳房的衣物……洞外，我想着，茫然地走着。我可以做一件衣服，可以的。我想起了野人的树叶遮羞。是的，我完全可以制作衣服。

当我重新回到洞里时，他似乎睡着了。我有点遗憾他没第一时间见到我。我为自己设计的草叶胸衣自豪。当然，我的纱笼现在是一条短裙，它足够遮住我的下身。而我的上身，除了这独特的草叶胸衣外，我还给自己做了一件像披风一样的草叶外套。当然，说是披风，其实更像那莫村庄人的蓑衣。

可惜这里没有镜子，我真想看看自己的模样。当然，想要镜子是奢望，若有一汪水就好了。可是，得跑到山的另一头去，到那儿有一段距离，我当然不放心将他独自搁在这儿。我静静地看着他，听着他均匀的喘息声，我不由自主地挨着他坐下。我挨着他，并细细地端详起他来。

他静静地躺在那儿，整个儿看起来像精神病院里跑出来的流浪汉，我心头突然一紧，我为自己这一闪而过的想法感到恐惧。如果他真的是一个精神病患者，那可怎么办？他现在是虚弱无力，如果他有力气了，病情发作了，他会不会攻击人呢？我不敢往下想，如果真是那样，一切也只能听天由命了。当然，谁知道呢，或许他仅仅是个流浪汉，野人或是土著。我静静地凝视着他，他是那么消瘦而憔悴，颧骨外突，眼窝凹陷，嘴唇干裂，头发灰白。不知道那头发多久没洗了，一年？两年？三年？谁又知道呢。那凌乱的长头发拧成团。一缕厚厚的发丝斜趴在他高高的额前，浓密的眉毛被遮去一半。看着这张脸就知道，他在风雨漂泊里没少挨饿。这张脸突然令我想起一民和崇明叔叔。他们一直都没回来过，他们会不会像他一样呢？漫天战火里，他们是否也被甩到某个绝望的角落？我想着，心里升起一股钻心的疼痛，我似乎真看到崇明叔叔，看到一民，我看到他们就像眼前的人一样，落魄、潦倒、无助——看到潮湿的丛林底下，他们饿晕在地上，不省人事。一群兵蚁蜂拥而来，一哄而上。他们被团团围住了，这是一支一天可以扫荡足球场的大军，一个人，不用一天两天就会被消灭——哦，上帝！我不敢再往下想。

我久久地看着他，忽然感觉眼前的人有点眼熟。某个人？他像某个人？是的，哪里见过的人？他的轮廓似曾相识。可是，他像谁呢？那瘦削的下巴，那挂满黏土的胡须，还有那高高的个儿，那肩头暴凸的骨头，还有那暴凸的胸膛和肋骨，哦，想不起来他像谁，谁都没有像他这么瘦过。我扫视着他，看到他可怜的遮羞布。那是一片灰棉布，那方形的棉布用两条带子绑在腰间。我看到了他的脚，他的双脚都裹在布里，那布片说不清是什么颜色了，好像什么颜色都是，又好像什么颜色都不是。他为什么要将自己的脚裹得这么紧？我不由得想起他试图站起来时那痛苦的表情。那表情除了虚弱外还有钻心的疼痛。是的，是疼痛。我的目光慢慢地往他的脚移过去。我看清楚了那破布条，以及破布条外面硬硬的黏土与发绿的脓液结成的痂。这是一双受伤的脚？我望着它们惊讶不已。得将这布条解开看看，我想。我伸出手，轻轻地，一点一点地松开布条。那是肮脏无比的布条儿，我不能确定，它多久没换了。一点一点地松开，但是并没有如我想象的那么顺利，布片的许多地方都粘着干硬的脓液，我不能用力撕开，我知道那是粘在伤口肉的。我不得不找来昨天剩下的水，一点一点地敷湿干硬的布片，然后再一点一点地撕下它。我不敢惊醒他，我慢慢地撕着，布条在我手上一点一点地拉长，随着布条的拉长，我渐渐闻到了浓烈的腐臭味。我被眼前的情景吓呆了。这是什么脚！我看到了红肿得像巨蛋似的脚踝，而脚踝下方很多地方烂得几乎可以看到脚趾骨。

“天哪，这可怎么好啊！”我焦急地念叨着。

我拆完一只脚再拆另一只脚，让我欣慰的是另一只脚状况稍好些。全拆完了，我用剩下的水给他清洗伤口，我不能确定我这种做法是否正确，但是，我除了这样做外，一时也没有其他办法了。我希望自己没有吵醒他。

当我忙完抬起头时，我大吃一惊。他正低垂着眼睑静静地凝视着我。他不知道什么时候醒来了，他就那样静静地看着我。

见我抬起头，他似乎咧了咧嘴，露出隐约的微笑。

“对不起！吵醒你了！”我说着，连忙从他脚边爬到前面来。

我看到他嘴角动了动，但是听不清他说了什么。或许是“谢谢你”，或许是“没关系”。不管是什么，总之，他看起来并没有因为我打扰他而生气。

他看到我凑近了，又动了动嘴唇。“水……水……”我总算听到他微弱的叫声。“哦，好。好。”我赶紧爬起来，可是马上又想起来筒里的水已经弄脏了。我看到先前摔在地上的椰子。我捡起椰子，让他喝椰汁。一个，两个，三个。我将母子俩留下的椰子全给了他。他看起来像渴了好多年了，如果还有更多的水，他或许还会喝下。我又拿起榴莲喂他，他颤抖着，却又快速地动着嘴唇——我忘了他饥渴交加，先前再怎么着也不该扔了这东西往外跑了。到口的食物又飞了，这对一个三五天或是七八天没进过食的人来说是多么残忍！我想着，为自己刚才的鲁莽举动感到惭愧。

他满足地笑了，他应该是吃饱喝足了。他眼睛也变亮了，不过，他还是跟先前一样瞪着我。我也看着他，我又一次觉得这眼神是那么熟悉。

“嘿！你叫什么名字？”我紧挨着他问。我隐约听到“小三”。

“小三？是叫小三吗？”我问。他动了动嘴唇，但是，我并没有听到什么声音。他看起来还是那么虚弱。

“好了，你先休息。等体力恢复了再告诉我你是怎么一回事吧！”我低下头，轻轻地拨了拨他额前的头发。他突然惊恐地歪过头，我愣住了。显然，他不愿意我碰他。他歪着头还是那样一眨不眨地看着我，要不是他嘴角那微微浮动的感激的微笑，我真要怀疑他是否真是从精神病院跑出来的。

5

一觉醒来，我发现洞里头多了一双眼睛。我看着他一时没反应过来怎么回事。

“谢谢你!”这是他见我睁开眼睛时说的第一句话。我听得很清楚，我想起了昨天他乏力地闭上眼睛的情形。他今天看起来好多了。

他坐在我旁边，静静地俯视着我。我不知道他这样瞪着我看多久了。

“它们都出去了。”他又说。我看到他嘴角因为浅浅的笑容而展露深深的皱纹。

“它们都走啦！很迟了是吗？”我说着，一骨碌从地上坐起来。太阳已经升得老高。我望望洞口，又冲他笑笑。我用一连串的动作掩饰我内心的激动。总算见到个人了，总算有个伴了，我为他能坐在我身旁静静地看着我并静静地说着话而兴奋不已，我真想蹦起来，抱住他狠狠地转一圈。他没死，这很重要。我知道从此我不是这儿唯一的人类了，当然最关键的是，从此我不再形单影只了。

“你好些了吗?”我明知故问。或许是因为激动，我看着他几乎有点不知所措。

“我该怎么称呼你？”他问。眼睛还是那样直直地逼视着我。从昨天到现在他一直都这样，我有点受不了这样专注的眼神。但是，我别无选择，我需要有个人说说话。

“谢冰莉。嗯，叫我冰儿好了。”我说。

“什么？冰儿？你是冰儿？”他吓呆了。他似乎无法相信什么，他望着我，极其愕然地望着我。好一会儿，他都那样神情呆滞，两眼发直。我不知道他在想什么，或许我的名字令他想起什么不快的事。他陷入了沉思。

“你呢？你叫小三吗？”为了提醒他别发呆，我碰了碰他的肩。

他如梦初醒。“我，我——哦，叫小三——小三。”他吞吞吐吐地重复着，我真怕他是不是没有名字，或是他早将名字给忘了。

“嘿，你名字真好玩。我不能不想起店小二。”我笑了起来。他也笑了，笑的时候，露出满嘴的黄牙。

“吃东西了没有？”我问。

“吃了。你的在那儿。我去拿。”他说着，往洞口方向爬去。我看到他皱紧眉头。他的脚，我想起了他的脚。

“哦，等等，让我看看你的脚。”我说着，朝他爬过去。

“不用看，好些了。”他停下来，尴尬地看着我。他似乎并不大喜欢我端详他的伤脚，从他的神情里我可以看得出来，他宁愿藏起它或裹起它。但是，我还是坚持要看，我得知道昨天的药有没有用。“你以为我喜欢看你这烂脚丫啊，又臭又脏。”我说着伸手摁住了他的膝盖，他缩在那儿动弹不得。他应该是惊讶地瞪着我吧！我没理会太多，我一心只想看他的脚。那脚踝红肿依旧，那潮红的糜烂面还渗着汩汩的脓液，不过脚踝下面患处周边皮肤似乎有所收缩，裂口似乎也开始缩小。

“不能用任何东西包裹它了，得让它通风保持干燥。”我说。“安加斯塔树对它还是有用的，我再给你弄点。”我的话听起来似乎像个行家，他看着我，有点困惑。或许他在猜想我本来应该是个医护人员什么的吧！我没理会他，自顾自地从地上爬起来，往洞口走去。到了洞口，我抿着嘴偷偷地笑了。我突然觉得很开心，我就是得装出个行家的样子，谁让他不让我看他的脚了，还躲躲闪闪的。安加斯塔树我只是听说过而已，那莫村庄的人经常提起它，之前我并没有见过这种树，但是我知道这树渗出的汁是紫色的，这紫色的汁液就是药店里的碘酒。应该是安加斯塔树，不会搞错，望着门口横七竖八的绿树枝，我想起了昨天傍晚的事。

夕阳和往日一样静静地横扫进洞里，整个洞口笼在一片橘色的霞光中。我孤独地坐在他脚边，无助地望着那双散发恶臭的烂脚胡思乱想着。这伤口会恶化吗？他会因为破伤风或什么的突然发高烧吗？有什么药可以治这脚？这满林子都是树，都是草，那中药铺里的掌柜常说丛林是一个大药铺，我总不能坐拥一个大药铺，而后眼巴巴地看着他无助地烂死在这儿吧？哦，我该怎么办？该怎么办？

阿玛和尤素夫在晚霞的映照下蹒跚地走进洞里。它们的出现让我眼前一亮，我想起了草叶“SPA”，它们是这药铺的老主顾，它们有办法的，一定有办法。我站起来迎上它们，我像往常一样拥抱着欢迎它们回来。当然，今晚有点特别，我拉住阿玛的手，引着它看那腐烂得不成样的伤脚。阿玛站在这双烂脚前呜呜地叫着，而后，它松开我的手，垂着头走出了岩洞。我茫然地望着它的背影，希望它有办法。我重新坐回到他身边，静静地看着他。他叫小三，眼前这个因过度虚弱而沉睡着的人叫小三。我玩味着他的名字。他是排行第三叫小三吗？或是名字里有带三字叫小三吧？我想这不是他的大名，这一定是他家人对他的昵称。他有家人吗？他的家人又在哪儿呢？他为什么闯进丛林？他有伙伴吗？他或许是掉队了……我坐在他身旁望着他，想了许多许多。尤素夫默默地挨过来了，它也坐下来，它开始伸手推小三。它看起来并不友好。

“尤素夫别这样。”我叫着。它并不理我，依然自顾自地推着。我有点生气，我从未见过它这么不听话。我爬过去，挡住了尤素夫的手。尤素夫挪了挪屁股，换了个位置，又伸手推小三。我也挪了挪，换了位置挡住它。我们俩就这样僵持了好一会儿，我发现它很固执，它似乎并没有退让的意思。我搞不明白它为什么这样排斥眼前这个只剩下喘息力气的陌生人，我总不可能让它将人扔出这个岩洞。我唤醒了小三，我让他翻个身，移个位置。随后，我就横在尤素夫与小三中间躺下了。我一定要看好他，我想。尤素夫总算不再动手了，它紧挨着我默默地躺了下来。一会儿我就听到了呼噜呼噜的鼾声。我看着这一挨坑就睡得像死猪一样的森林之人，又好气又好笑。我突然明白它为什么要排斥人了，他不愿意别人横在我和它之间。

阿玛回来了，此时夜色已经完全拉紧，洞口光线暗淡朦胧。我见它拉着长长的影子，抱着一捆树枝进来了。它将树枝扔在小三脚边。我霍地立起来。我明白它的意思了，这是药，它采的药。从林里，它应该是练就了生存所应具有的所有本事。除了食宿之外，还有疗伤，这是很重要的一点，它知道。我抓过一根树枝，我看到枝头凝结着的紫色汁液。“安加斯塔树?”我首先想到这名称，这是那莫村庄人常说的消炎药。是的，消炎药，他需要消炎药。

“阿玛，谢谢你!”我走过去紧紧地抱了抱它。它伏在我胸前，拎起我胸前的赤道石，认真地端详着，然后轻轻地吻了吻。它的举动似乎在告诉我，不用感谢我，我不是为你而做的，我是为这个，为这赤道石而做的。

我将树枝移到洞口，我拿起几根放到一个光滑的石头上，然后再用一块小岩石碾起来，我看着一股股紫色的汁液流进了岩石的一个小凹槽里。“安加斯塔树”，我轻轻地念叨着，我确定这紫色的液体就是药店里的碘酒。

“安加斯塔树?”嘶哑的声音惊动了我。我迅速转过头望向他。“你会采药?”他瞪着困惑的大眼睛，茫然地望着我。

“不。当然不会。”我说。

“可你手上握着安加斯塔树。”他说。

“这不是我采的。”我说。

“这里还有其他人?”他不解地问。

“不，不。这里除了你和我之外，就是你先前见到的母子俩了。你知道，它们是森林之人。”我说。

“可是，这药？”他困惑地望着我。

“这是森林之人特意给你采的。”我说。

“森林之人为我采药？”他突然提高了嗓门，似乎吃惊不小。

“是的，是阿玛特意为你而采的。”我平静地望着他。他还是那样直直地瞪着我，满眼的困惑与茫然。

“阿玛？就是那个上了年纪的母猩猩？”他忍不住又问。

“是的，它是阿玛，另一个是尤素夫，我想你已经认识尤素夫了，是它背你到岩洞的。”我说。

“阿玛，尤素夫。”他轻轻念叨着，他看起来又像在做梦。

是的，像做梦一样，一切看起来都是那么难以置信。我知道他在想，猩猩怎么会跟一个女人生活在一起？而且猩猩还会采药！这一切看起来是多么不可思议，就像做梦一样。在这宁静的晨光里，我站在洞口，用最原始的工具，碾着树枝，蓄着紫色的液体，我也像是在做梦。

“小三。”我轻轻唤了一声。我为自己这样唤他感觉很别扭，总觉得这名字里隐着一层扯不开的关系，比如说熟人亲人之类的。

“来，坐好。我给你上药。”我挨着他坐下。他坐直了身体，依然固执地静静地望着我。我对他的目光似乎有了免疫力，没理会他，只专注于给他的伤口上药。

“嘿！”他抬起手招呼我。我看向他，他似乎要我住手。

“要忍住，是有点痛。”我像妈妈教育孩子。我觉得他不是疯子，但是，智力或许有点问题。

“不，这样敷药没用。”他极其果断地制止我。

我愣了一下，难道傻子还会有更好的敷药方法？我笑了。“你尽管坐直就是。我会敷好的。”

“不，不能这样敷。我自己来。”他说完不由分说地将脚缩回去。他伸手对着伤口使劲地摁进去，那浓厚的泛着绿光的脓汁一点一点地淌下来。“你想干什么？”我惊讶地望着他。他没有理睬我，瑟瑟发抖，额头也冒出了汩汩的汗珠。他瞪着自己的脚，咬着牙，一下一下地拧着摁着。“要是有棉花就好了。”他嘟哝着。我愣住了，他并不是傻子，他清醒着。

“需要棉花擦拭脓水是吗？”

“是的。”他应着，转手将自己腰间为数不多的布条扯了一小片下来。他用布条擦拭着伤口。脓水排尽后，又渗出了血水，伤口涨得通红。“上药吧！”他的声音沙哑而无力。

我看着他，他低垂着眼睑望着地，他像个等待判刑的犯人，虚弱而无助。我握着竹筒，将竹筒里的药，一点点地倒在他的伤口上。他抖了一下，我紧张地抬起头看他，我看到他正微蹙着眉头望着我。

“继续吧！”他说。

我点点头，继续将药水一点一点敷到他的伤口上。敷完药似乎很累，他蜷缩着卧倒在地上睡着了。我没打搅他。他是该好好休息下，这么大的伤口，再加上他身体还没恢复。我静静地在旁边吃了点香蕉和无花果，拎起空空的竹筒走出了岩洞。

我心情舒畅无比，拎着竹筒轻快地哼起了《桃花江》。我要去打水，我还要好好地洗把脸，洗个头，不，还是洗个澡，从头到脚洗一洗。我盘算着接下来要做的事，哼着歌走过草坪，走过树林。我来到了洼地。还是那长长的水柱从天而降，还是那震耳的隆隆声，还是那四处飞溅的大珠小珠。这该叫瀑布吧，巨型瀑布，我隔着洼地望着它，深深地爱上它自然雄浑的力量。水草依旧零零落落地趴着，那草尖尖点点黄花拖着长长的倒影摇曳在水上。犀鸟、吼猴、鹿群还是那样悠闲地走着，饮水或是戏水，这儿永远是休憩的胜地。我站在水畔上，我看到了自己的倒影，那是一个清澈明净的倩影——修长而丰腴。我望着水中的人，不敢相信自己的容颜依然这么姣好——那是迷离而快乐的黑眸子，那笔直而尖挺的小鼻子，还有那浑厚而不乏精致的小红唇。哦，水中那张丰润的瓜子脸看起来多么美妙生动！尽管脸色铁青，发丝凌乱，穿着怪异，但似乎这一切并不影响水中人温婉而高雅的气质。静静地望着水中人，我不觉陶醉在自己的倒影里……突然，不远处一只火红的丛蛙从水芋肥大的叶片上滑到水里，一层细细的涟漪在眼前荡开，水中的人一层层一层层在涟漪中荡开。我轻轻地蹲下来，我慢慢地将手伸到水中，我拨动涟漪，我撩起水花，我又开心地哼起了《桃花江》……

我回到岩洞时他已经醒了。他还是静静地看着我，没有问我去哪儿，他看到我拎回来的水，或者我一身清爽地走回洞，应该就明白了我从哪儿回来。他一直盯着我没说话，我不知道他在想什么，他或许在想：有必要吗，席地而卧的人有必要洗这么干净吗？我不在乎，随他怎么想。不过有一个念头在心头闪过，我也要给他清理一下，他太脏了。好了，从头开始吧，给他做做卫生。

“小三，你多久没洗头了?”我迎着他笑着。他过了好一会儿才回答我。“多久没下雨我就多久没洗头。”他的回答让我吃惊不小。

“那多久没下雨啦?”我惊讶地瞪着他问。

“不知道，一个月，两个月，或许三个月。”他茫然地摇着头。我呆呆地看着他，那硬邦邦的头发，又何止一个月两个月没洗。

“你在这儿待多久了?”我又问。

“不记得了。”他含糊地应着。

“不记得!”我不由自主地重复着。我突然看到他沮丧地垂下了头，他似乎不想去记起什么，似乎有什么不堪回首的东西让他觉得恐惧而绝望。我看着他那绝望的神情，不敢再问他了。他还虚弱，我不能刺激他。

“瞧你那头发，若剪下来，都可以当纱网捞鱼了。好了，让我也帮你洗洗吧!”我将竹筒里的水搁在洞口，然后微笑着朝他走过去。他并没有拒绝。他任凭我拖来到了洞口，太阳照在他的脸上，他眯起了眼睛望向远处。我用一整竹筒的水洗他的头，他一直歪着头没让我看到正面。我又跑去了洼地，用一竹筒水洗他的胳膊，再用一竹筒水洗他的大腿……那一天，从岩洞到洼地，我连跑了六趟。

那天，他几乎没再说什么话。只有我一个人一边帮他清洗，一边唠唠叨叨。我告诉他我是如何被士兵追捕，如何逃到了丛林，如何迷失方向，如何被蜂群围困。末了，在哗啦的水声里，我听到他嘀咕了一句：你真是冰儿。

6

今天，小三站起来了，那红红的伤口泛着紫色的光，走起路来一瘸一拐的。我跟他说不要走动，免得伤口崩开不易愈合。他并没有听我的，自顾自地拖着伤脚走出岩洞。他看起来并不是一个可以随便听从别人指挥的人。我定定地望着他，在毛茉莉和万代兰的簇拥下，他一拐一拐地拉着扭曲的影子走向草坪。

我也站起来，从地上拾起小石头在岩壁上写下“40”。今天，已经是第四十天了，小三是第二十五天加入这个家庭的。也就是说他在这儿整整待了半个月了。我在石壁上记下日期，然后，又在家庭人口一栏加上了小三。我记下小三的名字时，心里觉得宽慰许多。小三，这才是我想要的真正的成员。

太阳已经照亮半个岩洞。又是一个阳光灿烂的日子。可以想象外面又是碧空如洗，万里无云。我记得离家之时已经快十月份了，如果自己在这儿待了一个多月的话，那意味着雨季就要来临了。热带的雨季那可是绵长而阴郁的。

我琢磨着时间，我想着雨季，但是这些并没有破坏我今天的心情。被困丛林这么久了，像今天这么开心的日子真不多。我轻快地走出岩洞。我并不想探究自己为何开心，或许，陌生的孤寂因了另一个人而被渐渐地淡化吧！无论如何，走出这宁静的岩洞时，我至少知道有一个人就在不远之处等着，我并不是这里唯一的不速之客，这很重要。我又哼起歌来：“青天朗朗是天晴，画眉叫叫要出林，鲜花儿开放要比美，哪个少年不多情……”我悦耳的歌声在蓝空下荡开，随着日头放射的万丈金光荡开。我穿着笨重的“披风”，披风的笨重并没能掩去我轻盈的身姿，穿梭在红红火火的炮仗花丛。我看起来应该像一只绿色花蝶。

小三静静地坐在草坪中间的岩石上鸟瞰丛林。他微眯着眼睛，静静凝视那片浩瀚的绿色汪洋。或许，跟我第一次坐上那石头一样，满眼应是惊喜与恐惧，或许并不是，他经历过丛林生活，或许他只有惊喜。

我轻轻地走到他身边，他并没有回头，他知道这个美妙而令人恐惧的世界里除了他就是我，他无须回头就知道谁站在身后。我暗暗地打量起他，今天一早起来，他还没跟我说过一句话呢！他一直都不多说话。除了盘问我。

他问我，你来这儿前住哪里？你的家人都是做什么的……我会很详细地向他解释，我是从香港来的，我来这儿找人，没找到人，然后寄居在一个朋友家里。我最喜欢跟他讲红房子、海湾，还有崇明叔叔、雪儿、罗爷爷等等。当然，我也讲一民，但是我对一民似乎已经没什么好讲了，时间渐渐地模糊了一些老旧的记忆，而现在的一民我一无所知。我想我已将以往的点滴全都塞给他了，我说得够详细了。不过，他从不谈他的身世。他似乎表现出很大的热情听我唠叨，他似乎只想听我唠叨，这其中许多的人和事我都唠叨好几次了，可是他似乎并不介意。他看起来很喜欢听我讲述每一个人的故事，他对我口中的每一个人都感兴趣。他是一个很好的听众，这一点使我变得热衷诉说。不过，无论如何，用聊天的方式跟一个陌生人打发这漫长而显得快停滞的时间是很不错的选择。

他做事情总是很认真，就比如说对待他的脚。他每天总会在一定的时间里清理脓水，然后才让我上药。他的脚之所以能在短短的半个月里恢复，跟他认真细致的性格有关。当然，他也有漫不经心的时候，他不大喜欢尤素夫，特别是当尤素夫表现出对我充满崇拜的时候，他就会显得漫不经心，或者说他会表现得很有点失魂落魄。我原以为他是一个简单的男人，因为野人或是土著都简单而纯真。可是，他并不是那样。他内心里面装着沉甸甸的东西，情感也好，知识也好，苦难也好……我可以感觉出来，他是沉重而无奈的，或者是绝望而无助的。

我静静地靠近他，并默默地在他身旁的岩石上坐下。我侧身看到阳光在身后拉出两条长短不一的影子。望着影子，我轻轻地咧嘴笑了笑。我随着他将目光投向丛林。我没打算开口，我并不想打破这份宁静。我眼前的丛林顶层——天蓬，还是那么艳丽，那么壮阔。说它是一个永恒的屋顶花园应该不为过。可是，我明白这美妙的天蓬底下，那中间层，次中间层，以及最底层，我知道那一层层的是怎么一回事！他呢，他会想到那因树冠遮蔽而见不到天日的丛林底层，满地的死亡与腐败的味道吗？或许他不想。从高处往下永远都见不到底层被掩盖的灰暗。他不去想那灰暗的世界。现在他眼里看到的都是美丽的盛宴，他或许跟曾经的我一样想入非非。那天蓬底下是一样的美丽不凡，如果走出丛林可以像逛公园一样愉快那该多好……当然，他说过他不是本地人，他也是华人，这一点他不说我都知道。是华人，我一眼就看出来了。不是本地人一般无法理解丛林是如何危机四伏，当然也不知道丛林法则。不知道丛林法则，自然也不懂得什么是恐惧了。他似乎并不是如此，他似乎深深地恐惧着。他深深地恐惧着是因为他了解丛林，我望向他，捕捉着他的每一个神情肯定地想着。

“你没试过走出丛林吗？”他终于开口了。

我被这突如其来的声音吓了一跳。“没有。”我立刻应他。

“你是准备就这样与世隔绝，与两个红毛过一辈子？”他疑惑地看向我。

“哦，不。当然不。你知道在这儿是度日如年的。”我说。

“既然不想待在这儿，那怎么不试着走出去呢？”他问。

“换成你，你会试吗？”我反问。

他并没有回答我。

“在没有做好充分准备的情况下，我不想再次拿生命去做赌注。”我心有余悸。他依然沉默不语。

“你是不是觉得，我应该像逛公园 样快乐地走出丛林？当然了，如果没有受伤，你会立马站起来拍拍屁股走人吗？”

“哈哈哈——你觉得我会那样子想是吗？你觉得我会拍拍屁股想走就走？就像逛公园一样？多丰富的想象力！”他出乎意料地大笑起来。这让我有点不快。

“哦！不，不。当然不会。可是，你那么入神地望那辽阔而美丽的天蓬时，你会想到什么呢？”我说。

“想到什么？”他顿了顿，轻轻地说，“想到造物主的鬼斧神工，想到人类的渺小，想到人类的无知。”

他沉默了一会儿，突然转头望向我，嘴角扬起轻蔑的笑纹。“够了吧！”

我惊讶地望着他，不知该说什么，他的举动太出人意料了。

“还有呢?”我无话找话。事实上，我一直期待着他能说点什么更家常些的话儿。比如聊聊过去，聊聊家人，聊聊明天的希望，等等。可是，他并不想让我如愿。

“战争席卷的世界，人类用智慧创造武器来毁灭自己，还洋洋自得。跟大自然比起来，人类还不如这丛林里的红毛，至少它们知足常乐，至少它们不会贪婪到毁灭自己。”他望着远处，声音低沉而沙哑。

我定定地望着他，他真的不像我想象的那么简单。我们似乎不在一个频道上。他思考的高度我难以企及。我并没想人类要怎么样，我只想我们要怎么样，当有一天想离开这儿，走进天蓬底下会是什么个情境！

“望着这天蓬下隐匿的深不可测的世界，你不害怕吗?”我轻轻地问，或许他会对我的问话嗤之以鼻。

“谈不上害怕，当然敬畏是肯定的。只有懂得畏惧大自然，才会懂得尊敬大自然。”他看似说得轻描淡写，却又是高屋建瓴。

“畏惧，尊敬！看起来你对大自然有自己独到的见解。你是从国内来的，在未进入这个丛林前，你对大自然又了解多少呢?据我所知，我们那儿并没有像样的丛林。”

“是的，中国没有这样的丛林。除了亚马孙，这世界找不到第二个这么壮观的丛林。可是，这并不影响我认识大自然。如果一切可以从头再来，我想我会是个很出色的生物学家。”

“是吗？生物学家？这丛林的确很适合生物学家来。”我说着，惊疑地看着他。

“是的，这里很适合生物学家。这里是生物学家的天堂与地狱。”他低声念叨着。

“你不会告诉我你是为了某种生物研究而独自深入丛林吧？”

“我是为了某种生物深入丛林？哈哈，说得似乎也对。”他说着笑起来，眼睛里渗出了苦涩泪花。

“能告诉我你在这儿取得的研究成果吗？”我追问。

“研究成果？要是有成果的话，我早就回家了！”他嘟哝着，眼睛望着远方，目光缥缈而茫然。

“那么说，你真是在研究什么了？”

“好了。我并不是什么生物学家，我也不研究什么生物。如果非要说有什么特别的话，就是在很久很久以前，我有翻阅过一个生物学家的手稿。那些手稿激起了我的好奇心，说好听点就是那些手稿使我对生物产生了一定的兴趣，对丛林产生了兴趣。好了，现在你明白了吧？”他说完侧了侧身转过头去。他或许有点厌倦我盘根究底的追问了，可是，我才不理会他呢！

“手稿？那手稿记载了丛林？”我紧紧地盯着他。

他木木地望着远方，好一会儿才开口。“是的。那手稿简直就是丛林历险记。”他轻轻地应。

“哦，那会是一本什么样的书呢？是这本书间接将你带进了丛林？”我继续问。

“不，那不是一本书。那是个人日记，是最原始最私人的日记本。”

“日记本？一个生物学家最私人的日记本？这个生物学家是你什么人？父亲？母亲？兄弟姐妹？”我惊讶地望着他，一连问了一大串的问题。

“不，什么人也不是。他只是我家人的朋友，一个老朋友。”他似乎真有点不耐烦了。

我继续追问着：“你家人？那是你在中国的家人呢，还是这个岛国的家人？你在赤道城有家吗？”

我有点后悔多话了，害怕像上次一样，他突然封起了刚刚敞开的心扉。

他沉默了好一会儿，将目光移向了远方，似乎有什么叫他难以启齿。他的眼神是飘忽的，可以感觉得出来他在挣扎。他的眼神一会儿热烈如火，一会儿冷峻如霜。不过，他最后还是开口了。“在赤道城，我曾经有一个幸福的家。”他说得很艰难。

“你知道，我也一样。”我轻轻地应和着。我想让他明白，这儿并不只他一个人失去家园。“崇明叔叔，伊丽娜阿姨，罗爷爷，当然，还有可爱的雪儿，他们都是我的家人，快乐的一家人。”我说。

“可惜失散了，全失散了。”他自言自语。似在说我，又似在说他自己。

“你不介意说说家人吗？像我一样，聊聊他们，聊他们时感觉就像还跟他们待在一起。”

“没什么好说的。全都过去了。”他低声应着，神情绝望极了。我望着他，心里很不是滋味。我不知道自己是不是太残忍了，总是让他想起什么痛心疾首的事情。但是，我真的很渴望了解他，我希望他能够像我一样，主动地将以往像一张画图铺展在别人面前。我很乐意看他的过去，只要他愿意，说什么都可以。

“好吧，那不介意说说那个生物学家朋友吧？或者随便说说那个生物学家的丛林历险记？”我小心翼翼地望着他。他并没有拒绝我。

“说什么呢？他对于我来说，一直都是想象中的人。在我的想象中，他是一个神秘的独行者，我从未见过他。不过，从他的日记里可以看出，那是一个勇敢而骄傲的人，一个智慧而残忍的人。他来自英格兰一个宁静的小镇，他本可以拥有一个平淡却闲适的人生。可是，他选择了出走。或许是他过人的智慧让他无法容忍常人的平庸，他走出了小镇，走出了英格兰。他二十五岁就和考察团一起进入亚马孙河。当然，他是骄傲的，勇敢的，甚或是独一无二的，多年跟随考察团的生活让他深感厌恶，他不喜欢束缚，直白地说，他瞧不起考察团的小心翼翼，他决计独闯天下。他在英格兰度过他四十五周岁生日后，又整装出发了。当然，他是一个人出发的。他从英吉利海峡出来，绕过大西洋比斯开湾，闯入了印度洋。从此他开始了长达十年的马来群岛之旅。马来群岛热带雨林深深地吸引了他，他从一个岛屿到另一个岛屿，从一个丛林到另一个丛林，他前后奔走了一万七千多英里，采集了将近十四余万件的生物标本。在这期间他根据自己手头的材料写出了《宇宙生命》《自然科学与人类》以及《谁是野蛮人》等著作。当然，他的书都是在英格兰发表的，我没有看到他的书印本。但是，我却意外地看到了他最原始的手稿本。我不知道他在欧洲是否受欢迎，不过我想他若受欢迎的话也是很有限度的。欧洲那些热衷于掠夺并自认为高人一等的白种人，他们是不会认真思考人类的进步是否是一场灾难的。当然，如果人们对他的所有著作都认真对待的话，我想我们不会看到这场战争。不会的。”他突然停了下来，深深地叹了口气。

我静静地瞪着他，令人惊讶，他居然如此学识渊博。

“很可惜，世人似乎只愿意承认他所有成就中最不值得称道的一部分。在欧洲的一些人物传记里，我曾经看到人们对他的评价，在所有的文字里似乎都只记载他在自然科学方面的贡献，比如他寄回英国五千张鸟皮，三万只甲虫和蝴蝶标本；又比如他创下了类人猿研究的历史记录，他捕杀并解剖了五十一只大猩猩，这其中最大的红毛猩猩，身高五英尺，手臂伸展长度近七英尺……”

“什么？你刚才说什么？红毛猩猩？他捕杀森林之人？”我惊讶地跳起来。

“是的，他捕杀猩猩，不管是红毛还是黑毛，他都要，那是他的职业。”他若无其事地应着。

“你不觉得这太残忍了吗？他为什么要这么做？他不可以悄悄地靠近它们，悄悄地观察它们的生存状态、生活方式吗？难道研究就一定要捕杀吗？”我激愤不已。岩洞生活将我和森林之人紧紧地捆绑在一起，经过一个多月的相处，我深深地被它们的单纯的真挚所感动，它们看起来笨重却又不失敏捷，憨厚而不乏智慧。我将它们视为家庭成员，我不能容忍人类对它们进行无端的伤害。

他静静地看着我，嘴角又露出了浅浅的微笑，他似乎为我如此愤愤不平感到好笑。“是的，他可以站一旁静静地观察，他完全没有任何必要去捕杀那么多的动物。问题是，没实物标本，他何以证明他看到的是真的？人们完全可以不信任他，他的所有研究成果人们可以当作是他一厢情愿的臆想。换成你，你也不会无缘无故相信他，不是吗？”他看着我，揶揄地笑着。

“或许你说的全对。可是我不管那么多，我只觉得那太残忍了！太残忍了！”我愤愤地盯着他，一时不知说什么好。

“他捕杀了红毛猩猩，他也为之付出了高昂的代价。他在最后的行动中，为了一只小猩猩失去了自己的生命。”他说着，不无遗憾地垂下了头。

“为了一只小猩猩失去了自己的生命？难道他连小猩猩都不放过？”我气愤地几乎咆哮起来。我想象着那个像婴孩一样的小玩意儿，那圆圆的眼睛，那红润中带着灰黑的皮肤，以及那红色的体毛。

“不。他只是想养一只小猩猩。他喜欢它们。”他说。

“哦，上帝！他杀了它们的父母，然后再跟它们说‘亲爱的，我喜欢你们，让我来养育你们吧’。哦，这是什么理由？这是多么自以为是的蠢货！”我咆哮起来。

“呵呵，我从来没见过你这么可爱过。”他冲着我笑出声来了，这实在是稀罕事。我看着他，有点困惑。不管他这可爱是褒是贬，反正那一刻我意外地从他的眼神中读到了几缕暖意。

“是的，他手稿里捕杀动物的记录也是我觉得最为愚蠢的一面。可是，与你我恰恰相反的是，世人的权威却极大地肯定了他这方面的贡献，他们觉得这就是自然科学，标本是所有研究的必需品。当然，如果说他的著作仅仅是自然科学研究成果的话，那太小看他了。无论是《宇宙生命》《自然科学与人类》，还是《谁是野蛮人》，每一本著作里，他都以独特的视觉思考着人类与自然界的共存关系。他深深地担忧着科学的进步。人们为掠夺资源而毁灭自然之初，他就深深地担忧着这个世界了。谁是野蛮人？这是很值得“文明人”深思的问题。从他的《谁是野蛮人》里可以看出他鲜明的世界观，他心中的野蛮人正是那些最自以为是的文明人，这些文明人正借助最先进的科学干着各种最为野蛮的事。现在看来，他说的没错，无论是最初的殖民掠夺带给美洲与非洲的灾难，还是后来的世界大战带给世界人民的灾难，不管是哪一种方式，都证实了这一点。”他看起来情绪高涨，我惊讶地望着他。

“我以为那个英格兰人会在《谁是野蛮人》里大说土著、类人猿或森林之人呢！我还以为他要大肆宣扬深山老林中、大漠荒原里，所有不开化民族的野蛮行径！”我轻轻地念叨着。

“不，你错了。他是一个另类。不过，有时我也在想，他自己是否也是一个文明的野蛮人？在捕杀红毛猩猩的日记里，我看到了他极其血腥的一面。他描述一次他用八毫米口径的枪射击高树上的红毛猩猩的情形。他说第一枪他打中了它的后肢，它向他发出类似咳嗽一样的号叫；他开第二枪时，它站起来了，站在树上怒视着他，并且用前肢折断树枝反击他；他连续朝它开了三枪，第四枪才打中。它从树上跌到地上。随着一声巨响，地上砸出一个坑，这是一只巨大的公猩猩。好一会儿它都没动，似乎受了重伤，可是，正当他想靠近它时，它霍地从地上迅速跳起来，并抓住旁边的小树慢慢地往树上爬。他向它开了第五枪，第六枪，它再次从树上跌落下来，脸朝下，陷在泥沼之中，不动了。它不动了，但是并没有死，他发现它受了致命伤，两条腿已经断了，髋关节和脊椎粉碎，另外，脖子和腭部也被射中，两颗子弹甚至被挤压变形。他叫来两个马来人一起将它拖回营地，然后将它捆绑在一根大柱上。他为收获这个巨人而兴奋，即刻测量它的肢体大小，并解剖它的内脏，计算它的颅骨，当然他还处理了它的皮肤和骨骼。可以想象那是一个多么血腥的场面。杀一个身高四英尺的猩猩，跟杀一个成人没什么两样。”他突然停了下来。他陷入了沉思，看起来脸色惨白而凝重，他或许由此联想到什么，比如日本人屠杀华人或荷兰人屠杀马来人。

我也沉默了，其实我早被他的言词震惊，他所说的英格兰人屠杀森林之人的场景是那么逼真，我犹如身临其境，那血腥的场面令人恶心。

“毫无疑问，他是一个披着羊皮的狼。”良久，我轻轻地嘟哝了一句。

那个下午，我一直都在等待着阿玛和尤素夫。傍晚，看到它们和往日一样慢悠悠地走进洞时，我高兴地跳起来。我冲到洞口紧紧地拥抱着它们，我抱着它们从心底里感到幸运。如果它们早年遇上那个英格兰人，那可能也没有今天的我了，我或许早已滋养了一方肥沃的土地，让菌菇在腐败的丛林底层茁壮成长。

7

如果说之前的二十多天里，小三是个弱智的流浪者，那么二十天之后的他却蜕变成一个温和的智者了。我不知道是什么使他重新活过来的。他再也不会像之前一样无端地瞪着我了，他似乎已经习惯了我，或者说，他已经接受了我。他的话变多起来，他的脚也一天一天好起来。随着双脚的康复，他的心情似乎也渐渐地明朗起来。他走路不大方便，但是，还是可以走一段，从山坡这一头走到那一头已经没问题。他开始主动去取水，尽管我觉得没那个必要，但是他还是坚持。

这最近的两三天里，他开始变得忙碌起来。他除了取水外，还常常走到林子深处去捡食物，我对他的举动有点不解。阿玛和尤素夫带回来的食物足够我们填饱肚子了。我阻止他频繁深入林子，那儿太危险。当然，他是不会听我的。每一次看到他独自走出岩洞，我都替他担心，待在洞里等待的日子太难熬了，我不得不跟随他一起行动。他很乐意我跟着他，或许他想有个照应，也或许他更高兴看到多一个劳动的人。这种情况持续了好几天，我里里外外跟着他转，我们捡回了不少的食物，这里面有面包果、无花果、人心果、红香蕉，等等。不过得声明一下，我们捡回来的，全是零零碎碎的果实，除了歪瓜裂枣外，很大一部分是别人吃一半掉下来的。当然，这里所指的别人就是猴子或是红毛猩猩。自从跟他深入林子后，我才知道这里是森林之人的聚居地，除了阿玛和尤素夫外，这里还生活着数十只红毛猩猩。它们经常静静地坐在高树上，像个深沉的思想者，如果没特意往树上看，你根本无法发现它们。当然，它们在摘果子的时候，那就非常明显了，对于食物，它们似乎极其挑剔，从捡回来的果子就可以看出来，它们不懂得节约，浪费似乎是它们的习惯。随便哪一棵树上的果子，它们从来都是咬一半扔一半的，站在它们下面，你会感觉那被浪费的果实像雨水一样飘落下来。这也就是我和小三在短短的几天就捡到这么多果实的原因。当然，这几天我们都尽量吃那些捡回来的零碎的食物，我们将阿玛和尤素夫带回来的完整新鲜的果实全贮藏起来。

除了捡食物外，他还要我去收集干柴，这让我很纳闷。

“你准备在这儿生火吗？我们要那么多的干柴做什么？”这天上午，我终于忍不住了。

“你难道不想换换口味吗？”他微笑着反问。

“想，当然想。”我嬉笑着应他。

“想，就动手。好了，时间不多，我们抓紧点。嗯，要是有枯木或许更好些。”他认真地说。

我很困惑，他真当一回事了。“我是不想这么糊里糊涂地瞎忙活。你得跟我说清楚点。你一会儿收人家嘴边掉下来的残食，一会儿又捡干柴。你到底想干什么？”

“好了，我想在这儿过日子了。明白了吗？”他认真地瞪着我说。

“你想在这儿过日子？难道我们之前就不是过日子了？”

“雨季就要到了，我们得做些准备。”他有点不耐烦了。

“哦，这我倒忘了。可是捡食物可以理解，那堆干柴又是为啥呢？”

“终有一天我会让你明白的。好好地忙活吧，最好能够让阿玛和尤素夫也来帮忙，留给我们的时间真是不多了。”从他的话里可以听到些许紧迫感。他说收集干柴是为即将到来的雨季做准备，但是，我想不出来干柴有什么用，难道他真的准备生火煮饭不成？可是，问题是没有火源煮什么呢？

阿玛和尤素夫正准备出门，被我叫住了。听从他的指挥，我们用半天的时间收集到了很大一捆的干柴，还有好几根粗大的枯木。当然，多亏了阿玛和尤素夫，否则我们根本无法将这些枯木弄回洞里。干柴占去了岩洞一大半的面积，可是他还不满意，他想在这儿装下尽可能多的干柴。他说明天、后天还得继续。

可是，事情并没有像他想象的那么顺利。这个中午，我们忙完手头的活计时，天边悄悄卷起层层厚重的乌云。阳光被一点一点地推到了云层里，金色的山坡，像被蒙上一层厚实的黑棉布，整个岩洞像突然被扔进了窑子里，黑暗笼罩四周。阿玛和尤素夫静静地坐在地上，它们抓耳搔腮，看起来悠然自得。“该来的来了！”小三望着洞口，嘟哝着。我静静地瞪着洞外的天空，有点紧张，这是两个月来第一次看到这么难看的天色。空气沉闷而凝重，外面静悄悄的，一点声息都没有，整个丛林似乎屏住了呼吸，等待即将来临的暴风雨。

“轰隆隆！”一声巨响，像是进军的号角吹响，一切平静似乎就在这刹那间撕破。狂风大作，洞口的树木疯狂地甩起来，万代兰和炮仗花也疯狂地扭动起来。闪电像火蛇划过眼前，呼啸的狂风横扫丛林，整个天蓬掀起了愤怒的号叫，那最原始的号叫像山崩地裂一样震耳欲聋。

“哗啦啦——”豆大的雨水瞬间倾盆而下，整个山地笼在一片浩渺的狂风骤雨之中。

暴雨持续好长一段时间，岩洞顶上不断有流水和泥沙冲下来，洞口低处，积水漫过了脚面。雨是在傍晚时分停的。小三走出岩洞时，我还坐在地上发呆，我在想这丛林里的雨季是不是每天都会这么惊天动地。阿玛尾随小三走出岩洞，我也站起来跟了出去。天已经放晴，风也停止了，而哗哗的水声却依然此起彼伏，坡地上四处是汇集的小小溪流，雨水混着泥沙慢慢地淌着。走出岩洞，洞外的积水漫到膝盖上部。在草坪石头上，我站住了。刚刚经过洗礼的丛林顶层，云雾缭绕，看起来深沉而阴郁。突然，我被隐隐的轰隆声吸引住了。这是熟悉而陌生的声音，那遥远的像星辰一样的银点渐渐地跃入眼帘，随着那吼声渐行渐近，我看到了越来越大的银点。当我确认，这是一架飞机在逐渐靠近时，我激动地嚷叫起来：“飞机！飞机来了！”

可是我马上就闭嘴了。我看到那渐行渐近的银点变红，渐渐放大的机翼上拖着长长的浓烟，“哦！天哪！”小三惊呼起来。他看到了，他也看到了。就在他的惊呼声中，这天外飞来的大鸟像一个大火球，迅速地划过眼前。紧随而来的是震耳的轰轰声，那火球变成滚滚浓烟后，消失在丛林中。

一切又重归寂静了。除了远处那团萦绕在丛林上空久久不能散尽的浓烟。

我呆呆地望着那团浓烟，似乎闻到了浓烈的焦味儿。

“哦，上帝！”小三叫着，虔诚地画起十字。

不知什么时候，尤素夫走出来了。它和阿玛立在左边定定地望着那股升腾的浓烟。“呜呜——”阿玛突然拉长了脖子呼叫起来，尤素夫也“呜呜”应和着。

“我们得去事故地点看看。”小三望着丛林沉重地说道。“或许会有幸存者。”

“可是，这会不会太冒险了？”我迟疑着。

“是的，刚刚下过暴雨。”他低声应着。

“不过，看起来出事地点离这儿并不很远。”他补充说，“我们可以试试。”

“你，你有把握吗？”我忧心忡忡地看着他。

“不知道。”他应道。

“不知道？那还是等明天再说吧，你看，都这么晚了。”我示意他看看天空。尽管雨后天晴了，但是不能否认暮色已经开始在上空拉紧了。

“走。不能再拖了。叫上阿玛和尤素夫。”他说着，一扭头便独自朝林子走去。他根本没再给我分辩的机会，我赶紧唤上阿玛和尤素夫，跟着他跑去。

我一边拉着阿玛，一边拉着尤素夫。高高矮矮一行四个，在暮色中走进林子。雨水打在脚上滑滑的，沙土粘在脚上糙糙的。我不知道小三的脚是否经得起这番折腾。那裸露的脚骨似乎还若隐若现，走起路来依然是一瘸一拐的。不过，他神情坚毅，步伐敏捷，并没有露出什么痛苦的神色。

这是我来这岩洞后，第一次下山。林子似乎并不大，或者说，这个山坡其实并不高。我们没走多久就到了山脚。树木渐渐稠密起来，水雾缭绕，空气也变得沉重氤氲。继续走进去就是丛林腹地。我敏感地左右张望起来，似乎闻到了丛林底层腐烂的味道。我听到各种不同的虫鸣声："嗡嗡嗡""啪啪啪""哧哧哧"等等，此起彼伏。蜘蛛、线虫、刺刺虫随处可见。我有点害怕，但是并不像上次那样充满了无端的恐惧。当然，这次进入丛林，阵容庞大，况且阿玛和尤素夫都在，冥冥中，总觉得它们会像保护神一样保护我们，有它们在，我的心似乎宽慰了许多。缓坡上的林子那稀稀疏疏的天光渐渐远去，丛林的阴暗与潮湿代替了一切。密密匝匝的灌木在身旁挺立着，树根与藤萝在脚下交织着。当然，那悬空的根须和藤蔓也在头顶上相互纠结着。如果说一棵棵大树是森林中的纬线，那么那左冲右突的藤萝，该是森林中的经线了，日复一日，年复一年，它们就是那样错综地纠结着，盘旋着，一起编织着丛林大网，它们相互融为一体，分不清你我。

一进丛林，尤素夫就受不了在地上行走的笨拙了。它悄悄地松开了我的手，独自蹿到了树上。它像表演杂技一样，用长臂敏捷地攀缘着，一会儿从这棵树蹿到那棵树，然后又从那棵树蹿到这棵树。他在我面前穿梭着，飞荡着，骄傲地展示着它灵活矫健的身姿。阿玛很乖巧，它一直陪着我，看起来像个深谙世事的老者。它深谙丛林里随时可能发生的危险，一路都是默默地守着我，像一个忠实的守护神，紧守着我。

“呜——呜——”那是尤素夫发出的召唤，那声音忽高忽低，忽左忽右。那声音也一阵紧似一阵，像列车奔驰而来，又像山风呼啸而去。那呼声似乎在说：“嘿，我尊敬的朋友，找找看我在哪儿？我在哪儿？”。我几次循声望去，都只看到摇荡的树枝，并没有看清尤素夫在哪儿，我只知道他在树上。

“哗啦”一声，一根长长的藤蔓掉到我跟前，我被这突如其来的异动吓一大跳。“啊！”我情不自禁惊呼起来。我惊魂未定，而尤素夫荡着藤蔓飞驰而去了，我明白了那是怎么一回事。

“真是不可思议！”我望着它远去的身影惊叹着。“它看起来真像一辆疾驰的飞车。这些藤蔓简直就是空中的高速公路，这空中的路网可谓是四通八达了。”

“疾驰的飞车！高速公路！真是形象的比喻。”小三轻轻地念叨起来。我静静地望了他一眼，我知道他在说什么。

小三突然停下来了。他直直地瞪着前方，我从他的眼神里读出了恐惧。我下意识地随着他的视线望向前方，我看到了十步开外的地方，两管弓箭样的东西正对着我们，那是从一丛矮树中伸出来的，隐隐可见粗壮的手臂及其彩色的文身。

“啊？森林土著？”我惊叫起来。或许我的惊叫声吓到了对面的人。箭射出来了，我吓愣了。小三拉着我朝前扑倒时，阿玛却挡在了我们面前，它在最紧急的时候伸出了手，它看起来似乎想抓住箭，那姿势就像它平常捕食苍蝇蚊子一样。可是那毕竟不是苍蝇蚊子，是两管箭，它成功地抓住了一管，可是另一管深深地扎进了它的前臂。它愤怒地仰起头长啸起来，“啊——呜——嗯——”那声音凄厉而悲伤。对面的人似乎被这啸声吓住了，他们收起管筒转头就跑。可是，他们并没有跑多远就被尤素夫拦住了，那个从树上飞驰而下的空中飞人一下子将其中一个拎起来抛掷得很远很远……一切都在瞬间进行，这瞬间过后似乎又归于寂静。这种寂静叫人极其不安。阿玛由原来的呼啸转而低沉地呜咽了，它站在那儿开始摇晃起来。我和小三赶紧冲过去扶住它，它并没有理会我们，似乎依然极端愤怒，它扔掉左手的箭后，用力地将插在右臂的箭拔出来。“嗯——”在一声沉闷的吼声中，它扑倒在地上。

“阿玛！阿玛！”我痛苦地叫唤起来。我扑在它身上，胸前的赤道石垂到它胸前，它伸起了左手，轻轻地拉住了我的赤道石，它将赤道石拉到嘴边轻轻地吻了吻，然后就慢慢地垂下手臂。它的手臂慢慢地在我眼前垂下了。它看起来很疲惫，它真的累了，它轻轻地闭上了乌黑的大眼睛。

不知什么时候，小三开始给阿玛做人工呼吸，他在拼命地按它的胸脯。可是没一会儿，他就停下来了。他开始在它身前身后翻腾起来，他似乎在做最后的努力，他拉直了它的四肢，尽量让它舒服些。

“这么大的伤疤！”他突然惊呼起来。

“什么？”我痛苦地转向他。

“左臂上左腿上都是伤疤。”他轻轻地嘀咕着。

我扑在阿玛身上，我发现它的胸膛渐渐地平静下来了，我握紧的手也渐渐地冰冷了。

“它死了。”他说着，无奈地摇了摇头。

“不。它没死。它不会死。”我气愤地叫喊起来，眼泪一滴滴砸在阿玛发紫的脸上。“尤素夫，尤素夫——”我声嘶力竭地呼喊起来。我一边呼喊着，一边抬起头四处寻找。我又被吓呆了，那高高的树上，到处都是这毛茸茸的家伙，它们像瘟神一样静静地坐着，一个个都像尤素夫，一个个又都像阿玛。它们静静地坐着，静静地瞪着这地上的一切。

“哦，上帝！”我听到小三低低的叫声。

“它把它们全招呼来了。全来了。”他低语着。

“全来了。是的，全来了。这满世界似乎都是乌溜溜的大眼珠。”我嘟囔着，“可是哪一个是尤素夫呢？哪一个是它呢？”

远处有一个影子晃荡过来了。我知道它回来了。可是，它并没有像我想象的那样回到我们中来。它跳到地上，怒吼一声，拎起了阿玛爬上了树，一会儿便消失了。

我望着那高高的树，突然感到从未有过的失落与绝望。我失去了阿玛，又失去了尤素夫，那满树的森林之人却没有一个是属于我的了。

丛林底下越来越昏暗了，那升腾的沼气令整个世界看起来像一片鬼域，我开始幻想这里鬼魅横生。小三在我身边走着，我紧紧地追上他，然后紧紧握住了他的手，他是我的唯一了，我不能再失去他。我紧紧地握着他的手，颤抖着。

“我们回家吧！”我几乎是乞求他。

“回家？”他重复着。他看了看我，然后微笑着点了点头。

8

这一晚，尤素夫没回来。这是我来岩洞后第一次出现这样的情况。我躺在坑上望着月光斜照进洞里，我深深地感觉到月光是那么的冰冷凄清。我想念阿玛和尤素夫，就像想念父亲母亲兄弟姐妹一样。多么渴望岩洞里再响起那熟悉而厚重的鼾声。我发现自己是多么不习惯这样的宁静。真想爬起来走出岩洞看看，或许尤素夫正抱着阿玛站在草坪上，或许尤素夫正在某一块更安静的土地上挖凿着，给阿玛准备一个新的家，它需要一块更安宁的土地。哦，尤素夫，它会给阿玛找一片安息的土地吗？它为什么要独自带走它呢？它怎么不知道它也是我的亲人呢？我也要给它找一片安息的土地，我也要。眼泪悄悄地湿了脸颊，湿了身下成片的草秆。

“别想太多了！睡吧！”我听到了小三的声音，那关切温和的声音，那听起来熟悉而陌生的声音。我轻轻地应了一声，但是，忍不住哭起来了。那压抑胸口的伤悲一下子蹦了出来，我深深地沉进了自己的悲哀中。我为阿玛而哭，我为尤素夫而哭。哦，上帝为什么要在人间制造这么多苦难？为什么要让善良无辜的人承受这么多？我痛苦极了，眼泪或许是一个宣泄口，一点一滴地流淌着我的伤悲。这一晚，我不知道自己哭了多久，我似乎哭到呛气。月光下，他挨着我，紧紧地抱住了我。不知什么时候，我在他的怀里睡着了。

当清晨第一缕阳光照进洞里，我被刺眼的光线唤醒时，我发现自己蜷缩在他怀里。我被这情景惊呆了。当我从他怀中爬起来时，他醒了。

“你没事吧？”他问。

我羞涩地摇了摇头。

“瞧你，眼睛都哭肿了。”他冲我笑了笑。我呆呆地看着他，还是那厚厚的一缕长发盖住的半张脸，那长长的胡须稀稀疏疏地挂在他下巴上，看起来很是怪异。他若将头发剪掉，将胡须剃掉，又会是什么模样呢？一定比现在帅气，那胡须现在是最大的败笔，他不适合留须，他的胡须太稀疏了，看起来像老鼠留须。我试着想象他短发无须的模样，可是我总是想不出会是一副什么模样，想象中的人总是不知不觉被一民、崇明叔叔所代替。

“吃点东西吧！吃完了出发！”他说。

“出发？”我惊讶地重复着，“去哪儿？”

“去事故现场。”他应道。

“哪儿？阿玛死去的地方？找森林土著？”我惊讶地瞪圆眼睛。

“不。我们去飞机失事现场。”他纠正说。

“哦！可是，我们还要去吗？为了那个该死的飞机，我们已经失去了阿玛，还有尤素夫。”我痛苦地低下了头。

“不，不。这跟那没关系。阿玛和尤素夫本不属于你我，它们迟早要离开我们的。”他声音很低，但是听起来似乎很激动。“你要知道，这是丛林，弱肉强食的丛林。我们需要找到那架飞机。那对我们很重要。除了幸存者外，我们或许还可以从中淘到我们需要的东西，一些必需品，生存下去的必需品。”

“可是，尽管如此。你知道，如果再遇到森林土著的话，我们该怎么办？他们的箭多么可怕啊！一箭就置阿玛于死地了。阿玛，那么强壮有力的阿玛……”我呜咽了，我再也说不下去，阿玛死时的情形又展现在眼前。

“不，那是个意外。我们不会遇到他们了，不会了。”他说着，似是自言自语。

“你能确定吗？森林土著不是你说来就来，说走就走的。”我固执地叫嚷起来。

“我能确定。”他突然提高了嗓门，那大嗓门将我吓呆了。

“对不起!”他似乎为自己这突然的暴躁感到抱歉。他蹲到我身边，轻轻地拍了拍我的肩膀。“听我说，他们是珀南族人，是森林中的游牧民族。他们从上游来的，没有固定耕地，但是有相对固定的营地，他们从来都不会在一个地方待很久，他们从来都是将营地附近的食物吃完便走人，他们可以在一个地方待上一个月或一个星期，但是从来不会在一个地方待过一年半载。他们通常是一二十个一组的，昨天我们只看到两个，你知道只有两个，这两个不是掉队的，就是探路的。不管他们是什么样的，昨天发生的事情也足以逼他们躲开这儿，猩猩家族的领地，他们是不敢贸然侵犯的。昨天的不幸他们也很不愿意看到。”

“昨天的事情也是他们不愿意看到的？既然是不愿意看到的，那还为什么要射箭？为什么？”我几近咆哮，他似乎在替森林土著辩解着什么，这让我无法忍受。他像一个辩护律师，在为杀我亲人的凶手做辩护一样，令人无法忍受。

“他们并不想射杀阿玛。这一点是可以确定的。箭是对着我们的。”

我想起了那一幕，是的，箭是对着我和小三的，没有对准阿玛，是阿玛在最后一刻冲到箭口，在我那一声惊呼后，箭射出来，它冲上来了，不幸就那么发生了……

“珀南族人是人类的猎人，这意思是说，与他们无关的人类，他们将毫不犹豫地射杀。他们要射杀的是我们，可以看得出来，阿玛的死让他们很是震惊！”他说。

他的话令我惊讶不已，我瞪着眼睛望他：“这么野蛮的人，不问是非见人就杀？这是多么不可思议！”我轻轻地嘟哝着。

“是的，他们很野蛮，但是，他们也是出于保护自己。文明人的采矿与伐木活动已经严重威胁到他们的生存，他们的活动范围，或者说，他们的土地，在一点一点地缩小。”他说着，轻轻拍了拍我的肩膀，“好了，起来吧，我们还是抓紧时间。”

他从地上站了起来。手上握着两柄箭，那满是血腥的箭。

“这是杀死阿玛的弓箭？”我愣愣地看着他。我不知道他昨晚将它们带回来了。

“确切地说，这不是弓箭，是管箭，从吹风管吹出来的箭。”他低声说，避开了我的问题。“与我们平日见到的箭不一样，它是用嘴吹出来的，不是拉弓射出来的。”

“我不管它是什么。我只知道它杀死了阿玛。我真希望你立刻就毁了那箭。”我气愤地叫嚷着。

“不，我不会扔下它，跟箭没关系。阿玛是被毒死的。这箭矢的末梢有剧毒。”他冷冷地说着，脸上一点表情都没有，他并没有因为我而憎恨手上的杀人凶器。我望着他手上的毒矢，心像被撕裂了一样，我不能忘记那一瞬间，阿玛倒下的瞬间，它是那么快就垂下手闭上眼睛了，是什么样的剧毒可以在顷刻摧毁它？什么样的剧毒？如果没有它挡在前头，倒下的或许是我，也或许是他……

“起来吧！我们该走了。”他又在催我。我漠然地抬起头：“真的要去吗？森林土著不会再出现吗？”我几乎不敢相信这是自己的声音，冰冷而孱弱。

“请相信我。英格兰人的记载是千真万确的。”他说。

我看着他，那眼神不像在编故事。我慢吞吞地从地上爬起来，他递给我香蕉，我没接。他走出岩洞，我跟着他走出岩洞。阿玛和尤素夫都不在了，我除了跟随他别无选择。

和往日一样，碧空如洗，万里无云。草坪很潮湿，昨天汇集的浅流已经消逝，除了万代兰和炮仗花上的露水外，找不到昨天暴雨的痕迹了。雨季来了吗？应该近十一月了吧！在这儿已经待了两个月了，多么不可思议的两个月啊！我望着天空想着。

走进林子，气氛马上变得紧张起来。我不得不加快脚步跟上他。随着步伐一点一点推进，林子的光线也在一点一点收紧，我知道我们已经走下山坡了，在这氤氲的雾霭里，我又闻到了那熟悉的腐败的味道。丛林，我们又回到了丛林，昨天悲惨的一幕又一点一点展现在眼前。想着昨天，我不禁加快脚步跑到他身边，抓紧了他的臂弯。他轻轻地拍了拍我的手，然后紧紧地握住了。

他突然停住了。“嘘!”他暗示我停下来，并且不要作声。我吃惊不小，想象中似乎又看到两管箭正对着我们。

“看，那是什么!”他在我耳边低语着。我循着他所指的方向望去。我看到了一条飘带似的东西飞舞着，凌空而下。它从一棵大树顶上飞下来，挂在一根悬空的藤萝上，然后又迅速从那藤萝上飞下来，挂在另一根藤萝上，然后再跳下来，挂在矮树上，最后钻进了不远处的灌木丛中。“啊，蛇!”我还是忍不住惊呼起来。望着那消失在眼前的柔软而飘逸的身影惊呆了!那树有五六十米高吧，看不见树顶，但是我知道那是通往阳光的地方，那是展望天空的顶层，它是从那顶层下来的。那顶层是一个生机勃勃的世界，那顶层有它享用不尽的佳肴，它是饱餐以后回来休息了，是的，一定是这样的。“哦，太神奇了。它看起来多么像一根随风飞舞的飘带!”我望着灌木丛，心有余悸。

“它也是飞车一族。”他说。

“是嘛!飞车一族!”我念叨着，不禁深深地想念起尤素夫。“尤素夫会在我们附近吗?”我自语着，望向树梢。

“它在。”他肯定地说。他的肯定让我觉得很奇怪。我转头看他。“它不会离我们很远的。相信我。”他又拍了拍我的手，那一缕长发还是斜斜地盖在脸上。要是这一张脸全露出来会不会更好些，全露出来了，似乎离得就更近些了，我望着他愣愣地想着。

“走吧!”他拉着我。我又重新迈开了脚步。脚底下，确切说是厚厚的树叶下，水与泥土“叽叽”地搅和着。水透过腐烂的树叶一点一点地渗到脚上来，灌木上的露水打在身上，晨风吹过，冰冰的，凉凉的。这是我来到这个岛国后，第一次感觉到冰凉。突然，树叶哗哗地响起来，雨水纷纷从树上洒落下来。下雨了？我惊惧地抬起头来。雨水一滴滴砸在脑袋上，脸上。我全身上下全湿透了，他也湿透了。

“怎么办？回去吧！”我害怕极了。如果在这样的丛林底层遇上昨天那样的大暴雨可怎么办！

“回去？”他大声叫起来。他望着我，满脸的困惑。

“下雨了！”我不得不提醒他。

“下雨了？哪里下雨了？”他望着我，突然大笑起来。他似乎明白了什么。“哦，你湿透了。这不是下雨，这是雨林，树叶上积了太多的水，风吹过就全洒落下来，是有点像下雨。”

“你被吓着了？”他看着我，那眼神亲切而温柔。我望了望他，尴尬地耸了耸肩。

目的地并不那么好找。原以为就在靠左边不远的地方，可是，走进丛林后，前后左右就分不清了，只能凭着感觉走。一缕微薄的阳光透过密密的树枝斜射下来，或许从阳光照射的方向得到启发，他突然拉着我扭转方向，朝右边进发。我抬头茫然地看了他一眼，然后默默地跟着他往右边走。地上太湿了，我们走得很慢。我们不断地被腐烂的树叶和枯死的树枝阻挡，当然，还有丛生的矮树，它们那紧紧纠缠的丫杈也成为我们前进的障碍。他必须小心翼翼地拨开枝杈，或者用箭拨开荆棘。他将那两把箭都带来了，我知道，那是为了以防万一，那箭毒可以让任何攻击我们的庞然大物死于非命。当然，除了庞然大物外，丛林里潜伏着的每一种生物都可能置我们于死地，比如毒蝎子、毒蜈蚣、毒蜘蛛，还有最不起眼的蜂群、蚁群。我们必须非常非常小心。大概是走了半个多小时了吧，我突然闻到了一阵恶臭。我迟疑地停了下来。是什么腐烂了？一个迷失丛林的流浪者？一个森林土著？或是一个森林之人……我脑袋里闪过一个个悲惨的景象，甚至联想到蛆虫的盛宴。他没有停下来，紧紧地拽着我继续往前走。越向前，恶臭越是浓烈。我终于忍不住开口了。

“你要找到那个尸体吗？”我皱着眉头问他。

“什么尸体？”他惊奇地望着我问。

“你难道没有闻到尸体腐烂的味道吗？”

“尸体腐烂的味道？哦！你闻到那个臭味了是吗？那是一种花的味道。”

“花的味道？你有没有搞错？我不是闻到一般的腐烂味，那是腐尸的臭味。”我重复着，我怀疑他搞错了。

“瞧，看到了没有。”他并没有回答我的问题，他指着不远处一朵奇高无比的花。是的，这是一朵花，一朵像树一样的花，整个儿看起来有三米多高，紫红色的花瓣像伞一样倒立着撑开，那高高的黄色肉穗像一把箭，似乎准备随时射向前方。整朵花是长在悬空的藤萝上的，没有叶子，只有花颈孤零零地竖在那儿，在这满目灰暗的绿色中，它看起来真像一个骄傲而冷艳的独舞者。

“它是尸香魔芋。传说中守护所罗门王宝藏的恶鬼。”他说。

“什么?”我没听清楚他讲什么。

“这么娇艳的花朵，怎么散发出如此令人作呕的恶臭?”我滴咕着。

“记住尸香魔芋。那味道全来自它那黄色肉穗，看到了没有，那几乎高达两米的肉穗。传说中，尸香魔芋用娇艳的颜色，诡异的清香，制造了一个又一个由幻相组成的陷阱，引诱着人们走向死亡。尸香魔芋也因此被称为魔鬼之花。”他说着，轻轻笑着。“当然，你知道的，事实恰恰相反，它妖艳迷人，但是周身恶臭，只引诱了一群蚊蝇和腐尸甲虫。”

“尸——香——魔——芋！它妖艳迷人，但是周身恶臭，引诱了一群蚊蝇和腐尸甲虫?”我看着它念叨着，这是一个多么神奇的世界，这世界用它自己奇特的创造物诠释了人世间的大道理。

他站住了。我以为他看到了失事飞机。可是并不是那么一回事。我看到了横在我们眼前的路。这是一条一米多宽的路，很明显，那厚厚的腐烂的树叶被碾成泥浆，同周边分割开来，形成了一条路。细看起来，这是一条棕红色的泥泞小路，上面印满大大小小的脚印。当然上面最多最明显的是大脚印，那大脚印直径大约半米，深度大约三十多厘米。

“象道！这是神奇的象道！”他说。

“象道?这里有象群经过?”我不觉四处张望起来。一切静悄悄的，空荡荡的。

“肚脐果。这应该就是肚脐果。”他又嘟哝着。他从象道上捡起一颗果子，仔细地端详起来。在我眼里，这满树林都是奇树异果，可是他却独独对这个小果子情有独钟。

“肚脐果是什么？”我问。

“这象道旁有肚脐果树。”他自说自的，并没有回答我。

“肚脐果可以吃吗？你想带些回去是吗？”我不解地看着他。

“是的，可以吃，但是不易消化。这是一种很奇特的果子，大象也会吃它，但是它却经常在大象肚子里静静地待着，等大象大便时它就溜出来了。所以大象的大便里常常带着肚脐树种子，它们一路大便，就意味着一路播种了。”他说着领着我跨过了象道。

“你不想带些回去吗？”我问。

“不，它不易消化。”他应着。

“看你刚才那惊讶的神色，我还以为你要将它们全搬回去呢。”

“哦，不。我只是对象道充满好奇。想象着大象一边屙大便一边播种，那会是什么情形呢？那是英格兰人提到的最有意思的事。”他说着笑了起来。

我一点都笑不出来，我感到不安。

“我们还要走多久？”

“离目的地应该不远了。”他望着前方说。

“你能确定吗？”

“如果那一抹阳光不是我个人幻觉的话，那么我的方向应该是正确的。”他的嘴角微微翘起，脸上又露出冷冷的微笑。

跨过象道不久，丛林里光线越来越亮。灰暗与沉郁好像在瞬间被抹去。阳光从一个大洞照射下来。那个大洞看起来像个蒸笼，雾气是从下往上升的。阳光明晃晃的，耀眼而温暖。光线所到之处，雾霭升腾，丛林底层，桫椤、蜈蚣草或是苔藓、地衣，叫得出名与叫不出名的藻类、蕨类、菌类统统都披上了一层薄薄的金纱。当然，还有一些曾经为抢一线阳光而争破头的小灌木们，也幸福地沐浴在阳光之中了。

目的地总算到了。我轻轻地舒了口气。丛林绿色的天幕被击穿了一个大洞，这看起来匪夷所思。飞机已经断成两截，飞机的残骸就横在不远处，残骸旁边好几棵大树被烧得七零八落，有的甚至只剩下黑乎乎的半截，孤零零地与纠缠的藤萝相拥着吊在半空。一大片灌木被烧毁，厚厚的草木灰烬上印着大大小小深深浅浅的脚印，可以想象这里曾经遭过一番洗劫。有几只飞鸟还在地上认真地啄着什么，兔鼠、马麝，以及一些不知名的小动物，一听到脚步声，都警惕地抬起头注视着我们。

满地狼藉，灰烬与飞机残骸到处都是。我们在灰烬中转了一圈，并没有发现任何生命的存迹。小三在飞机头部转了两圈，然后爬进机舱，不一会儿，他便从里面扔出了两把手枪，两把多功能刀，两个水壶，两个钢盔，两双军靴，两套带血的军装和十五六个弹夹。

我看着地上的东西，明白了他在机舱里忙活什么。他将死人身上的东西全剥下来了。我想象着死人，全身发抖。

他从机舱内爬出来。“人都死了。”他说。

“很可惜，这不是一架补给物资的飞机。如果是日本人的补给飞机就好了。”他轻轻地叨叨着。我愣愣地看着他。他并没有理会我，自己将地上的所有东西包扎好，扛在了肩上。

“你要把这些东西全带回去?”

“是的。全带回去。刚好两套。”他面无表情地说道。

“可这都是死人的东西。”我提醒他。

“这些东西对我们很有用。”他轻轻地解释着,“走吧。该回去了。”他拉住我,然后不由分说地往林子里走去。

“可惜不是日本人的飞机。”他又说。

“日本人早就滚回他的老巢了。”我粗鲁地应着。我为他掠夺死人的东西感到不安。

“你说什么?”他惊讶地瞪着我,就像他第一次见到我一样。

“我说日本人早就失败投降了。”我气愤地提高了嗓门。

“真的吗?你说的是真的吗?”他停了下来,手紧紧地拽着我,拽得我手臂生疼。

“是的,三年前日本就投降了。”我气得嚷叫起来。

“哦,上帝!三年前就滚蛋了。三年前!三年前……”他不断地重复着。他直直地瞪着我,激动得全身发抖。

我们回到岩洞时日头已经偏西。和昨天一样,又变天了,庆幸的是,我们早一步到家。云层压得很低很低,整个山地又被罩在无边的黑暗中,狂风怒吼,电闪雷鸣,倾盆大雨铺天盖地而来,很有气吞山河之势。我坐在地上,呆呆地望着洞口。雨水一点一点地打在岩石上,反溅进来,半个岩洞都湿漉漉的。我望着雨水,数着嘀嗒的雨声,想着丛林,想着尤素夫,心情很沉重——这么大的雨,它会待在什么地方呢?它会被淋成什么模样?它为何不回来?这么恶劣的天气,它为什么不回来躲一躲？我想不明白，能够解释的就是它有了自己的洞穴，或者说，它需要一个自己的家，它和它的女性朋友的家。是的，雨季来了，春天来了，它需要有女性朋友了。

小三关心他的干柴，他一会儿站起来摸摸，一会儿又坐下来。当然，他还关心他的小包裹，刚从丛林带回来的战利品。他将它们全掏出来，摆在地上。

“有了这些东西，我们就可以开始新的生活了。”他擦拭着枪把子，脸上露出隐隐的笑容。他似乎一点都不受外界恶劣天气的影响，他保持着他的微笑，拿起其中一把手枪，拆开了弹夹。

“一、二、三……总共有八颗子弹。一个弹夹有八颗子弹，你数数看，这十六个弹夹总共有多少颗子弹？一百二十八颗。我们拿一半子弹来度过这个雨季的话，就是说五个月一百五十天里有六十四颗子弹。如果我弹无虚发的话，那么我们一个星期至少可以开荤两次。”从未见过他说这么多话，或许他今天真的很高兴，他絮絮叨叨着，似乎在与我唠嗑，又似在自言自语。不过无论是什么，他正打着如意算盘。我默默地转向他，我知道开荤是什么意思，烤沙爹我已经想了太久太久了。要是平日里听到这些，我会跳起来抱住他的，我一定会为他的“伟大计划”激动不已的。可是，今天我没那心情，一听到外面哗啦哗啦的雨声，一想到阿玛和尤素夫，我就快乐不起来了。当然，今天从坠机现场回来以后，我的心情就没好过，我知道这摆在地上的所有东西都是死人的，那机舱里面不知道有多少人。他们全死了？他们会是些什么人呢？荷兰人？印共？反动军警？

无论是什么人，他们都是战争的牺牲品，战争的始作俑者却永远逍遥法外。

“哈哧！”我重重地打了一个喷嚏，全身起了鸡皮疙瘩，这是感冒的先兆，我不觉搂紧了双臂。

“你受凉了？”他看着我，放下枪支。“得想法让你暖一暖，否则生病了就不好办了。”他从地上爬起来，揉搓着双手，一会儿看看干柴堆，一会儿又望了望洞口。我不知道他在想什么，但是他接下来的举动着实让我大吃一惊，他居然冲出岩洞，冲进暴雨中。望着他晃动在风雨中，我着急得直跺脚：“你疯了是不是？”

当然，他没疯，他回来了，他抱回来两个大石头。接下来我明白了，他要搭个灶，煮饭的灶。他将石头垒在洞壁边上，从地上捡起一个钢盔架在石头上。钢盔很小，所以这个灶口也很小。不过，两个石头加上岩洞壁，三面受力支撑，这个灶看起来还是蛮稳当的。他叫我帮他抱些干柴过来。我很不情愿地从地上爬起来。其实，他根本没必要叫我，柴火就在离他几步远的地方。我按照他说的，抱一小捆干柴放在他脚边，他冲我微微地笑了笑。我以为他会捡起多功能刀劈柴，却并没想到，他又使唤我。他蹲在灶口边上，用多功能刀削起木屑。

“如果你不介意的话，帮我劈点柴火。”他依然笑着看我。他并没有等我答应就从地上捡起一把多功能刀递给我。我犹豫着，但还是接了下来。我不喜欢被别人使唤，不过我早已经学会了迁就，从那一年被安排着留在这个岛国开始就学会了迁就。当然，此刻我觉得被人安排或是被人适当地使唤也并不是什么坏事，至少，让你明白，这儿还有一个人，一个懂得使唤你的人。干柴基本上都是细小的枝条，所以劈起来并不需要费多大的力气。只是我很好奇他将如何生火，即使生火了又怎么样呢，我们没什么好煮的，除了地上几个面包果和无花果外，我们找不到什么可煮的东西。他削了一大堆木屑，似乎够了，他停了下来。他将木屑一点一点推进灶口里，然后站起来，走到岩洞里头，从一个角落掏出一个小石头，回到灶口，蹲下来。他对着灶里的木屑用小刀刀把尾部向下敲击石头。我不知道他想干什么。他低垂着头，很认真地一下一下敲击着刀把。刀口与石头之间冒出了一串微弱的火花，“哧”的一声，我吓了一跳，木屑点燃了。

很奇怪，看到这久违的火焰我莫名地兴奋起来。当然，尽管半分钟前我还在抱怨生火，抱怨无米之炊。可是，现在完全不同，这燃起的火焰似乎并不只代表着煮什么，这火焰代表了某一种希望，一种被遗忘了很久很久的希望。

“总算点着了。”他嘀咕着，尽管那声音是那么平静低沉，但是我可以感觉到他是激动兴奋的。他一头埋在灶口里，他认真地烧着火，他将我劈的柴一点一点地送进灶里，我望着他弓着的背，想象着火光映照下他布满皱纹的微笑，那微笑不是冰冷的，应该是甜蜜柔和的。钢盔上的浓烟惊醒了我，我想起来这“锅”里什么都没放。

“糟糕!”我叫了一声，赶紧拾起地上另一个钢盔，冲到洞口，我用最快的速度接了些水倒到“锅”里。激烈的哧哧声之后，白白的烟雾在灶前散去，我们的“锅”总算恢复了平静。

“瞧，都没煮过饭吧！把锅烧穿了都不知道。”我取笑着。

“嗯，这活计是生疏。来吧，你接手。”他笑着从地上站起来。

我默默地蹲下去了，这也是我第一次烧火。他叫我靠近些烤烤火，然后尽量流些汗。当然，我没按照他说的去做，我觉得我已经够热了。他看起来挺能干，在我烧水时，他将两套军装摆在洞口洗起来了。雨水打在岩石上，打在他的脸上和头上，顺着他的头发，他的脊梁骨淌下来，他全身湿透了。他似乎根本不在乎这些，任凭雨水打在他的头上和脸上，他蹲在那儿手臂一前一后揉搓着。他手下的衣服，那红红的血水与雨水汇成小溪流，淌出洞口，淌出草坪，淌到低矮的丛林底层。

水一会儿就烧开了，他让我多喝热水。我喝了。这可是我两个多月下来第一次吃到热的东西，只是有点遗憾，这熟食是白开水。

9

接下来很长一段时间都是上午晴天，午后暴雨。最初的日子里，我非常担心尤素夫，总是想象着它像个流浪者，在雨中孤独地瑟缩着。每想到这些，我就内疚，总觉得自己霸占别人豪宅。相比而言，小三坦然很多，他似乎从不会有什么内疚感，他似乎觉得一切都是理所当然的。比如说我带他回岩洞，他重新活过来，或者说阿玛的死亡，尤素夫的离去，在他眼中，这一切都再自然不过了，没什么可指责或是可怀念的。正如他说的：该来的都来了，该走的都走了。就这么简单。

当然，时间会抚平一切。一两个星期之后，我也渐渐习惯了没有阿玛和尤素夫的日子了。上午，我总是随着小三到林子中寻找食物，不过，随着雨季的到来，地上的积水与淤泥严重阻碍了我们的行动范围，我们走不了太远，有限的范围使我们能够捡到的水果在一天一天地减少。看到食物越来越少，我有些着急，其实我一直在期待着他开始执行计划，我还清楚地记得，他弹无虚发的话，一个星期会开荤两次。现在两个星期都过去了，他并没有让我尝到任何荤味。我开始怀疑他会不会使枪。当然，每一次出门他都带上枪支，我不知道他为何不试试。其实林子里的动物很多，它们面对我们并不像最初那样一见面就逃开，它们似乎对我们已经熟视无睹了，他要开枪打中一只兔子或是野鸡之类的，应是轻而易举的，我想。在林子中活动时，我经常会听到隐隐的凄厉的嗷叫声。那是非常熟悉的凄怆而悲凉的声音，那声音总是让我想起阿玛中箭后的情形，那声音似乎就是在预告着一场不幸。每一次听到那声音，小二总会放慢脚步，他会竖起耳朵认真倾听，他似乎总在寻找惨叫声传来的确切方向。而我每一次都会情不自禁地颤抖起来，我会紧紧地跟上他，然后毫不客气地拽住他的胳膊。让我感到欣慰的是，他总会像个男人，像兄长或是父亲一样拥住我。他总是用他消瘦却坚实有力的臂弯紧紧地护住我。在某一刻，这种相拥的温暖让我深深地怀念起一民来，我幻想着自己像个婴孩缩进他的臂弯，我甚至有很长一段时间相当依恋这样的怀抱。

这是尤素夫走后的第三个星期，我与小三和往常一样慢悠悠地晃进林子。我们没走多远又听到了那熟悉的叫声。那叫声很近，极其尖利凄惨，听起来直叫人毛骨悚然。小三抬起头来紧紧地盯着树梢。突然，他捂住我的嘴，快速将我拖到一棵大树背后。

“别出声!”他在我耳边轻语。我惊惶地看着他。他抬起手指了指前头的树梢。我顺着他所指的方向望去，我惊呆了。那一阵阵凄厉的叫声正是从那儿传来的。我不敢相信自己的眼睛，传说中的哲人正在大打出手。这真不可思议，在那高高的树梢，一只红毛猩猩龇牙咧嘴地追逐着另一只，那叫声应该是被追赶者发出来的，那是被追打后痛苦与绝望的哀鸣！被追者从一棵树逃窜到另一棵树，追赶者在枝头停住了，它长啸一声后，拍着胸脯，静静地望着失败者仓皇而逃。

“它胜利了。”

“它们在比赛？拳击？”我困惑地问。

“是的，它们在比赛，像拳击赛。现在它是拳王了，没有人上来了，全被打败了。”他笑着说。

我远远地望着枝头的胜利者，它静静地坐在那儿，像极了尤素夫。“你说它会不会是尤素夫？”我问。

“不知道。有可能。”他应道。“它们看起来似乎都一样。这儿似乎只有两棵树和两个森林之人。”

“两棵树和两个森林之人。”我轻轻重复着，会意地笑了笑。“我也觉得。那密密麻麻的，只是满树的阿玛，满树的尤素夫。”

“哦，血！它受伤了。”我突然发现那树底下鲜红的血，一滴滴从树上滴下来。“那是枝头的胜利者淌下的血？”我惊惶地看着他。

“是的，受伤了。成为森林之王不容易。”他说。

“哦，森林之王。它会是森林之王?”我望着那枝头念叨起来。“尤素夫——”我忍不住大声叫喊起来。小三伸手想捂住我的嘴，但是来不及了，我已经叫出来了。枝头猛烈地摇晃起来，那个胜利者飞跃下来。它像荡秋千一样飘荡下来。它是飘荡下来的。当它轻轻落在我们跟前时，我们被它吓呆了。“尤素夫!”我不假思索地站起来。我相信它是尤素夫，是的，它是。那眼神是那么熟悉。我激动地跑过去抱住它，它拎起了我的赤道石亲吻着。我看到它的手臂，那鲜血正一滴滴从模糊的伤口上淌下来。

“你受伤了。”我伸手想抓住它的手臂察看。它却躲开我。它默默地背过头，转身向树上爬去。“尤素夫，别走。”它听到我的叫声，停了一下。不过它并没有回头，它迟缓地一步一步往树上爬去。我还想叫它，被小三制止了。“随它去吧！它的家在树上。”

“它的家在树上?可是，暴风雨来的时候，树上的家还能待吗?”我反问。

“它会有办法的。它们都知道寻找芭蕉雨篷，当然，它或许还会有其他洞穴。现在它已经是森林之王了，它会拥有属于它的世界的。”他轻轻地说。

我望着尤素夫渐渐消逝的身影，心里难过极了。

那一天，暴风雨来得很早。小三及时带我赶回家，我们躲过了一场暴雨，但是，那个上午我们没找到任何食物。我们只好胡乱地吃一些旧果子充饥。一整个下午都在下雨，我们无所事事。他又升火给我烧开水了。我忍不住责问他为什么不使用枪支。如果可以的话，或许我们现在可能在烤鸡烤羊或者烹调兔子鼠肉了。对于我的指责，他没有生气，也没有解释，他只是默默地微笑着。我并不喜欢他这样子，他这样子让我很难摸清他葫芦里卖的什么药，我宁愿他有话直说，让我明白他到底在想什么。

再一次见到尤素夫是一个月后的事了。那一天，从林子回来，我们一脚刚要踩进草坪时，就愣住了。草丛中，两个身影在晃动着，一上一下，在激情地摇晃着，时不时还传来野性的欢快的喘息声。眼前的情景让我极为难堪，我就地站住，手足无措，只感觉心跳在猛烈地加快，“咚咚咚”，我几乎可以听到自己的心跳声。我想我一定涨红了脸，我不敢正视小三，那原始的冲动一阵阵袭击心头，那沉重而绵长的喘息是那么诱惑人，情不自禁中，我似乎也要跟着喘息起来，我只觉得口舌干燥，全身发软，我渴望着什么，一个男人的拥抱，一个男人的亲吻，或是一个男人的入侵。在某一瞬间，我甚至渴望着那沉醉其中的人是我和小三，我为自己这种离奇的渴望感到惊恐不安。可是，最悲哀的是，我总是无法抑制这种念头，那种渴望的焦灼早已经将我的意识化整为零了。

我受不了这种渴望的煎熬，我鼓起勇气望向小三，我不知道他是否看到我灼热的眼神。他看起来很平静，定定地望着草坪，但是他似乎并不想打扰它们。他在一块石头上坐下来了，眼睛直直地转向山坡底下的丛林。我朝他走过去，我挨着他坐下，我还能感觉到自己猛烈的心跳。我想他如果伸给我一只手，我一定会毫不犹豫地倒在他的怀中。此刻，我的意识已经被一种最原始的召唤制服了。我试着想一民，可是他离我那么遥远，他就像火星人，他在我的眼前渐渐模糊了，模糊了……

当然，小三并没有将手伸给我，他直直地望着丛林，在那平静的脸上，我捕捉不到任何异样的温柔。我不知道他在看什么或是在想什么，我知道如果他有一个美丽的妻子，他此刻一定在想她，可是，如果他没有妻子，他又会想什么呢？不知道，他从未透露过，从未。他整个儿看起来就像他的脸，半遮半掩的脸。草坪上的一切是在一阵尖利的欢叫声中结束的。一切重归平静时，我忍不住回头望了一眼。两个森林之人已经离开了。

"尤素夫走了？"小三轻轻地问。

"尤素夫？"我困惑地看着他。

"是的，尤素夫。在这片林子里，任何一个女性都是它的妻子。没有人敢在这儿抢占它的女人。"他静静地说。我惊讶地瞪着他，他的平静，他的言语都令人吃惊。

"它的女人？"我轻轻念叨着，难以理解他的话。

"它是猩猩之王，他要通过不断地交配来繁殖自己的后代，在这儿，所有的雌性猩猩都会选择他。"他说。

"是吗？"我静静地瞪着他，不知说什么好。他谈着交配，脸不红心不跳。他难道真的超越男女，而只把刚才的一切视为自然的"人"与自然的"事"？我望着他，很是不解。

这一天后，我明白了尤素夫为什么要离开我们。小三说的没错，它的世界在树上。伴着雨季，春天的脚步在一点一点地靠近，春天是动物发情期，它应该回到属于它自己的世界中去。

我没有再见到尤素夫，我知道尤素夫和它的女伴离开了草坪，不过，每一次走近草坪，我都会情不自禁地想起那天的情形。我想，它们那野性的疯狂已经深深地印在了我的心底了。

最让我痛苦的是它们野性的欢爱完全唤醒了我最原始的渴望，这种渴望一直持续着，不管是白天还是黑夜。我开始对两只交配中的动物发呆，不管是蝴蝶、蜜蜂还是蝗虫，只要它们交叠在一起，我都会情不自禁地发起抖来。每到夜晚，尤素夫那沉沉的喘息声总会响在耳畔，那畅快的呻吟总让我激动不已。我开始失眠了，我像是被下了魔咒，我总是被种种不洁的幻想折磨着。

这是雨季里难得的月圆之夜。当我睁着眼睛辗转反侧时，我又一次想起尤素夫的喘息声，我不禁心潮澎湃，那种原始的渴望又像恶魔一样侵入我的体内，让我不能自拔。我痛苦地将头转向了小三，我渴望看到他男人的轮廓。借着月光，我看到他平静地躺在身边，没有鼾声，没有梦魇，他躺着，看起来那么安详宁静。我挨着他半卧，一只手支着头，静静地看着他。他还是那么消瘦，没有粗壮的双臂，没有厚实的胸肌，肋骨一根根直挺着，像两排空荡荡的琴弦。那缕长长的头发遮住了半边脸，从另半张脸依然可以看出他颧骨突出，腮帮塌陷。我静静看着那半张脸，尽力在记忆中寻找熟悉的神色。如果他不是营养不良，不会这样消瘦的话，他会像谁呢？我轻轻地伸手，想拨开他额前的长发。不知道是我惊醒了他，还是他压根儿没睡着，在我伸出手的当儿，他突然逮住了我，一瞬间我受惊不小，我几乎尖叫起来的。像这样宁静的夜晚，像这样空旷的山野，他和月亮一样，像个孤独的猎手，将我死死地捕获了。我几乎是带着颤抖整个扑到他的身上。他并没有松手的意思，他紧紧地抱住了我，我听到了他沉重的喘息，我也听到了自己野性的呻吟。我扑在他身上，像一团燃烧着的烈火，颤动着团团包融了他坚实的身子。那一夜我沉在了奇妙而美丽的梦幻中。我终于如愿以偿了，我像夏娃一样偷吃了禁果。

第二天醒来，我默默地望向他，感到兴奋而羞涩。这个清晨，我望着他想了许多许多，亚当和夏娃，我很愿意这样想象我和小三。伊甸园，这儿是我们的伊甸园，有溪流，有山林，有飞鸟，有虫鱼，我们可以款款散步在群芳之中，我们可以相拥着躺在任何一片草坪上，随意欢爱，嬉笑追逐，随心所欲，没有人会指责我们，就像没有人会指责尤素夫和它的女人们一样……

他醒了，很可惜，也很让人失望，他并不像预期的那样变得更温柔点，或是说更亲近些。哪怕一点！一点点！他没有！他看起来还是一副拒人千里之外的神色，那神色里似乎还多了一缕沮丧，他似乎对自己昨夜的行为感到沮丧。他难道后悔夜里发生的一切？他是不是有什么不可诉说的隐忧？我痛苦地看着他。

10

雨水一点一点地侵入我们的生活。我们的活动范围也一点一点地缩小了。当我们再也不能深入丛林时，捡到果实的可能性几乎为零。接连两天双手空空地回到岩洞，看着储存的水果渐渐消耗完，一种饥饿的恐惧感深深地笼罩心头。

“怎么办？接下来该怎么办？”我看着小三，无助地念叨着。

“总会有办法的。”他轻轻地笑着。他那若无其事的表情，让我找到了莫大的安慰。

这一日，他在树洞里掏白蚁，他将嫩枝条折成钩状，一次次地伸到深深的树洞里搅动，每一次他都会收获一大串的白蚁，他会像吃芝麻棒棒糖一样，甜美而自得。他要我吃，我坚决不干，他说这是森林高蛋白，我们需要补充营养。尽管听起来很不错，可是一看那蠕动的身躯我就全身发麻，我始终没有勇气张开嘴巴接受它们。看着他将一串串的白蚁放到口中，我不禁想起阿玛与尤素夫吃白蚁的情形，他和它们看起来似乎没什么两样。

我拒绝吃白蚁让他很头痛。

“你必须补充蛋白。”他说。

“不。我没办法忍受它们在我口中攀爬，如果我囫囵吞枣，它们会在我肚子里爬。”我摇着头认真地说，这是我的真实想法，我一看到那蠕动的身躯就会忍不住这样想。他捧腹大笑起来。这是我第一次看到他如此豪放的笑，我惊讶地看着他，他的笑声他笑的模样太像一个人了，尽管那长长的头发遮住了半边脸，但是我还是想起了某个人。

“崇明叔叔？”我叫了起来。他愣住了。我冲到他面前，我要拨开那一缕长发，我要好好确认他是否是崇明叔叔。他握住我的手，盯着看我。“冰儿!”他愤怒地颤抖着阻止我。“你是崇明，是崇明。”我野蛮地缠着他。他松开了我的手，他轻轻地拨起长发。一条粉红的刀疤像一弯新月从他高高的额前斜斜地划到眼角边，他的左脸因为这道长长的伤疤而扭曲着。

“好了，看到了吧！全看到了吧！你感觉舒服点了吗？你证实了什么？”他冷冷地看着我，冷冷地说着。那眼神那声音，就像一柄利箭插到我心头。

“对不起。对不起，我不是故意的。”我痛苦地扑到他胸前痛哭起来。可是他冷冷地推开我，走开了。

我必须为自己的鲁莽负责。他在后来的几天里几乎没再说话了。我最害怕的就是他不说话。他看起来那么烦我讨厌我，甚至憎恨我，从他漠然的眼神里，我感受到一阵阵寒意。我开始担心他会不会将我独自扔在这儿。几日下来，我尾随他，从没敢放松，就像他的一条小尾巴，无论他如何对待我，我都要死赖着他。我就是这样想的，我也这样做了。可是晚上怎么办呢，我不能安心地睡觉，我怕一觉醒来他不见了影儿。我开始整夜整夜地失眠，洞里洞外随便的一点风吹草动我都会惊跳起来。偶尔在疲惫中睡下，我又会在可怕的噩梦中醒来。我常梦见自己坠入黑暗的深渊，在坠落中我抓住了他的手，这一双消瘦却坚实有力的手完全可以拯救我，可是他看了我一眼后毅然地甩开了，任凭我在黑暗中挣扎着，他全然不再理会我的呼喊，他默默地背着手离开了。我终究被黑暗吞噬了，我掉进了一群野狼的窝中……他默默地背着手离开了，那梦中绝望的瞬间，在我眼前不断重复着，我害怕得再也不敢闭上眼睛。经日的担惊受怕终于让我在虚弱中倒下了。当太阳又一次升起时，我试图挣扎着爬起来，我迷迷糊糊地叫唤着“等等我，等等我。”可是他并没有理会我，他还是独自走了。他就是那样默默地背着手离开了。跟梦中的情形一模一样。一股熟悉的绝望感涌上心头，我无力地瘫在了坑里。

不知过了多久，我被摇醒了。当有人给我端来一碗热水时，我感激地流出了眼泪。我梦中的小三已经走了。可是谁回来了呢？阿玛？尤素夫？我迷迷糊糊地想着。无论如何，我真的需要喝点水，我好渴，真的好渴，渴得我喉咙发痛。哦，有点苦，什么水这么苦？我想推开它，可是有人强制着要我喝。我只好硬着头皮喝下了。我一会儿觉得像罩在火堆里，全身滚烫，一会儿又觉得像掉进冰窟窿，全身发冷。我觉得好累好累，我连抬眼皮的力气都没有了。我不知道喝完了没有，我想我是一边喝一边睡着了。是的，我又睡着了。我又看见小三背着手默默地走了。我多想留住他啊！阿玛，尤素夫，快去找回他，快去！我需要他，我多么需要他，他是我在这儿的唯一！哦，我多么傻，我没有忘记第一次见到他的情形，我以为他是精神病患者。他怎么会是精神病患者呢？他那么清醒，那么机灵，还那么智慧。可惜，他有点冷漠，他如果像崇明叔叔一样快乐就好了。——哦，他像崇明叔叔，他是崇明叔叔——不，不，我不是故意的——他生气了，他真的生气了！我揭开了他的伤疤，他是多么不愿让人看到他的伤疤，那长长的头发，那剩下的半边脸。我只要看到半边脸就够了。哦，别走，别走，我只看半边脸。——对不起，我不是故意的。——我真傻，他怎么会是崇明叔叔呢？崇明叔叔是高大魁伟、英俊无须的美男子，崇明叔叔是快乐的，阳光的。而他，他那么消瘦，那么阴郁，他们一点都不像，一点都不像。——哦，我怎么会叫他崇明呢？他真的生气了，他气我将他当成另一个男人了？一定是这样的，他希望他是我的唯一，是的，他希望，每一个男人都希望……哦，阿玛！尤素夫！快，快叫他回来……

"冰儿。冰儿。"我听到有人叫我。这声音好熟悉，是崇明叔叔？不，是一民？哦，他们都回来了！上帝呀，他们都回来了！阿玛，阿玛，他们都回来了！回来了！可是，小三呢？他在哪儿，他回来了吗？

"冰儿，冰儿。你醒醒，醒醒。"——哦，别摇我，头好痛，好痛。别摇我，别——

我清醒过来是因为一声响亮的枪声。这声音太熟悉了，以至于我马上想到血淋淋的人头。反动军警在追杀印共时就是一枪一命。当初日本人也一样，开枪后就不会有活口。我从坑里一骨碌爬了起来，一时想不起来这一切是怎么一回事。我不在赤道城，我不在那莫村庄，这令我失望极了。阿玛和尤素夫在哪儿？哦，小三，小三在哪儿？我突然警觉地寻找起来。我赶紧冲出岩洞，草坪上静悄悄的，除了三两只逃窜的田鼠与兔子外，一切看起来还是那么恬静。我竖起耳朵倾听，好久好久，都没有听到第二声枪声。我怀疑自己在做梦。我想冲到林子里看看，可是我头重脚轻，全身乏力。我不得不从草坪走回岩洞。我发现地上的手枪少了一只。是他吗？他并没有走远？除了小三外，这儿不会有人开枪了。一定是他，他没走远！我蜷缩在坑里，紧紧盯着洞口，我希望再听到枪声，我祈祷刚才那一声枪声并不是我在做梦。

我闻到了草药的香味。我盯着小灶，那钢盔上冒着烟，那灶口还有星星火忽闪忽闪着。我向小灶爬去，我看到了一排蒲公英花叶。

“蒲公英？”我惊呼起来。看着这熟悉的花叶，我想起阿玛与尤素夫的草叶“SPA”。它们回来了？难道真是它们回来了？我惊讶地扫视着岩洞，满地凌乱不堪，花叶残渣、灰烬、柴火，到处都是。这明显不像人待过的地方，这情形跟第一次在这岩洞醒来时是多么相似啊！

当午后的太阳渐渐消逝时，他回来了。我见到他时，几乎兴奋得晕厥过去。我强忍内心的激动，看着他。“你回来了。”我轻轻地说。我感觉自己像一个小媳妇，看到久别后的新婚夫婿，既有久别后的激动，又有羞涩中的“忍”静。

“我就想着你也该醒了。”小三说着，放下肩头的东西。他砍回来一大堆的大叶子。我一时想不出它们叫什么名字，不过我确定见过它们，在林子的那一边，水洼边上。那大叶撑在水上，那层叠的叶子大得足以容纳三五人在下面避雨。我静静地看着他，他将大叶子堆放到岩洞口时，我注意到他手上的另一样东西，那是一只艳丽无比的锦鸡。是的，一只锦鸡，那体长几乎快一米的锦鸡。我想起来了刚才的枪声。

“你开枪了？弹无虚发？”我强忍住激动。

他并没有回答我，只是冲着我笑了笑。那是多么柔和的微笑，尽管左半边脸的肌肉僵硬些，但是这并不妨碍那笑容的柔和。哦，他的头发。我想起了那缕长发，那披在脸上盖住半张脸的长发。他剪掉头发了。他将它们剪掉了。那道弯月伤疤横在半道眉上。

“你？你的头发？”我还是忍不住惊叫起来。我知道那一缕长发对他的意义，从一开始，他似乎就不喜欢以整张脸示人，每当我想拨开他的头发时，他都有意无意地躲开了。可是现在，他居然剪掉了他的长发。

“头发？”我嘟哝着。

“我不是做梦？”我轻轻地站起来抱住他的头。

“不是做梦，是在发高烧。”他一本正经地应着。

“你像换了一个人。”

“我突然明白，没什么好遮掩了。好与不好也都这样了。”

“然后，你就咔嚓咔嚓把它们全给解决了？”我捧着他的头笑了起来。他长得并不难看，如果没有那道伤疤的话，他应该也蛮帅气的。

“你身子还是这么烫。躺下休息吧！”他不置可否地笑着说。

“你不生我的气了？你不会走了吧？”我抱着他的头看着他，认真地说。接连的噩梦叫我心有余悸。我真害怕自己一放手，再也找不到人了。

“生气？走？”他重复着。我静静地等待着，他总算微笑着冲我摇了摇头。

他朝小灶走过去，将小灶上的“锅”递给我。“好了，你先把剩下的药喝了。”

“这是什么药？蒲公英？”我问。

“是的，蒲公英。”他说，“你将汤水喝了，那叶片也要吃。”

“叶片也吃？”我困惑地看着他。

“是的，蒲公英本身就是一道野菜。食疗佳蔬。”他说。

“哦，野菜。食疗佳蔬。”我端起“锅”来一饮而尽。那茎叶并不像想象的那么难吃，有点清甜，嚼起来滑溜溜的。不过，太多了，我并没有吃完，剩下的他全吃了。他说我昏睡了两天，这两天都是我喝汤，他吃菜。我才知道，他吃蒲公英吃了两天了。如果说这算一餐的话，那么接下来应该算是午饭后了。饭后，他将吃完的“锅”重新装上水，烧起热水来。他叫我看着火，他开始将大叶架了起来，在门口做了个严实的屋檐，我知道雨水再也溅不到洞里来了。

“锅”里的水一会儿就开了。他拎过来锦鸡，我看清了这只可怜的小东西。它的确很美，背是褐色的，胸部是黄铜色，颈部是紫绿色，还有那金黄色带着横斑的尾羽，弯曲着，长长地垂在下面。

“这下可以好好换换口味了。”我看着小东西，情不自禁地念叨起来，我恨不得马上就让它下锅，不知道这样算不算残忍，但是我确实想肉了，这细数下来大几十天没有沾到油腥了。

他是一个出色的猎人，他除了捕猎外，看起来还极其擅长处理猎物。之前，我没看出来，那是巧妇难为无米之炊。今天就不一样了，他从生火烧水到烫鸡毛拔鸡毛，一路下来都表现得极其在行。我在一旁只是干坐着，偶尔递递水，端端“锅”。他没让我碰水，不过，我忍不住，偶尔也伸手拔一根两根鸡毛。

我喜欢那羽毛，那是色泽鲜艳而纯净的羽毛，他一把一把地拔下它，我一根一根地挑选着收集起来。我似乎很虚弱，没待多久就头晕困乏了。他让我到坑里休息去，我爬回坑里头，可是并没有马上睡着，一直在想着他会如何煮这只鸡。烤鸡焦香诱人，炒鸡丁口感润滑，煲鸡汤肉质鲜美……哦，我不禁暗暗吞起口水。

这一觉睡得很舒坦，当我醒来时，我发现枕边湿漉漉的，我手一摸，黏黏的，咸咸的，我知道这是一摊口水。天已经彻底黑了，外面还在滴滴答答下着冷雨。小灶里的火忽明忽暗地闪着，整个岩洞蒙在这昏黄的火光中。我静静地看着他，他坐在灶旁像个影子，黑乎乎的一团影子，手一伸一缩，整个儿像皮影戏里的角儿。我知道他正机械地一点一点地添着柴火，那“锅”在有序地咕咕叫着。烟雾一串串从小灶上升腾起来，卷曲着飘到洞外。我闻到了久违的香味，情不自禁地叫起来：“好香啊！”。这突如其来的声音让他大吃一惊，那黑乎乎的一团明显在眼前抖了一下。

“醒了！”他转过头来，声音愉悦。

“煮多久了？还没熟吗？”我爬起来，迫不及待地冲到小灶前，一伸手揭开了“锅盖”。“哦，真是太香了！我真怕自己一开口，口水就淌到汤中。”我说。

他微笑着，定定地望着我。“捅一捅看看。”他递给我两根长长的“筷子”。这应该是我见过的最大的筷子了。我拿着它，笑了起来。

“试试看。”他说。我握着尖尖的长筷，轻轻捅了捅肉。“好像熟了。”我不能确定。我夹起一个大腿放到另一个钢盔里猛吹。——当然，我们就开锅了。他倒了一半的汤肉给我后，自己便端着“锅”狼吞虎咽起来了，他似乎恨不得手脚并用。看他那贪婪的吃相，我差点笑出声来。不过，我也马上扔了“筷子”，我想我自己的形象应该也好不到哪儿去，那香味的确太诱人了。

我们俩在几分钟之内将一“锅”的汤肉解决了。那一只美丽的锦鸡就此烟消雾散了。

“我们是不是很残忍？”我望着满地骨头说。

“没什么残忍不残忍，弱肉强食。”他说。

“我原来以为你不懂得使枪！”我说。

“为什么这么认为？我看起来不像玩火的？”他笑了。

“你很早就说过，如果弹无虚发，可以一星期开荤两次，可是都快一个月了，还尝不到半滴油腥味。我以为你根本不懂得使用那家伙。”我笑望着他。他左脸的伤疤让整张脸看起来有点狰狞。不过此刻，这不影响他在我心中的形象，他彪悍却不粗暴。

“如果可以的话，我还真不愿意使这玩意儿。”他从腰间掏出枪，轻轻地转动起来。“在这么原始的地方，我更愿意看到自己捕获的猎物上插的是一支箭或一支矛，而不是一颗子弹。”

“这有区别吗？无论是枪还是箭，对猎物来说，它们不是一样得死吗？”我说着笑了起来。

“当然有区别。死在枪口下对它们是一种耻辱，它们连挣扎的机会都没有。”

“可是你不觉得森林土著的毒箭也很厉害？它们一样没给猎物挣扎的机会。”我不禁想起阿玛，情绪一下低落许多。

“不一样。枪炮是现代文明的产物，它们的杀伤力远远超越原始自然所承受的。听那‘砰’的一声，你猜我第一个反应是什么？日本人。然后就是‘轰’的一声——大炮。你知道，日本人的大炮，扔下来一个死一片，而不是简单的一两只猎物，摧毁的不仅仅是简单的猎物，还包含着无辜的动植物以及动植物赖以生存的空气与土壤。”他摇了摇头，脸上露出难以名状的苦笑。

我静静地看着他，不知道说什么好。是的，一听那熟悉的枪声，我的第一个反应也是日本人，反动军警。他们利用科技武器进行大面积屠杀，摧毁生灵，那血淋淋的场面并不是原始的矛和箭所能比拟的。

“你恨日本人？”我问。

“是的，我恨日本人。我恨所有发动战争而自以为是的‘文明人’。”他说。

“你是因为日本人而躲进丛林？”我好奇地问。

“是的，是的。”他烦躁地叫嚷起来。他的嚷声吓我一跳，我很后悔自己又莽撞地碰到了他的痛处。他低垂着头，满脸痛苦与绝望。我真怕看到他这副模样。他不会像前几天一样不理人了吧？他又要不理我了？我惊惶地望着他。

“对不起。”我轻轻地用肩头碰了碰他。他没理我。洞里静悄悄的，洞外雨声与蛙声响成一片。那单调而乏味的呱呱声令人无法忍受。

好一会儿，他总算开口了。“五年前我被日本人带走了。两个月后逃出来。我和99号，我们两个一起逃出来了，可是我们亲眼看着近一百号人被活生生地埋掉了，全被埋掉了……”他停住了，嘴角不由自主地抽动起来，痛苦与恐惧刻在他的眉梢，或许这一辈子他都无法忘却那惨烈的一幕。

那会是什么样的夜晚呢？像这样淅淅沥沥的雨夜？或者是一个月黑风高之夜？或者仅仅是一个平常的月圆之夜，像这样热带的夜虫总是不知疲惫地鸣叫到天亮吧！在日本人的监狱里应该没有人会讨厌夜虫的喧闹。因为一天天的审问逼供早已让每个人筋疲力尽，人们一回到监狱就早早地蜷缩在自己的角落里疲惫地睡着了。午夜时分吧，一阵阵紧急的警哨声响起，随之而来的是一声声吆喝：“你的，起来，全起来。”日本人应该是用铁棍子重重地敲击着铁门叫嚷的。他一定和许多人一样不知所措地爬了起来。铁门“咣当”一声被打开了。日本人站在门口清点人数：1、2、3、4、5……98、99、100。人们极其熟练地报出了自己的号数。他是倒数第一，100号，他的狱友是倒数第二，99号。他们一前一后走出铁门，被赶上了第五辆，或者第六辆卡车。一上车，他们便被绑住手脚，遮住眼睛，堵住嘴。车子启动了，朝南或是朝北？没人知道。车声隆隆震耳欲聋，而卡车上的人异常平静，人们或许想着，自己只是一个住民，仅仅是一个住民，自己并没有做任何错事，日本人不会对一个遵纪守法的住民怎么样的。尽管被束手束脚失去了自由，但是，绝大多数的人，他们内心是坦荡而不知恐惧的。五六辆卡车满载着百号人，百号人就这样浩浩荡荡地被运到了一个不知名的地方。100 号和 99 号应该是很默契的老搭档，他们肩并肩挨在一起，无须言语，只要碰碰头，他们便彼此心照不宣。在车子停下之前，他们互相悄悄地将绳索松开，当车子快停下来时，他们趁两名特警不备，便跳下了卡车，车下两个特警应该是被扭断了脖子。他们抢了枪，悄悄地冲进了附近的林子……他们逃出来了，但是他们并未走远，他们还记挂着林子里的同胞。隔着林子，他们远远地望着野地。这个野地似曾相识，或许在不久之前他们与他们的狱友们来过。是的，应该来过。就在不久前，他们被派到这儿挖沟渠，整整三天或是五天，十天，反正他们挖完了长长的深深的沟渠。他们不知道这种沟渠派什么用场，不像灌溉水渠，不像地道，不过日本人要他们挖，他们就挖了。是的，就是这样长长的深深的渠，月光下，一个个华人同胞被粗暴地推下去，人们束手束脚像一个个小面团，在日本人手中揉搓着，然后滚下了沟渠，滚到他们亲手挖的沟渠。远远地，他们听到了断断续续的"唔唔"声，那隐约的凄怆的呼声在清冷的夜空里无望地挣扎着，回荡着……黑土一点一点地在日本人的铁锹下飞扬起来，土层一层层地被拨到渠中，一点一点地盖住了人们的脚，人们的胸，人们的脸，以及人们伸长的手……这不堪入目的一切引起了激愤，是 100 号，还是 99 号呢？他们中有一个抱起枪欲冲回野地与日本人拼个死活，他们中的另一个苦苦抱住了失控的那一个，苦苦地抱住了，然后又苦苦地哭成一团滚在了林子斑驳的黑夜里……是的，他和他的 99 号就是这样冲进了丛林，他们回不了家，到处都是日本人，他们不愿成为下一个被活埋的对象，他们也不愿意连累家人……是的，就是这样。日本人投降后，当人们在旧港废弃机场发现万人坑时，当人们在芳草丛中见到那被野猪拱出来的无数无名白骨时，赤道城以及那莫村庄都流传着这样的故事，故事的主角大多数被活埋，少数逃出来的也再没有回来过，人们相信他们流亡丛林，并迷失在丛林里了。

我静静地看着他，难过极了，我确信他是多年前人们传说中的不幸者之一，不过他应该又是不幸者中幸运的一个，挣扎多年之后，他遇上了我，遇上了阿玛和尤素夫，如果没有这种邂逅，他或许永远也爬不出那面包树的树洞。他是和 99 号一起逃出来的，可是，他的 99 号呢？是不是和他一样躺在丛林中的某个树洞里自生自灭？或者丛林早已吞噬了他唯一的伙伴？对于初入丛林的人而言，丛林就是一个被下了魔咒的地狱……

"你知道吗？近一百号人……五年了我都没能忘记……"他突然痛哭失声。我惊醒过来，我惶恐地看着他。他痛苦地蜷缩成一团，他看起来是那么孱弱，一点都不像往日里那个坚毅而彪悍的男人。我挨着他，我伸手紧紧地拥住了他，他趴在我的膝上，他痛哭着像个婴孩。

11

那之后的日子，我再也没听到枪声响起。我知道他彻底拒绝开枪了。每一天，我们都在雨停下之际走出岩洞。

雨季已经进入最密集的时期，几乎是全天全天地下雨，我们根本无法进入林子，只能在林子外围活动。草坪是我们最好的菜园，我们的食物几乎都是从那儿来的。马齿苋、蒲公英、地米菜、鱼腥草、车前草、蕨菜、苦菜、藜蒿等等，我们将草坪上的野菜全挖来了。每一天，草坪都为我们提供食物。从品种上看，我们的食物似乎很丰富，可是从口味上来讲，大同小异，野菜除了甘甜之外，更多的是酸、麻，以及苦。

我一直回味着那只锦鸡，我真想他再拿起枪，改善一下伙食。其实草坪上的野兔到处都是，打一两只是轻而易举的。有几次，我都试着求他拿起枪，可是，每一次都以不快结束谈话。我知道他是固执的。我不得不改变策略，我求他教我使枪，他笑了，他说枪太暴力了，不适合女人，女人应是柔美的，枪炮的嗜血性将让女人失却天使的美丽。他拒绝教我。不过，那次谈话之后，我发现他有所改变，他开始制作武器了。他砍回一棵 Jagang 树，他告诉我他想学珀南人制作吹风管。

“珀南人的武器？只那么匆匆一眼你就想做吹风管？”我对他的举动抱有很大的怀疑。那次从林里，森林土著的毒矢吹风管无非就是在眼前晃过而已，我不相信他记性如此之好，或是眼力如此超强。我坚信这是一场注定失败的游戏。

他对我的话很不屑。从一开始，他就很投入。他先将 Jagang 树树干切开，分成八英尺长的小段，然后用刀削成圆柱，圆柱成形后将其直径缩减至三至四寸。他将圆柱垂直地固定在地面。正如我所料，他将这些圆柱固定在地面后，就没有再继续了。他很遗憾无法完成自己所认为的杰作。他似乎很不甘心，整天坐在岩洞口看着他的半成品发呆。

“没有钻，没有铁杆，看来真是无法完成了。”他终于无奈地宣布失败。

“我觉得这一开始就注定没有结果。你仅凭一眼就能看出人家武器是如何做成的？这本身就是个妄想。”我对他将失败的原因归之于工具的行为感到好笑。

“很久以前我做过吹风管。”他抬起头望向洞口的半成品说。我几乎没跳起来。“你做过吹风管？在那次见到森林土著之前，你就见过他们了？他们没有对你行使‘猎人’的职责？”我惊讶地瞪着他问。我相信曾经他惊险地从珀南人的眼皮底下逃出来了。

“我做过吹风管，但是并不等于我见过珀南人。森林土著并不是只有珀南人。不是说所有的森林土著都是和珀南人一样的猎人族。”他低低地应着，嘴角露出不屑的笑容。

“那是说你在丛林中遇到过其他族的森林土著了？他们也使这毒矢吹风管？是他们教你做吹风管的？”我紧张地看着他，我不知道他是否愿意透露更多点他的往事。

“是的，我遇到了其他的森林土著，可以说，如果没有遇到他们，我和 99 号早就化成丛林草木了。”提到 99 号，他的嘴角又抽了一下。

“你和 99 号？他们救了你和 99 号？他们很友好，并不像珀南人？”他的话让我困惑不已，我呆呆地望着他，我觉得他的过往就像一个传说。他和 99 号被搭救了，那会是什么样的时刻呢？那是雨季的丛林吗？他们被洪水赶到了高地，他和 99 号多日没有进食？他们因为挨饿而举步维艰，是不是遇到马来熊？对，应该有一只马来熊像幽灵一样紧跟着他们，他们因饥饿而无力驱逐它。马来熊紧紧跟随着他们，等待着他们倒下。就在他们快要倒下的那一刻，土著出现了，像珀南人一样悄悄地躲在树丛中，土著是结伴出猎的，应该有一二十个吧！也就是说至少一二十根的毒矢对准了他们和马来熊。不久，他们倒在了地上，马来熊也倒在了地上。马来熊被射死了，而他们被搭救了。他们被扛回土著村庄，不，是土著营地。他们在奄奄一息中喝下了土著送来的西米粥，他们站起来了，他们有了力量。他们和土著成了朋友，土著教他们做吹风管，教他们射击。而他们呢，他们教土著使枪？他们将枪送给了土著？是的，应该是这样。他的枪不见了，当我从树洞中将他拉出来时，他的枪就没了，那是因为送给土著朋友了。是的，是这样，一定是这样的。我游离在自己的想象中。

他回答问话并不积极，过了许久才开口："他们是肯雅族人，他们很友好。我们与他们生活了两三年。直到后来，我独自离开。"他低声说着，眼睛直直地望着洞外。洞外有风，有雨，有摇曳的花木，他直直地望着外面，好像看到了自己昔日摇曳飘零的样子。

"可是，你为什么要离开他们呢？你的伙伴 99 号呢？"我不禁为他离开土著营地的行为后怕，在丛林里，个人的力量太渺小了。

"我不能长期在他们家逗留，我要寻找我的家人！两年已经太漫长了，身体初愈后，就想过离开。因为 99 号，我在那儿多待了一年。直到我确定 99 号无法再跟我闯荡了……"他突然停了下来。

“为什么 99 号无法再跟你闯荡了？他出事了？”我难过地看着他。

“不，他不是出事了，他是太好了。太好了，以至于他不想再闯荡了……”他轻轻念叨着，眼神变得迷离而伤悲。

“他太好了？”我困惑地重复着。

“是的。是的。两年里他成家了，他娶了那个姐姐，奴姑燕。”他低下了头。我不知道他想到了什么，他或许为失去伙伴而痛苦，或许为自己独自离开然后迷失丛林而绝望。总之，他垂下了头，不愿让我看到他的脸。那一天，我没有再问他什么了，不忍看他痛苦成这般模样，尽管我还有许多疑问。我不明白他所说的“他们家”是什么意思，我也没明白“那个姐姐奴姑燕”是什么意思。我想，他当时或许是到了土著村庄了，他所指的他们家应该就是他和 99 号寄居的一户土著人家吧？那个姐姐应该就是那一家的姐姐了，哦，那一家一定有一个弟弟，或者妹妹……无论如何，我知道了他曾经和土著生活过，我相信他懂得如何制作吹风管，现在他之所以没有制作成功，是因为没有铁钻无法凿孔，没有铁杆无法定位。

那一天之后，他彻底放弃制作吹风管了。不过，他依然没有放弃制作武器。他开始制作最原始的标枪和最原始的箭。当然，制作这些武器就简单多了，短短两天就完工了。

他开始有了新的武器，他似乎也很喜欢他的新武器。这些武器并不好用，他曾经射中了一只山地大鼠，可惜，老鼠拖着他的箭逃进了林子。当然，连一只老鼠都无法捕获，更别想靠这些武器捕获锦鸡或更大的动物了。不过，他并没有放弃尝试，他看起来就像一个野蛮的土著，对草坪上或飞或跑的动物总是穷追不舍。当一只大锦鸡挣脱他的矛时，他却意外发现了锦鸡的窝，毫不客气地端了人家的老窝。那个窝里整整有十二枚蛋。那应该是最幸运的一天了，那已经是他开枪后的又一个月，我们总算可以再开荤。接下来的日子，运气一直都不坏，他相继打到一只兔子，一只山咬鹃。我不知道他是怎么捕获它们的，但不得不佩服他的毅力，他可以久久地伏在草丛中等待，像个狙击手，久久不动地等待最佳时机。当然，我也不能不佩服他得天独厚的眼力，没有好眼力，再强的耐心也没用。总之，用那么钝的箭和矛，他捕到了猎物，不能不承认他是个天才猎人。那一天，当他扛着矛，拎着兔子走进岩洞时，我差点没当他又犯病了，他高兴时居然会这样手舞足蹈，咿咿呀呀舞动猎物的模样让我想到街上的疯子。我知道他不是疯子，我想他是在模仿土著跳庆祝的舞蹈，从他的一举一动里可以看出，他深受那个什么肯雅族的影响。他看起来真的很高兴，当然了，我想这一切都归功于他的矛，他终于不用听到枪声就可以捕到猎物了。

有了武器终究是一件好事，三天两头改善一下伙食已经不再是什么奢望了。尽管捕获的都是一些小猎物，但是，我已经很满足了。

12

进入三月，雨水渐渐少了。取而代之，太阳又回到了大地。那罩在坡顶的灰色天空就像一片被揭开的破棉布，那发酵数月的丛林，又被涂上了美妙的色彩。那嫩黄的枝头，那柔软的山地，满地花团锦簇，当然，那丛林顶蓬那黄花盛宴又摆出了异样的妖娆。粉蝶蜂群又忙碌起来了，那挨过漫长雨季的飞鸟鸣虫也在瞬间活跃起来。整个山坡似乎在瞬间醒来了。

三月里，我们也分享了花朵的盛宴。小三带着我闯进了林子。泥土松软，淤泥水坑到处都是，我们依然走不了多远。不过，不用深入，只需绕着林子外围走一圈，我们就圈定了许多目标了。比如刺嫩芽、榆钱树、金莲花、芭蕉花等等，这些都是我们最好的选择。当然，偶尔还可以掏个蜂窝。蜂窝，这是我最怕也最喜欢的。小三总是有办法，掏蜂窝似乎也是他的拿手好戏。开春以来，我两次吃到甜甜的蜜，这是很幸福的事情。自从进入丛林，我几乎忘记了世上还有甜食一说。当然，小三吃了蜂蛹，很肥很补，跟白蚁一样。他要我吃，我拒绝了。拒绝的理由跟拒绝白蚁的理由一样，我无法忍受软体动物，我害怕那种蠕动的感觉。不过不管我如何拒绝，他都坚持给我留下半个蜂窝，他说他会想方设法让我吃掉那些肥嘟嘟的家伙们。我恐惧地瞪圆眼睛望他，我害怕他像父亲逼女儿喝苦药一样，捏住我的鼻子，遮住我的眼睛，然后就端起来猛灌。哦，不敢想象他会如何想方设法，他如果强迫我的话，我根本不是他的对手，他那么智慧，又那么有力。当然，一切跟我想象的相反，他并没强迫我，他使了一个阴招。我不知道他是怎么将蜂蛹烤熟的，当我闻到那香味时，已经忍不住流口水了。我受不了诱惑，冲到灶口，扒开蜂窝，挑起蜂蛹就往嘴里塞，全然忘记了那蠕动时令人作呕的身躯。我真没想到烤熟了的蜂蛹会是那么香美，一点不比烤沙爹差。

四月之后，日照一天天加强，山坡上的土地不再湿软，我们在林子里的活动范围也逐渐扩大。

我们又开始穿越林子，到山坡另一头的洼地取水。那久违的洼地，面积扩大了一倍，那峭壁上飞泻而下的瀑布看起来比先前更为壮观了，原来是一道瀑口，现在有两道三道了，雨季过后，它的水量增加不少，听那声音，又何止一颗重级炸弹所能比拟。站在洼地上，我又一次被大自然的力量震撼。小三碰了碰我的肩头，我转身看到他已经取完水了。他似乎动了动嘴唇，可是我根本听不见什么，这儿除了水声，什么也听不见。我被莫名其妙地拉走了。回到草坪，他才告诉我，雨季里的洪水会将河道里的鳄鱼带到洼地，站在水边太危险。他的话即刻叫我想起那莫村庄流传已久的故事。那莫村庄那宁静的小河道，缓缓的水流日复一日地奔向不远处的大海。那个伟大的母亲正蹲在河道边清洗衣物，她和往日一样时不时地抬头，拢一拢额前的长发，望一望河道里戏水的女儿。当一只鳄鱼悄悄潜到女儿身边，并张开血盆大口时，这个勇敢的母亲扔下手中的衣物，叫喊着冲向了鳄鱼。她拳打脚踢，可是鳄鱼拒绝松口放人，她不得不左右开弓抓住鳄鱼的上下腭使劲地掰扯，谁也不知道她费了多大的力，她掰开了鳄鱼血盆大口，她终于救出了女儿，可是，河水已经被鲜血染得通红……那莫村庄流传着伟大的母亲与鳄鱼搏斗的故事，那莫村庄现在又如何了呢？崇明叔叔、伊丽娜阿姨回来了吗？罗爷爷和雪儿呢？那久久隐匿着的思念又忽地蹿上了心头。

回到岩洞，我在洞壁上补上了今天的记录，我已经在壁上记下六行数字，今天写下的是“198”，这个看起来很幸运的数字却意味着我在这个与世隔绝的地方生活超过六个月了。我在洞壁右下角又写了“173”，这是小三来岩洞的时间。旁边还有一条曲线，那是记录岩洞家庭成员，最早三个人，后来四个人，再后来是两个人。从这条曲线上，我能清晰地看到我和小三已经过了一百多天“两口子”的日子了。难道我们真的要这样一直过下去？这日子对我来说太残酷了，尤其是小三，他并没有让我看到我们可以一起过小日子的希望。我渴望逃离这儿，我渴望见到更多的人，我渴望回到那莫村庄，回到工厂，尽管工厂里有令人讨厌的晒尔东。

“我们或许应该出发了，雨季结束了。”我转头看向小三。他正生火准备煮苦菜。这两日，他一直在煮野菜做熏肉。他将苦菜煮熟后，拧去苦汁，然后一根根披在岩洞口的石头上晒干。他将这几日打的兔子松鼠全做成了熏肉，挂在壁上，整个岩洞弥漫着浓浓的烟熏味。

“是的，雨季结束了，我们应该准备出发了。”他应着。他并没有抬头，依然忙碌着手头的事。

“准备出发？你准备什么时候出发？”我兴奋地跳起来。我蹿到他身边，我感觉自己就像三岁娃娃听到大人说要分糖果了。我蹿到他身边，兴奋地望着他。我对他充满期待，走出去的所有希望都在他身上。

“或者明天，或者后天，或者再过个十天半个月。”他应着。我几乎以为他是在开玩笑。但是他的表情告诉我，他并不是开玩笑。

“你到底想什么时候走？”我倚在他肩头撒起娇来。我不知道为什么要向他撒娇，或许这是女人的天性在不知不觉中的迸发吧。其实那个月圆之夜后，他再也没有碰过我，我对他的渴望一直都很强烈，不过，令人遗憾的是，他并没有迎合我的需求，我不得不在他的沉默中一次次放弃幻想。他是一个男人，但是他拒绝成为我的男人，这一点我渐渐明白了。我不知道为什么会这样，我曾问过他，是不是因为某种信仰需要他选择寡欲。他笑了。他笑得很抱歉。但是这对我有什么用呢，我需要他的爱抚，我已经在不知不觉中将他升格为爱人了，他和一民一样，在我心中占了位子。他可以拥有我，轻而易举的。可是他并没有要我，尽管我多次幻想着我们走出丛林后，回到那莫村庄，我们会拥有自己的屋子，自己的田地，自己的孩子——我为什么要对他撒娇呢？这是一个很愚蠢的问题，也是一个很痛心的问题。

他并没有回答我，只是轻轻地拍了拍我搁在他肩头的手。他对于我的撒娇从来就视若无睹的，我已经习惯了他的冷处理。

“不是说雨季结束后，我们就可以上路了吗？为什么拿不准时间？”我盯着他。

“丛林既是天堂又是地狱。我们现在是在天堂里，可是，一脚踩出去，那便是通往地狱之路了。”他低语着，像自语，又像在警告。

“天堂？你觉得你现在是待在天堂里？”我不觉笑了起来。

“是的。没有病痛，吃饱喝足，然后什么都不想。对我来说，这已经算是天堂了。”他应着，意味深长。

“天堂？这是见鬼的天堂！你真的可以什么都不想？”我不屑地看着他。

“这是天堂。但是，我唯一做不到的就是，什么都不想。”他望了我一眼，苦笑了下。

“如果你可以做到什么都不想的话，你会在这天堂里一直待下去吗？”我问。

“或许。我不知道。”他低低地应。我静静地望着他，从他茫然的眼神里我读出了矛盾，他是一个矛盾的人。我知道他不会待在这儿的，从一开始就没想过要待在这儿。

“我做不到什么都不想。我做不到。”他自语着。他垂下了眼睑，逃避我的注视。“上帝赋予人们魔鬼的欲望。可人们一无所知，人们不知道欲望是一个陷阱。这是英格兰人日记里的一句话。”他抬起头，我愣住了。我看到他眼中的真诚。但是，我不知道他所指的欲望是什么。我能确定他的欲望并不是因为我，我不敢奢望他想占有我，或是他想走出丛林，然后和我结婚生子。他所谓的魔鬼的欲望是什么呢？他所陷入的陷阱又是什么呢？他的家人？他在寻找家人？他一定有一个美丽的妻子，他不能忘记他的妻子，他魔鬼的欲望就是指对妻子的渴望，是的，一定是这样。他陷入了陷阱，他除了妻子之外，他还有一个，两个，或是三个可爱的孩子，他爱他们，他又怎么能做到什么都不想呢？战争让他离开了家，战争让他失去了亲人，可是魔鬼的欲望并没有遗失，魔鬼的欲望要他坚强地活下来，走出去。

“你会走出天堂，走向地狱对不对？因为你还带着魔鬼的欲望。”我定定地望着他。

“是的。我会的。”他应着。

“既然会，那还犹豫什么呢？为什么不抬起脚踩出去呢？”我说。

“走出去没那么简单。我们需要做好准备，当然，还要一个好时机。我们不能失败，所以我们必须有十分的把握。你明白我的意思吗？”他望着我，那眼神坚毅而肯定。

出发是在二十天之后。那时洼地的瀑水减少了许多。由于多日没有降雨，瀑水从三条瀑口缩回到原来的一条了，洼地上的积水也减少了。小三说水位退下去，我们可以出发了。

小三穿上军装军靴，戴上钢盔，看起来很威武。他也要我全套穿上。穿上后很闷很热，我不喜欢。他坚持要我穿上。我们出发了，他让我背上他做的菜干，还让我一手握他的标枪，一手抓刀具，他说这可以当武器也可以当拐杖，还可以探路。他自己背上了火种和熏肉，火种是出发前几天做的。他还带上了弓箭和刀具，枪和子弹也带上了，我原以为他会将枪留下。

这一天跟前一天一样，一大早太阳就冒出来了。阳光明媚，走出岩洞，眼前的娇艳让你忘却往昔的残败。山花灿烂，蜂蝶忙碌，野兔偶尔会从你跟前飞奔而去。岩洞外，我一步三回头，炮仗花和万代兰像天然的花色珠帘，从岩洞上垂下来，在炮仗花和万代兰的掩映下，岩洞渐渐地消失了。我不知为什么，突然想念阿玛和尤素夫。真想在走之前再见一面尤素夫，我将这想法告诉了小三，小三拒绝了我的请求。他说，没这必要。

走过草坪，走进林子，我不禁又回头深深地望了一眼，太阳斜斜地照在草坪上，那金色里披了一层神秘的香浓。红、黄、蓝、白，那一簇簇，一汪汪，层层相拥着，还是那样随意而恬美。这是伊甸园，这是尤素夫和他的女人们的伊甸园，我最后望一眼草坪，我似乎又看到了尤素夫骑在他的女人身上……

第五章

传说中的望天树

1

小三说，沿着河道走，这是走出丛林唯一的办法。

那一天，我们先是绕到山坡另一侧的洼地，然后，找到洼地边的一条小溪，我们就是顺着小溪往下进入丛林的。

丛林还是那样阴暗潮湿，雾气氤氲，树木还是一层层地挤在头顶上，树上长树，叶上长花，密密匝匝的灌木与树根、藤萝纠结着，从上到下编织丛林大网。面对这纠结的大网，很多时候我们根本无法穿越，我们需要不断地迂回，绕道而行。河道边上水雾缭绕，透过隐约的光线远远地像飘着一层轻灵的奶白色薄纱。偶尔有一丝阳光投射在水面上，平静的水面像被划开一道口子，明晃而犀利。枯枝腐木到处都是，山岩错综，水草苔藓更是湿滑难行。我们只能隔着林子远远地望着溪流，听着宁静而喧闹的哗啦的水声，小心翼翼地寻找落脚处，一步步顺流而下。所幸的是我们有刀具，我们一边砍伐一边行进。那沉沉的藤本植物在我们面前交错着，我们铆足了劲才开辟出一个洞来钻过去。我们的行程进展非常缓慢，一般花半天时间才走三五公里，另外的时间得停下来找吃的和准备宿营。每到一个地方，我们都得建一个简单的窝。

已经离开岩洞五天了，估算一下，应该走了二十多公里。

今天上午，我们被一个悬崖挡住了去路。水声由原来的哗哗声变成了喧闹的轰轰声，我知道，紧挨着的河道已经变成一条瀑水，水流很急，可以想象这个峭壁并不低缓。我们无法凌空而下，当然，我们不能再挨着河道走，我们必须迂回找一条平缓的坡道走下去。不敢远离河道，每一脚踏出去都得测算我们与流水的距离。从那峭壁上下来，几乎耗掉大半天的时间。站在山涧底下，我们眼前是一条百米飞带飞泻而下。望着这条白色飞带，我们感觉很无奈，它在骄傲地俯瞰我们，它似乎在宣示人类的弱小——半天时间无非走了百米路。山涧里，我见到了望天树，跟那莫村庄的望天树一样，那高傲的头颅直冲云霄。可是跟那莫村庄的望天树又不一样，它是斜斜地挺立在峭壁上，它头顶蓝空，脚踏磐石，似乎随时准备腾空而起。

我情不自禁地说起罗爷爷与望天树，小三很认真地听着，但是，他脸上却时不时露出很不以为然的神色。他终于开口了："丛林才不辱它生性的倔强。你看，那顶果树、任豆、千果榄仁，这些上层乔木之于它也永远只有仰望的分。"他望着山涧两眼放出异样的光彩。山涧峭壁上，望天树旁丛生的高大树木挤出红红绿绿的茎叶，我并不知道哪是顶果树，哪是任豆。

走出山涧，在不远处我们找到一块相对干燥的平地。他在平地上搭起了棚。跟前几日一样，他用树干支起四脚架，用细藤做绳子来固定，顶部披上厚厚的海芋大叶子，然后将床架在树干离地一米高处。他还在床头床尾分别绑了三根尖尖的标枪。整个下午，大部分的时间都花在搭棚子上。丛林里的嫩叶嫩芽很多，寻找食物并不费时，比如一棵绞杀榕就够我们吃好几餐了，当然，这些苦涩的叶片并不美味，用来充饥还是蛮受用的。带来的熏肉只能偶尔切下一小片换口味，当然这么多天下来，现在也所剩无几。为了赶路，不可能像在草坪上那样潜伏着等待猎物，在丛林用那笨拙的标枪和原始的箭捕猎几乎是不可能的事情。想吃点新鲜的肉？除非他重新使枪，不过眼下他似乎没这想法。我不知道等熏肉吃完后，他会不会用枪捕猎。

雨林从傍晚开始发出“沙沙沙”的响声，由远而近。这是汇集在叶片上的水珠顺着叶尖滴落下来的声音，像下雨一样。我们在夜幕降临前点上篝火，然后躲进棚屋不再下来。篝火浓浓的烟很呛人，但是，正是这浓烟赶走了可怕的蚊虫。每个夜晚我都会躺在烟雾中胡思乱想，猫头鹰、蝙蝠、大老鼠、豪猪、野猫、马鹿等等，丛林里的每一种尖利的惨叫声都会将我带进无边的噩梦中。我知道在我们不远处，有许许多多黄绿黄绿的眼睛正盯着我们，碍于明晃晃的火光，它们只能远远地观望着。我不知道小三睡得如何，我翻来覆去，而他却总是那样静悄悄地躺着。有时，我会忍不住缩进他的臂弯，在微弱的火光下，我常常注视着他，想看穿他深不可测的内心。

今夜，我又睡不着了，他和往常一样静静地闭着眼睛躺在我身侧。我伸手推了推他，他睁开眼睛侧过头来用茫然的眼神望着我。“我睡不着。”当我碰到他的目光时，我不由得紧张起来。有一件事一直在心头闹腾三个多月了，我不知道是否应该告诉他。“闭上眼睛什么也不要想。”他说。

“可是，我做不到。”我应道。他沉默了。我想，或许他自己也做不到。什么也不想，并不容易。

“有件事我一直想问你。”我又忍不住开口了。

“说吧！什么事？”他低低地应着。

“如果……如果不久之后你就要当爸爸的话，你会高兴吗？”他似乎预感到什么了，他推开了我，惊叫起来：“什么！”我被他突如其来的叫声吓呆了。我没想到他反应会这么激烈。我愣愣地看着他。“不，不。这怎么会呢？”他躲开了我的目光，他极其不安地念叨起来：“我怎么能让我的孩子在这种地方出生呢？不，不能，绝对不能。”他摇着头叨叨着。从他坚毅的眼神里我首次捕捉到了他那难以置信的慌乱。

“可是，你摸摸这儿。”我野蛮地抓住他的手摁在肚子上。我要他和我一起去感受我身体所起的变化。三个多月了，可以摸到一个小东西，一个微硬的小东西已经在成长了。他小心地往我肚子下方探去。当他的手在小东西上停住时，他很明显地抖了一下。他打了个寒噤，这让我很伤心，他并没有高兴而是害怕，看起来害怕极了。

“你不喜欢他。”我噙着眼泪看着他。

“哦，不，不。我不知道。”他慌乱地辩解起来：“冰儿，你知道我们的处境。我真不想……哦，见鬼，他来得真不是时候。”

“好了，别说了。”我痛苦地叫嚷起来，大滴大滴的眼泪顺着脸颊掉下来。我委屈地痛哭起来。他终于伸过手来，紧紧地抱住了我。我知道他并不讨厌我。他用他湿热的嘴唇堵住了我的饮泣。他的呼吸变沉重了，他渴望着我，但是不知道为什么，他最终没有要我，他残忍地压制了自己的情感，他也残忍地剥夺了我的欢爱。那一夜，他爱抚着我，却并没有占有我。我可以感觉得出他内心的挣扎，我让他欲火焚身，而冥冥中的什么力量又要他冷静清醒。他的手从我身上缩回去了。借着火光，我气愤地瞪着他，眼泪又一次迸出眼睛。我恨他，我恨那股冥冥中的力量。我在愤恨中别过脸，侧过身。我不知道自己什么时候睡着了。

当我醒来时，我看到他端坐着，手上正握着枪，黑洞洞的枪口对着床脚的马来熊。马来熊发出凄厉的惨叫声，那声音渐渐地低沉下去，转而是无力的嘶哑的呻吟。我颤抖着爬了起来，我看到马来熊挂在床脚的标枪上，一根标枪插在它的脖子上，一根插在了肚子上，一股股鲜血正从脖子上肚子上淌出来，顺着黑色的毛发“沙沙沙”地滴到地上。

“它快死了?”我问着，无力地靠在他身上。

“是的，它活不了多久了。”他低低地应着。

“是你杀了它?”我又问。

“不，是它自己找死。”他轻轻地笑了。

“你真是一个天才猎手。”我说。

“这些都是从肯雅人那儿学来的。”他轻描淡写道。

“是嘛。”我抬起头看向他，“土著看起来并不笨嘛!”在此之前，我一度认为土著是愚笨的。我知道人们对土著有一种偏见，这种偏见也影响着我。

“是的，一点都不笨。”他极其肯定地说。

“可是并不是每个人都像你这么认为！我知道西方人在给人们分等级时，将土著划分为最下等的。”我笑了。

“在文明人眼中土著是未开化的民族，又笨又傻。”他说着，眼里满是不屑。

“难道不是那么一回事吗？”我困惑地看着他。

“他们并不傻，他们只是单纯而真诚。他们长期与自然相融，自然让他们变得简单而快乐。文明人将他们的简单视为不开化，甚至将他们的真诚视为愚蠢，这本身就是一种悲哀。不懂畏惧自然而狂妄自大的文明人，在向丛林推进时，掠夺了他们的土地，也掠夺了自然生长的权力。当丛林被大面积砍伐，当矿山被大面积开采时，土著中很大一部分人也就悲哀地被戴上傻瓜的帽子，然后沦为奴隶。”他轻轻地说着，嘴角露出一抹苦涩的笑。我知道他对到处掠夺土地开辟殖民地的文明人很有成见。相反，他对土著似乎有更深厚的情感。我不明白他为什么会这样，我不理解他，当然，我对他所说的也不感兴趣，因为我确信这些与我无关。

“哦，它不动了。”我注意到棚屋外的熊没有了声息。

“是的，它死了。”

“如果它扑向你，你会毫不犹豫地对它开枪吗？”

“是的。我会。”

“我以为你不再使枪了。”

"不。必要的时候我会用的。"

"那上次开枪也算是必要的时候吗?"

"是的。"

"那个必要的时候是因为我太虚弱，需要补充营养?"他没有回答我。不过他的神色告诉我：是的，当时你太虚弱了，需要补充蛋白质。当然，那天傍晚他就是等着我起来才开锅的，当时我就奇怪，满岩洞的香味，一个数月没尝到肉味的人居然无动于衷。直到我爬起来，我狼吞虎咽之后，他才动手。我突然明白了，他表面看起来总是不冷不热的，可是他内心已经装了我，我或是他不可分割的一部分了。我相信他有温柔的一面，我不知道他为什么老躲着自己的这一面。我没有再问他什么，我不想再为难他，他对于我的好，我收藏着，尽管他总是不想面对或承认。不管是什么让他如此难以抉择，此刻我完全理解他，他处于矛盾之中，他是一个极其矛盾的人。我轻轻地挨向他，我想此生有他也就够了。

"现在安全了。可以什么都不用想了，好好休息一下吧!"他拥着我躺下来，他似乎真的累了。我躲在他怀里，听着他均匀的呼吸声，看着他静静地睡着了。

这一天早上注定跟前些日子不一样。那送上门来的马来熊，我们花了老半天才将它搞定，这是很意外的早餐，我们美美地开荤了一次，将能装到肚子里的全装进去。当然，剩下的还是做成熏肉，背在了背上。出发了，小三将我肩上所有的东西都搬到自己背上，我坚持帮他分担点，他不让。

我们补充了能量，加快了步伐，这一天似乎走了很长的路，三公里或是四公里。一整个白天我们都不再进食，直到傍晚，建了棚屋，在夜幕降临之时，躲进棚屋里，我们才啃了些菜干，喝了上午剩下的汤。

夜晚是宁静的，夜晚又是喧嚣的。当我透过微红的霞光，看到倾巢的蝙蝠黑压压地飞出对面峭壁的洞穴，我被眼前的诡异景象吓呆了，那不是数以千计的，那是数以千万计的，那是巨大的蝙蝠群落。夜晚降临了，它们上工了。这黑夜里的冷面杀手全出洞了。望着那密密麻麻的丑物，我禁不住要将它们与丑陋的幽灵或吸血鬼联想一起。这鬼域的丛林，布满这丑陋的幽灵，多少蚊子、夜蛾、金龟子、尼姑虫将在一片漆黑中消失呢？丛林，这是一个多么奇特的世界，看起来似乎有享不尽的鲜花盛宴，看起来似乎又黑暗无边，四处都有逃不过的杀手。

"你说的没错，丛林是天堂，丛林又是地狱。"望着那黑乎乎的一团分散到四周，我禁不住嘟哝着。他也在看蝙蝠，平静而习以为常，并没有像我这样满脸写满惊讶与恐惧。

我将头轻轻地搁在他肩头。他伸手拥住了我。我想，现在我们俩看起来应该更像两口子的样子了。

2

这是进入丛林的第十六天。我们沿着走的溪流在一个敞口与另一侧奔腾而来的小河汇合了，原来狭窄的河道拓宽了两三倍。两岸的树木依然遮天蔽日，但是视野明显开阔了，河水中间强烈的日光直照下来，久违的光线还是那么明晃而犀利。

“哦，上帝，总算走出来了。”他高兴地叫起来。他扔了手上的包裹，冲到河岸边上。“这是大河道，如果我们有船就可以顺流而下了。”他兴奋不已。

“顺流而下？那会到哪儿呢？”

“一个港口。不管是哪里，那儿肯定会是一个港口。”他说。

“港口？人类的港口？”我不断地念叨着，似乎看到了拥挤的码头与吆喝作业的工人。

“你是不是可以做一艘小船？”

“如果都是这么平缓的水流，不用做小船，做一艘舢板也行。”他应着，两眼放光。他开始久久地凝视河道，那眼神突然变得阴郁而迷茫。我看着他，有点不知所措。他真想做小船吗？有刀具，有树木，有藤萝，他会做出来的。可是还会不会有先前那样的峭壁呢？那个百米山涧，我们花了半天时间才走下来……

“走吧！”他轻轻招呼着，将目光从远处收回。我知道他肯定和我一样想到峭壁想到急流了，那样太冒险了。当然，还有水中的鳄鱼。丛林每个平静的表面下都潜伏不可捉摸的危险，他说过的。他没有再谈起什么小船顺流而下之类的了。我们照旧紧紧挨着河道走，和之前一样，我们总是与河道保持一定距离，不敢太靠近，也不敢离太远。我们就是那样和河道不即不离地走着。一天一天很快过去，随着时间的推进，我肚子里的小东西渐渐地显山露水了。每一天，我都要让他摸一摸，我要他明白这是他的孩子，他不能忽略她的存在。我希望是个女儿，因为我更喜欢女孩，我希望有一个像雪儿一样可爱的女儿。

当母亲的感觉很特别，这些日子，很多时候我都在想着孩子的名字。有时我会很伤心，孩子都快要出来了，他还不告诉我他到底从何而来或是将前往何方。我不知道走出丛林那一天，他会不会带我和孩子回家。不过我心里有数，如果有一天他真的不方便带我们回家，也没关系，红房子会有我的卧房，我会照顾好自己和孩子。现在看来，他对我依然照顾有加，所带的熏肉全让我吃完了，菜干也没剩多少。接下来，除了赶路外，我们每天都得花不少时间找食物。当然，野菜嫩叶嫩芽比较好找，运气好时也会捡到一些水果，比如蛇瓜、番石榴、山荔枝等。不过，为了保证我的营养，他总是想方设法让我补充蛋白，除了偶尔捕到一些小山鹊之外，更多的时候他会掏鸟窝、白蚁窝，还有就是找坚果里的虫子幼虫。他知道我害怕蠕动的动物，每一次都是烤熟了才告诉我是幼虫。当然，烤虫子的香味早已经超越了对它蠕动的想象了，每一次我都吃得津津有味。

最要命的是，我的胃口一天比一天好，我对肉的渴望也越来越强烈了，幼虫、蚕蛹这些对我来说实在无法解馋，我渴望吃到大块的肉，喝到大碗的汤。我总是忍不住问他，什么时候可以吃到锦鸡，什么时候会有大个的蛋。他一次次无奈地冲我摇头。

这一天清早，他和我匆匆吃了点野果就出发了。我们依然顺着河道走。当在河道边一个小洼地的积水中发现了鱼群后，他停下来了。他让我站边上等他。他在不远处拔来几棵小草，他告诉我那是巴巴斯可，他将巴巴斯可的根敲烂后绑在棍子上，递给我。

“你想干什么?”我困惑地问他。

“今天给你来一顿鲑鱼大餐。”他说着脱下了军靴和裤子，下到洼地中。积水淹到他的大腿，他搬来一块大石头将洼地的出水口堵住。

“好了，把那棍子上的巴巴斯可根放到水中搅动。”他说着从洼地中爬上来。我只注意手中的树根与水中的鱼，并没有发现他身上的变化，如果我知道当时成百的蚂蟥正密密麻麻地伏在他的腿上，我或许会当场晕倒。当我看到水中的鱼一只只浮出水面时，我惊喜地跳起来了：“这是怎么回事?鱼浮上来了，全浮上来了。”

“它们中毒了。巴巴斯可是鱼毒草，它会使鱼昏迷不醒。”他说着从旁边跳过来。他又下到水里去了，将鱼一只一只地扔到地上来。我欢呼着一只一只捡起来，二十多只鱼儿，堆在一起像座小山了，我兴奋地转着圈儿找东西装我们的战利品，并没有注意到他又一次的沉默。当我找到大叶子装好鱼时，我才看到他血淋淋的双腿。

“啊！你怎么啦?”我惊呼起来。

“不，没什么！是蚂蟥。你知道蚂蟥，很普通的吸血虫子。”他轻笑着应道。

“可是，你的腿怎么会变成这样呢？”我惊惶地看着他。

“是太多了。嗯，是多了些。不过，一会儿就没事了。”他敷衍着。我很担心。他并没有太理会我，独自在一个空地上，搭起了架子，点上了火。他招呼我添柴火，我开心地小跑过去。烤鱼，煮鱼汤，多么诱人的事情。我一高兴又忘记了他的腿。这个中午，我们吃了一顿别具风味的营养午餐。

下午，我们继续前进。不过我们并没有走多远。他看起来很累。我们决定就近找个干燥点的地方搭棚子。这一天，我们比以往休息得早，他默默地爬进棚子里。当我跟着他躲到棚屋，并挨着他躺下时，我惊呆了。

“哦，上帝。你发烧了。”我紧张地扑到他身上，一只手搭在他的额头上，不知如何是好。

“明天就没事了。”他拍了拍我的手，轻轻笑了笑。

“该怎么办呢？有什么可以退烧的吗？”我无助地问。

“只能明天再说了。明天找点安赫曼堤加树泡泡喝就没事了。睡吧！”他乏力地说着，闭上了眼睛。我静静地望着他，不禁想起他血淋淋的双腿。我爬起来拉起他的裤子，两条腿从上到下密密麻麻地结满血痂，不堪入目。

“好了，睡吧。”他睁开眼睛催促着，他似乎并不喜欢我看他的腿。在他的催促下，我无奈地挨着他躺下。我又失眠了，我担心高烧会要了他的命。我不敢想象没有他，我将如何继续前进。我睡不着，望着空洞洞的黑夜胡思乱想起来——他会不会烧坏了脑袋胡言乱语起来？如果明天他起不来了怎么办？不久之后他会不会成为丛林白蚁的丰盛晚餐？而我呢，我会不会像红树林里的沼泽猴？我会像那只在沼泽地里失去丈夫的沼泽母猴一样，若干年后带着孩子回到沼泽地，久久地站在失去丈夫的地方，悲伤地呆望着，空空地等待着……这一夜是漫长而恐惧的，我沉浸在绝望的思绪里。曙光在最痛苦的时刻降临，我睁着眼睛望着树梢慢慢地亮起来。我将他摇醒时，他双颊绯红，呼吸沉重。我真害怕他再也睁不开眼睛了。他醒过来了，我紧张地几乎淌下眼泪。他爬起来，昨天的鱼汤我已经热好了，可是他并没喝，他只喝了些许热水。我们出发了。他看起来很累，但是他还是坚决将所有的行囊都扛在自己的背上。

我们一边走一边寻找安赫曼堤加树，我并不认识这种树，他比画了半天我依然没弄明白。丛林的花草太多了，有大如花树的尸香魔芋，也有小如绿豆的无叶兰，这些没有叶子而形态奇异的花朵就是那么冒失地从土中骤然冒出的，要分辨它们很费劲儿。很遗憾，我们走了小半天都没有找到他要的安赫曼堤加树。当他颓然地坐到地上时，我惊恐地掉出了眼泪。“坚持住。我们找一片干燥的地方休息。”我吃力地将他从地上拉起来。我半搀着他，他几乎举步维艰。

“桥，桥。”我惊叫起来。我看到不远处横跨河道的竹桥。我的叫声，似乎一下子惊醒了他。“在哪儿？哪儿？”他问。

“看，那河道上。”我指着前方。

“是的，是桥，达雅克人的桥。”他说着，声音非常低非常低。

桥是竹子做的，由很粗的竹条编织而成，花纹有点像X型。桥面上铺着竹节。桥身被固定在两岸的大树上，桥头靠斜支在河岸的柱子撑起来。整座桥看起来很窄，而且桥身离水面很高，可以想象人走在桥上它将如何像秋千一样荡个不停。

我们在竹桥边上停下了。这儿并不是理想的地方，不过，他坚持就地休息。他卸下身上的包裹。我迅速拔来一些枯草铺在地上，他乏力地躺下了。看着他这副模样，我害怕极了。我坐在他旁边手足无措。

"蒲公英。拔些蒲公英来煮。"他声音很低，但是我听明白了，这是最熟悉的退烧药，我居然忘记了。

这个中午，他喝了蒲公英汤水并吞咽了许多叶片后躺下休息了。他没有再赶路的意思。我看着他，一筹莫展。我不能这样呆坐着，我得做点什么。我从他身旁站起来。"你就躺这儿，我去砍些木头搭棚子。"我说。

"不，不。你砍不动。你没办法。"他乏力地睁开眼睛拉住我。"你坐下休息。今天不用搭棚了——不用了。"

"你说什么？不用搭棚？"我愣愣地看着他。我真怀疑他是烧坏脑袋了。他应该很清楚这丛林并不是自家花园可以随意席地而卧。

"不用搭了。今天，我们去达雅克人家做客。"他说。

"达雅克人家做客？"我惊讶地望着他。

"是的。达雅克人家。走过这桥应该就可以找到。"他说着，声音很低很低。

“就这个桥，你和我？”我吓呆了。

“是这桥。会有办法的，相信我，会有的……”他真是累了，他并没有说出他有什么办法，一会儿便睡着了。我没有再打搅他，默默地坐在他身旁。会有办法？希望真会有办法。我茫然地望向河道，望向那高高的小桥，以及那并不算遥远的对岸。

是的，是有办法的。小三总是正确的。

我们并不需要自己过桥，我们守住桥头，自然会有人带我们过桥了，尽管带我们的人有点粗鲁，但是，总比我们自己过桥时掉进河里喂鳄鱼来得强。

傍晚，达雅克人来了，很明显这是一群打猎归来的达雅克人。远远看着他们，我被他们奇特的装饰吸引了，他们穿着紧身花衣，六七个男人全穿着紧身花衣，这实在是不可思议。他们很警惕，远远见到我们便停了下来。我站起来了，我拼命地向他们招手呼喊。或许是我的喊声吵醒了小三，他伸手拉住了我，他示意我安静下来不要出声。我听他的，重新坐回他身边。

“他们会过来吗？”我问。

“会的。这桥是他们的必经之路。”他应着。

“你怎么知道？”我说。

“只是，他们可能是猎头族，我们千万不能惹怒他们。”他并没有正面回答我，不过他的话把我吓坏了。

“什么？猎头族？”我忍不住惊叫起来。

“嘘！小声点。”他朝我摆摆手。

“你向他们喊：Teman yang baik，kita dalam kesushaan，mohon dapat membantu kami. terima kasih。”

“Teman yang baik……什么？这什么意思？”我困惑地看着他。

“这是达雅克人的语言，意思是‘亲爱的朋友，我们遇到麻烦了，请帮帮我们，谢谢。’”他说。

“呃，好！Teman yang baik……哦，太长了，我记不住。再说一遍。”

“Teman yang baik，kita dalam kesushaan，mohon dapat membantu kami. terima kasih。”他放慢语速重复教我。

我站了起来。他说一句，我跟一句。我大声向他们招手呼喊：“Teman yang baik——kita dalam kesushaan——mohon dapat membantu kami——terima kasih。”

他们回话了，一阵咿咿呀呀，我愣住了，我根本不知道他们说什么。

小三在后面轻声解释起来：“他们问我们是什么人，从哪儿来。你得跟他们说：‘kami adalah orang yr tersesat di hutan rimba’。”

我点点头，立刻又朝达雅克人喊道：“‘kami adalah orang yr……’”

“这句是什么意思？”我求助小三，他微蹙着眉头似乎很难受。

“告诉他们，我们是在丛林迷路的客人。”他说。

“哦，他们来了。”我兴奋地叫起来。

“扶我起来。”他叫着。我俯下身，将他从地上撑起来。

达雅克人慢慢地向我们靠近。当他们走近时，我惊呆了。我所看到的并不是什么紧身花衣，那些全是五花八门的文身。他们脸上，颈上，前胸后背，身体各个部位都文着不同的蓝色图案，有水蛇、蝎子、犀鸟、槟榔树，等等。除了这蓝色图案外，他们几乎是全裸的。他们扛着尖利的长矛站在我们面前。其中一个年长的用长矛顶住小三的下巴，另一个却抢着大刀虎视着我。我看着他们，全身发抖，这并不是我想象中的友好土著。他们的脸因为文身的缘故看起来那么狰狞。我们碰上了像珀南人一样野蛮的土著了？我无助地看着小三。小三看起来镇定自若，他微笑着，开口说了一句什么。很奇怪，达雅克人放下了武器。我不知道他说了什么，但是，可以确定他用他们的语言说了一句他们爱听的话。他和他们握手了。他们朝我们咿呀了一阵，转头往桥上走去。

“走，去达雅克村庄。”小三转头招呼我。

小三扛起地上的行李蹒跚着跟上了他们。我紧跟在他后面。一个达雅克青年跟在我后面。

上桥了，我紧张得颤抖起来。我不敢往下看，可是，我又不能不往下看。前头的人已经使整个桥晃荡起来了，眼前的桥摇晃个不停，走在桥上的人似乎就要坠到河中了，我的心提到了嗓子眼。那空空的脚底，那高高的扶手，那种高空坠物的惊恐，让我抬着的脚放不下去。我全身发抖，头脑一片空白。我不知道是怎么被半拉半抱过桥的，当我在对岸站住时，我的双腿还是软绵绵的。

我不知道小三是如何走过来的，一过河，他手上的行李便滑到地上，整个人也摇晃着倒下了。我痛哭着扑到他身上，使劲地摇晃他，他已经不省人事了。达雅克青年将小三扛在背上。我捡起地上的行李跟上了他们。

第六章

达雅克人的长屋

1

如果说生活有时就像戏剧一样充满不可思议的巧合，我相信我在达雅克村庄见到伊丽娜阿姨就是一出极其偶然的大喜剧。

那天傍晚，我跟着达雅克人穿过林子，深一脚浅一脚地走了两公里山路后，来到了达雅克村庄。这个村庄的所有东西都让人瞠目结舌。首先那高高的树屋，长长地横在林子中，看起来像一个巨大的鸟巢。地面杂乱无章，柴火、动物骨头，以及各色的生活垃圾随处可见。长屋腾空而起，由数根大树干支撑着立在四米高的树上。达雅克人领着我走上了通往长屋的木梯。木梯其实就是一根粗大的原木。原木上凿出一节节凹坑，凹坑只容半个脚板，而且呈四十五度角，看起来极其陡峭，我穿着军靴举步维艰。木梯是通往长屋的唯一方式。走过长长的木梯，最后一脚跨到长屋后，木梯便在身后慢慢地被放到地上了。我回头望着两条粗大的绳索飘在身后，心里掠过一缕寒意，我们被困在树上了。走进长屋，一个陌生而奇特的世界展现在眼前。我不得不慨叹这是一个多么原始的竹木世界，从地板到隔墙到用具，无处不闪烁着竹子木头的影子。一条由无数竹筒铺成的悠长走廊延伸到远处。由于长期的摩擦，地板中间有明显的磨光痕迹，两旁的颜色变得灰暗，但是可以看出竹子表面整齐平整，极其适合赤脚走路。长廊两侧是屋子，屋子门对门，壁对壁，外表看起来一模一样。透过一两间卷起的简易竹帘门，隐约可以窥到屋内简陋的陈设，比如木桩、竹筒、木板床、竹篓、瓜瓢，等等。其实这一切并不新奇，那莫村庄穷人家里似乎也常会见到这些简单而原始的用具。那莫村庄，曾经失去的记忆一点一点地聚集，至此，这一切看起来很亲切，这一切让我得到了些许慰藉，我知道我们无论如何回到了人类世界了。可是这些许的慰藉只是一闪而过，我的心马上被罩进无端的恐惧中。他们默默地领着我们往长廊内走去，长廊尽头黑乎乎的，静悄悄的，我不知道我和小三将被带往何方。猎头族突然闪在我脑海中，我不能抑制地想象着血淋淋的头颅或是白森森的骷髅头，恶魔与咒语、黑暗与血腥，我不能不将它们与猎头族这恐怖而残忍的字眼联想到一起。我双脚软绵绵的，似乎看到了前方无边的黑暗，那儿等待着我们的将是恐怖的大刀与残忍的屠杀。

小三依然昏迷不醒，我紧紧地握住了他的手，那滚烫的手让我心碎。长屋中间的一个大厅里，达雅克青年终于停下。其他几个达雅克人已经不知去向了。达雅克青年将小三放下欲转身离去，我紧张地伸手拉住了这个陌生的年轻人。我看着这张稚气而年轻的脸，将他视为最后一根救命稻草。他并没有给我太大的希望，他茫然地看了我一眼，摇摇头走了。我放声痛哭起来，我痛哭着请求救人。我哭着，嚷嚷着，除此之外，没有任何选择。我不知道这样做会给自己带来什么后果，我的歇斯底里肯定令人烦躁不安，他们或许会冲过来第一个将我解决了，他们要猎人头，几分钟之后，我的头将成为屋外梁柱最新的祭品。可是我已经管不了这许多了，死神已经向他招手了，现在我只知道我不能眼睁睁看着小三走向死神。我希望我的哭叫声会引起人们的关注，以致他们中会有好心的人过来，然后我们有一个扭转局面的机会。

我的哭声真的引来了达雅克族好奇的老老少少。三三两两的达雅克人从各自的屋里走出来，他们将我们团团围住。他们瞪着我们，就像瞪着马戏团，那眼神好奇而困惑。我护着小三，痛苦地请求帮助。或许我陌生的言语让达雅克老少手足无措，不过，我相信他们看到地上躺着的病人时，心里就明白了。他们咿咿呀呀地议论起来，我不明白他们说什么，但是从他们的神情可以看出恐惧与忧虑，面对死神的恐惧与忧虑。我绝望地求着他们，他们一个个都咿呀地叫着躲开我。我痛苦地几乎要失控地嘶号起来。

我不知道伊丽娜阿姨是什么时候站在人群的。当我听到她熟悉柔软的声音时，我像做梦一样，我不敢相信，那双深邃迷离的眼睛正瞪得圆圆地盯着我。

“冰儿？你是冰儿吗？”听到这一声呼唤时，我以为是自己的幻觉。当我定睛从人群中找到那张美丽的面庞时，我真不敢相信自己的眼睛。

“伊丽娜，伊丽娜阿姨？是你吗？”我惊跳起来。

“冰儿，果然是冰儿。”她激动地从人群中挤过来。达雅克人将目光转向了她，他们好奇的眼神充满了微笑。人们自动闪开了，她瞪着大眼睛微笑着朝我飞奔过来。“伊丽娜阿姨！”我哽咽着，再也说不出话来了，我紧紧地搂着她，眼泪一串串从脸颊上飞落下来。

她也紧紧地拥着我，嘴里不断地念叨着：“冰儿，真是冰儿。”她的声音依然那么轻盈甜美。

“冰儿，这个是谁？崇明？他是崇明吗？”她惊讶地颤抖起来，她看到了地上的小三。

“哦，不。他是小三，他是我的……我的丈夫小三。”我不知道如何称呼他，但是我想到了孩子，我说出了那难以启齿的两个字。他是孩子他爸，他只能是我的丈夫。

“哦？他太像崇明了，太像了。”她走到小三跟前轻轻地叨叨着。

“他怎么了？受伤了？被达雅克人……？”她惊讶地投来询问目光。

“哦，不。他生病了，病得很重。伊丽娜阿姨，求求你救救他，救救他。”我紧紧地拽着她的手，痛苦地哭起来。

“冰儿，别害怕，我去唤人来帮忙。”她紧紧地握着我的手，转向了人群。她向人群叫嚷起来。人群安静了。我并不知道她说了什么，但是我相信她是在叫人帮忙。

大厅对面大屋的门被打开了。达雅克人自动闪到两侧，中间留出了一条通道。我预感有个重要人物要进来了，应该是首领，不管是谁，至少是一个深具威望的人。一个四五十岁的男人走过来。我认出了他，那个前胸后背文着犀鸟水蛇的人，先前用长矛抵住小三的人，就是他。我噙着眼泪静静地看着他。伊丽娜阿姨走向男人，她跟男人说了什么，男人又转向人群说了什么。我不知道他要做些什么。他看都没看我，径直走到小三跟前。他在小三跟前闭起眼睛，嘴里念念有词。有人拎来一只白色公鸡递给他，有人在大厅小几上准备了刀具和木碗。他双手捧着白色公鸡，上转三圈，下转三圈，嘴里念念有词。突然，他拾起了几上的刀子往白公鸡脖子上一抹，鸡血喷射出来，有人递来盆子接血。他轻轻地拨了几根鸡毛沾了些血，沾血的鸡毛被放到小三的胸前。我直愣愣地看着一切，拉住伊丽娜阿姨的手，她轻轻地拍拍我。“别担心，他们有办法。”她冲我笑了笑。男人做完仪式走了，紧接着又来了一个文身男人，他一走到小三跟前就躺下去了，像一个死人一样直挺挺地躺着，一动不动了。好一会儿，他就是那么直挺挺地躺着。我困惑地看着地上的男人，我不知道他要干什么，他躺那么一会儿什么事情都没做。我转头看向伊丽娜阿姨，她正忙着招呼人抬席子过来。两个达雅克青年抬着席子来到了男子跟前，他们将那个直挺挺的男人抬起来放到了席子上，然后卷起来，这一幕让我想到了收尸体的人，裹尸布与裹尸……没有哭泣，没有伤悲，平静而快速，达雅克年轻人完成了收尸的所有程序。男人被裹入席中抬到了厅外，放在地上。这个男人死了？他死了？我困惑地望着人群，人群“哗啦”一声散开了。伊丽娜阿姨走过来，拉着我离开大厅。

“他死了？他突然就死了？”我极其惊惶地瞪着眼睛问伊丽娜阿姨。我知道有很多人猝死在路上，床上。可是，这个人猝死也太离奇了。

“不。你别问，等事情结束后我再告诉你。”她看起来急着将我从这儿带走。

“这是怎么回事？”我不解地看着她。

“这是巫师在治病。走，跟着我。现在别问太多。”她紧紧地握着我的手，将我半拉着拽出大厅。“去我家坐坐，这儿留给巫师。”

“可是小三……”

“嘘！”她制止我说话。我张着嘴巴不知如何是好。

她带我来到了她的屋子，她的家就是大厅对面的大屋。这大屋大概有十平方米，屋内的摆设跟先前窥见的几乎一样，还是那类似椅子的木桩、那像装水的竹筒、那舀水用的瓜瓢。要在屋子里找出一点象征文明的东西也只有左角的竹篮和竹篓了。房间右角靠窗处摆着一个烹煮用的小火炉，整个屋子似乎就这个小火炉给人点生活的想象。火炉上方挂着一串串奇形怪状的东西，像是避邪物或魔咒。火炉旁边搁着刀具、矛、盾牌、箭，还有吹箭筒，对，是吹箭筒，跟珀南人用的很像。墙角还有鸟羽，是五颜六色的美丽鸟羽，应该是犀鸟的羽毛，也可能是雄雉的尾羽。看着这鸟羽，我不禁想起丛林的锦鸡。丛林、锦鸡、小三，一幕幕又似幻灯片一样闪在眼前。

“伊丽娜阿姨，小三不会有事吧？”我忐忑不安地看着她。

“放心。巫师会有办法的。”她轻轻地搂了搂我的肩头笑了。看着她美丽的眼睛，我勉强地点点头。

“几个月了？”她指了指我的肚子。

“快五个月了。”我羞涩地低下了头。

“你这样的身体怎么跑到这儿来了？他怎么能将你带到这种地方来？”她微蹙眉头，摇了摇头。

“我？哦，不……我是去年十月份左右在丛林迷路了，后来遇到了小三，我们在丛林里认识的。”我看着她，不知从何说起。

“你在丛林里认识他？你和他在丛林里？从去年到现在？”她惊惶地瞪圆了眼。

“是的。从去年到现在，我们在丛林生活了半年多。”我说。

“丛林？半年？你们……”

“是的。是的。”我低声应着。

“太不可思议了。你们是怎么挨过来的？”她难以置信地瞪着我。

“最初，红毛猩猩救了我，它们将我带到一个美丽的小山坡。我先是和它们住在山坡上一个大岩洞里。后来，小三来了，他也住下了。你知道，雨季里，我们被困住了。——我们不得不在那儿过完雨季再出来。”我一直低着头，心情很复杂。

“哦！真是一个神奇的故事。太神奇了！你们真是太神奇了！”她望着我，发出连连的惊叹。对于我如何与小三在一起她并不感兴趣，她似乎更惊讶我们如何在丛林生活那么久。

我抬起头看着她，不想谈我的过去，我急切想知道的是，她怎么会在这儿。

“可是，伊丽娜阿姨你……我们都以为你……以为你……”我不知该说什么，这么多年，我们真以为她死了。

“以为我不在了？被死神带走了？”她笑了。

“当年我被日本人赶进了丛林。幸运的是，我在逃亡中遇到了达雅克青年，勇敢的达雅克青年救了我，并且杀了日本兵。”她紧紧地握着我的肩膀并定定地望着我。

“哦——原来日本兵是达雅克青年杀的!”

“是的，是他们杀的。他们很勇敢，他们猎取了日本人的人头。”她谈起达雅克青年很激动，我原以为她要大肆渲染他们是如何勇敢，比如他们像勇士一样打掉日本人的枪支，然后毫不客气地砍下日本兵的头颅……

“可是很不幸，他们自己后来被别人猎取了人头，他们的人头或许像日本人的人头一样正悬在一个并不宽敞的梁柱上。”她说着轻轻地垂下了头。我一时没有明白她的意思，达雅克人是猎头族，他们自己如何又成了别人的猎物？我看着她，满脸困惑。

“冰儿，当我第一次被达雅克人带进他们的木屋时，感激与好奇充盈我的胸膛。眼前的一切都是那么陌生而奇特，达雅克人的长屋，达雅克青年的文身，以及达雅克妇女们长长的耳坠。你或许难以想象这个族群的女人以那沉重的耳坠和那被耳坠拉得几乎要掉下来的耳垂为荣。你永远无法想象她们可怜的耳垂几乎要垂到肩头的情形。无法想象!”她边说边引着我坐在她卧室里的木桩上。

“那真是一个奇特的民族。你我之前所见的达雅克人跟他们相比区别很大，或许靠近城乡的达雅克人已经受到同化。不过，达雅克人的优点就是友好。他们引着我走进长屋时，我像走访一个老朋友一样自然，我甚至充满期待。是的，他们救了我，然后友好地将我带到他们的世界，我觉得他们就像我的老朋友一样，我没什么可畏惧的。”她突然停了下，“当然，直至长屋门外一串串干燥的人头出现，我吓呆了。”她的脸由柔和变得恐惧阴郁，她的声调也因此尖利了。

“那干枯的骷髅头一个个被悬在屋门外的梁柱上。骷髅头像魔鬼一样狰狞，那黑洞洞的眼窝似乎恨不得将我吸进无边的黑暗，邪恶的深渊似乎就在前头等着我。望着骷髅头我全身发抖，忍不住发出了惊惧的呼叫声。我并不知道这些骷髅头对他们来说是财富与勇敢的象征，我向他们表示我讨厌并害怕那些干燥的头颅。我的异常举动似乎让他们很不快，他们本来是友好的，后来就不那么友好了，我被带到一个客房后，再也没有人理我了。”她垂下头来，两缕长发从额前耷拉下来，她伸手熟练地将发丝塞到耳边。我注意到她的手，那原本纤长白皙娇嫩的手，现在却粗糙了许多，手背上青筋突起。她并没有在乎我凝视她的手，又自顾自地往下说。

“当时我是多么渴望回家。在屋里，我孤独地幻想着崇明，幻想崇明找到这儿，来领我回家，我做梦都在想着这一天的到来。我确信他来了达雅克人就会放我回家。你知道达雅克人没有留下我的理由，我不是他们的敌人，他们也不会猎取我的人头。一天天过去了，我并没有等到崇明。当然，崇明是不可能来的，我并没有像真正的走访朋友一样事先告诉他我来这儿了。”她看向我，耸了耸肩，似乎为当年没等到崇明叔叔感到遗憾。“那许多个日子里，达雅克人除了给我送食物外，没有人会靠近我。我常常站在窗前望着无边无际的荒野发呆。我想象着崇明走进长屋；我也想象着自己走进荒野，走向回家的路……”她突然停住了，我见到她将目光移向了窗外。她似乎沉入自己寻找回家路的痛苦之中，她始终没走上回家的路，我知道。否则，她不会在这儿的。她轻轻地叹了口气。

“后来呢？你为什么要想象呢？为什么不试试呢？”我无法忍受她回家的路就此而止。崇明叔叔，雪儿，那莫的红房子，没有了她，就没有了生命的血液。我遗憾而痛苦地想着。

“事实上那时我从未独自走下长屋。我不知道该往哪个方向走。达雅克人带我进来时，我们跋山涉水，一路上猛兽横行，他们捕获了野猪、马鹿、穿山甲，我们花了整整十天时间才到达长屋。我不知道如果我一个人闯进丛林，将走向一条怎样的路。我不敢，冰儿，我不敢独自面对眼前无边的绿色天幕。”她又一次垂下头，“在可以选择的情况下，我没有勇气独自走入丛林。但是，我想回家，我得想办法。那个时候，我开始主动靠近达雅克人，他们很纯真，也很容易交往，我没费多少工夫就跟他们交上朋友。送食物的达雅克青年会留下来陪我聊聊，我也走出屋子开始到别人家串门。除了那门前的人头外，他们的世界像原初一样吸引着我，我怀着好奇的心理参与了他们的盛宴、祭祀，以及斗鸡等活动。我甚至跟着达雅克妇女们走进田地种稻。”她静静地抬起头望着我，望着我，似乎看到了往昔，她的眼睛突然亮了起来。“冰儿，你不知道他们种稻是多么奇特，一排达雅克男人在前面用木桩在地上打下成排的小洞，而一群女人腰里系着装满谷物种子的藤篓筐跟在后面，她们将种子一点一点地撒进了小洞里，再用松泥掩盖起来。我跟着她们撒了许多的种子，那是达雅克人希望的种子，也是我希望的种子。我原以为等丰收时，达雅克青年将谷物带出去换取食盐时，我就可以跟着他们走出去了。”她突然又停了下来，苦涩地笑了笑，耸了耸肩。我知道后面并不像她想象的那么顺利，她并没有离开达雅克人。

我静静地望着她。我想不出来这么精致的女人如何下地种稻。她看起来比以前老多了，不过，尽管如此岁月还是没能掩去她全部的美丽。现在她看起来还是一个美丽的女人。想想当年，那么一个美艳绝伦的女人，达雅克青年能放弃吗？她应该是被现在的丈夫看上了。在她走之前被看上了。那是什么样的日子呢？是阳光灿烂的秋日，地里的谷子金灿灿的，丰收在即，他带着收获的欢欣向她求爱了；当然，抑或是月满西园的秋夜，达雅克人载歌载舞庆祝丰收的时候，他紧紧地拥住了她，她走不了了……我望着她，静静地想着。我突然发现她眼泪盈眶，那满眼都是恐惧和伤悲。

“冰儿，你永远也不知道那是什么样的夜晚。你真的一辈子都无法想明白，人为什么要那么残忍。那本该是一个美丽而宁静的夜晚……”她噙着眼泪不断地摇着头，她看起来痛苦不堪。那本该是一个美丽而宁静的夜晚，月光像银锭子铮铮地洒在林子梢头。夜风轻拂着树梢，“沙沙沙”，林子孤独的絮叨和着蛙鸣虫唱，千年不变的交响曲在耳畔荡开……我凝视着她，想象着那个夜晚，那样的夜晚之于我再熟悉不过了。“长屋静悄悄的，达雅克青年抱着自己心爱的女人沉入了甜蜜的梦乡。我站在窗前借着皎洁的月光望着林子，思念在这样的夜晚被拉扯得很长很长。那时，整个长屋或许只有我清醒着，爸爸、崇明、雪儿，一个个交织着展现在我眼前，我始终无法入睡。不知什么时候，我所寄居的长屋走廊，并排着放上两排大碗，确切地说，是每一个门口都放上一个碗，碗里头装着红红的鸡血。我不知道他们是怎么来的，神不知鬼不觉。我一直守在窗前都没发现他们怎么爬进了长屋。当脚步声响起时，我便被吓着躲进了竹篮中。我以为是达雅克青年想侵犯我。我从竹篮里往外看，借着月光我看到他们和达雅克人一样的个头，一样的文身，一样的大刀。我真以为就是我寄居处的达雅克青年来找我麻烦了。当门外尖叫声、喊杀声此起彼伏时，我糊涂了，我不知道发生了什么事情。冷冷的刀光在眼前划过，闯进我房间的人，转一圈就走了……我躲在篮子里没有被发现，我知道上帝眷顾我，他让我保存了完好的身体……”她哽咽着，顿了下，“当一切重归寂静时，已经是凌晨了。曙光从树梢悄悄地探过来，那血一样的日头渐渐地爬上来。外面还是静悄悄的。我颤抖着从篮子里爬出来，鲜血染红了一切，到处都是翻倒的红碗与无头尸体……哦！上帝！那个恐怖的世界里除了我这个幸存者外，再也找不到其他存活着的东西了，即便是活着的牲口也找不到。我从长屋里爬出来时，地上的牲口圈敞开着，里面空荡荡的。牲口全被抢走了……”她终于控制不住，痛哭起来。我紧紧地搂着她，我没料到她经历了如此恐怖的大屠杀。她后来到底怎么走出那个可怕的达雅克村庄呢？她又是怎么来到这儿呢？我很想知道后来到底怎么样。但是，我看到她那么痛苦那么恐惧，就没有让她继续往下说。我轻轻地拍着她，好一会儿，她才平静下来。她抹去脸上的泪痕，对我笑了笑。她没有听从我的劝告又继续往下说。

“当时，我几乎要疯了。上帝拯救了我，上帝又抛弃了我。

我就像被上帝抛弃的孩子，上帝将我弃在这个丛林的死亡地带里了。我没有顾得上做任何准备就冲进了林子，我在林子里漫无目的地跑着，根本不知道往哪儿去，也根本不知道要去哪儿。横七竖八的无头尸一直晃在眼前，我完全失去理智，除了迫切需要离开那个可怕的长屋外，我就没有其他任何想法了。我知道我回不了家，我只能由着上天指引，即使走进下一个地狱，我也得走。我不知道在丛林流浪了多少天，直到我真的没有一点力气抬起脚时，我闭上眼睛倒在了潮湿的土地上。”她难过地吐了口气，眼睛突然亮了起来。“我是幸运的，我没有被马来熊盯上，我也没有被林子里的虫子围攻。我醒来时，发现自己躺在那个大厅里，你丈夫躺的地方，就是几年前我躺的地方。”

她说到这里抬起头朝我欣慰地笑了笑。“你知道，当我又看到文身的达雅克人时，我以为自己被带进了猎头族，我甚至认为就是这些人猎走了我的朋友们的头颅。我开始憎恨他们，我试图报仇，尽管他们对我很友好。然而，当我可以爬起来时，我发现这儿并没有想象中的人头。没有的，什么都没有。没有血淋淋的人头，即使干枯的骷髅也没见到半个。我不知道是怎么一回事，达雅克人是猎头族，这已经是不争的事实，可是为何他们并不像先前的长屋，四处堆满人头呢？我是怀着很大的疑惑去了解他们的。当然，没过多久我就明白了，他们根本不是什么猎头族……”

我愣住了。“他们不是猎头族？”

“是的，他们不是猎头族，他们没有敌人，他们根本不知道什么叫战争，在他们的词汇里甚至找不到战争这个词。”她看起来很激动，脸上露出了快乐的笑容。不过，她快乐的脸上却突然闪烁几分羞涩。“我喜欢这儿，我喜欢这儿的每一个人。”她轻轻地念叨着，像梦呓一样。

“冰儿，你不知道他们是多么可爱，他们坦荡而开朗，他们不知道什么叫为自己着想。我住在这儿很开心，真的很开心。——当然，不久之后，最勇敢的年轻人喜欢上了我。据说就是他将我从丛林里救回来的。冰儿，我无法拒绝，我嫁给了他。”她突然埋下了头，像一个犯错误的孩子见到了家长一样，胆怯地埋下了头。

“冰儿，我不知道崇明会不会生气。我没有回家，我嫁给了勇敢的年轻人。”她低低地说。

“可是，有时候我真的很想很想他们，崇明，雪儿，父亲，当然，还有你。哦，冰儿，我真的好想你们。可是，我不敢回家，他们不会原谅我的。不会的。”眼泪突然又充满她的眼眶，她声音变沙哑了，她低声哭起来。我看着她，心里难过极了。当年，崇明叔叔就是因为她才被日本人带走的，带走后再也没有回来过，是死是活谁也不知道，不过，谁都知道在日本人手上失踪意味着什么！崇明叔叔如果还活着的话会原谅她吗？应该是会原谅她的，他那么爱她。

“别难过，谁都会理解你的。那个勇敢的年轻人救了你，是他给了你第二次的生命，你的第二次生命属于他，这是理所当然的。没有人会责怪你。没有人！相信我！”我安慰着她，可是我自己眼睛却潮湿了。

“冰儿，他们现在怎么样你知道吗？在你离开之前他们怎么样？”她突然抓住我的双手，急切地问着。我望着她不知说什么好。红房子的不幸，我是见证者，从她离开起，接踵而来的不幸太沉重了，谁也无法抵御。现在，我也不在了，雪儿，罗爷爷，他们怎么样了呢？那可怜的一老一少，想想就令人心酸！

“冰儿，告诉我，我需要知道他们的情况。”她恳切地望着我。

“他们都很好。他们除了想你，然后到处找你之外，其他都很好。”我编了个谎言。在这一刻，我觉得除了美丽的谎言外，没有什么能让眼前的女人摆脱那永久的自责与痛苦了。我决定不告诉她真相，看着她那快乐而真诚的双眸，我不忍心告诉她真相。

“哦，是的。我知道他们一定会和我一样的，除了爱着眼前的人之外，还日日夜夜思念着梦中的人。他们还在找我，这一点，我早该想到了。我让他们四处寻找真是不应该！太不应该了！可是，我真不知该怎么办，在这之前，我可一点办法都没有，我无法走出丛林，这儿郁郁葱葱，莽莽莽莽，我一点办法都没有。唉！一点办法都没有。”她沉沉地叹了口气。

“冰儿，能告诉我雪儿怎么样了吗？她长多大了？她有后妈了吗？她后妈对她好吗？”她幽幽地看着我，清秀的眉毛在额前拧成一团，美丽的脸庞因为雪儿而暗淡了许多。

“是的，她长大了，去年就有我肩膀高了。当然，她有后妈了。你知道的，她是一个美丽的公主，她乖巧伶俐，娇小可人，没有人不喜欢这样的孩子。她后妈对她很好，那个后妈像爱亲女儿一样疼她。”谈到雪儿我莫名地激动起来，我将我这么多年与雪儿相处的感情全演说成一个后妈的爱了。不能否认，在红房子里我曾幻想过后妈的角色。我常想，如果崇明叔叔没有离开，我或许真会成为她的后妈。我爱雪儿，我爱红房子。

“崇明，他是一个优秀的男人。我就知道他会找到一个好女人的。雪儿有人爱我就放心了，真的放心了。”她说着脸上舒展开了。她是一个快乐的女人，悲伤不属于她，她的脸在听到接连的好消息后瞬间绽出快乐的笑容。

“冰儿，我爸爸还好吗？他身体怎么样？”她又问。

“罗爷爷还好，虽然情绪不大稳定，但总体还好吧！他基本上不爱说话，常常往林子里跑，那儿有他最爱的望天树。”提起罗爷爷，我不禁为这个孤独的老人难过。他内心里的秘密或许永远无法诉说。

“是的，爸爸最爱坐在那棵望天树下遐想。我记得小的时候，他就这样，他最讨厌我到那儿缠他。他到那儿一待就是半天，谁也不知道他在想什么。”她谈起父亲时，脸上露出隐隐的忧愁。“这个村庄后面的河道口也有一棵望天树，我常经过那儿，每一次看到那树，我就忍不住想起父亲。”

“我在丛林里也看到过望天树，可是那儿的望天树跟那莫村庄的很不一样。”我也想起了峭壁上的望天树。

“是吗？我在这丛林跑了好多年了，也只见过河道那一棵，它长得跟那莫村庄的那棵一模一样。真是太像了，有时让我产生幻觉，我都怀疑自己是不是在那莫的林子里。”她苦笑着耸了耸肩。我望着她，也轻轻地笑了笑。她跟以前一样，一点都没变，快乐而真诚。见到她的感觉就像见到家人，这么多年了，我们有说不完的话。不过，现在我心里惦记着小三，已经好一会儿了，我不知道他到底怎么样了。

“伊丽娜阿姨，我们是不是该出去看看了？”我犹豫了下问她。

“不，不急。冰儿，你放心。我们听到号声响起时才可以出去。”她温和地看着我。我无奈地点了点头。

“冰儿，谢谢你给我带来这么多好消息！”她紧紧地搂着我，甜蜜蜜地笑着。“来，冰儿，参观一下我的家。”她拉起我的手，不由分说地往里间走。这又是一间十平方米左右的开间。这间是卧室，地上左角并排放着四张竹榻。

“这屋子住四个人？”我问。

“是的，四个人。”她笑着应我，“除了我和我丈夫之外，还有两个儿子。冰儿，你相信吗？我还有两个儿子。”她定定地看着我，她似乎为自己有两个儿子感到自豪。房间很简陋，除了地上的床榻，木桩，以及几个石墩外，就没有什么特别的家具了。不过，墙上倒是挂满新奇的玩意儿，比如羊角号、羽毛帽、豹皮，以及奇特的根雕等等。我没有看到她的儿子们，他们或许都出去玩耍了。房间另一头有一扇小门通往阳台。她领着我向阳台走去。阳台上的视野很广，整个林子尽收眼底了。阳台外有人在削着什么。我探出头，愣住了。刚才做仪式的男人，他正静静地坐在阳台上削着一个树根。

“这是我丈夫。”伊丽娜阿姨快乐地介绍着。我不敢相信，她口中那个勇敢的年轻人居然是这样一个半老头子。他长得如何我说不清楚，那密密麻麻的文身已经无法辨清他原来的面目了。不过，他很强壮，那文着槟榔树的双臂看起来粗壮有力。

“他叫乌沅。冰儿，他是这儿勇敢的象征。”伊丽娜阿姨谈到丈夫脸上展露出无限的骄傲。乌沅见到我只是微微笑了笑，他并没有停下手头的活计，他的笑容并不亲切。阳台里堆着许多根雕，伊丽娜阿姨说这儿的人会用这些手工制品拿到很远的地方换取食盐、刀具等。“你要知道这儿最宝贝的就是食盐了。”她说着笑了。我也笑了，在那莫村庄，食盐是最不值钱的。当然，在丛林里我可是半年没尝到咸味了。

我们从阳台折回屋内。屋外，一张小脑袋悄悄地探进来，马上又缩了回去。我转头看了看伊丽娜阿姨，她也看到那小脑袋了，她美丽的眼睛闪烁着简单的快乐，那率真的神情与这自然的原始丛林一样，毫不做作。

“我的儿子那古芒。他很怕生，这儿的孩子都怕生。”她笑盈盈地说着，转身向门口走去，她跟儿子说着什么，我听不懂。不一会儿，她牵着儿子进来了。这是一个极其帅气的小男生，六岁左右，虎头虎脑，皮肤黝黑，但是鼻子笔挺，眼珠深蓝，长长的睫毛让它们看起来更深邃，跟厚嘴唇、宽鼻子、矮鼻梁的当地孩子很不一样。那古芒低着头站在我跟前，他很紧张，不停地绞着手指头。“那古芒，叫阿——姨——好！”她笑着，一字一顿地教儿子。那古芒还是低垂着头，不过，他总算扬起了他的大眼睛，偷看了我一眼。他跟着妈妈说了，但是声音很小，像蚊子叫。我听了忍不住笑了起来。那是多么稚气而蹩脚的中国话！

我蹲下来握住孩子的手，笑着跟他说“你好”。我知道他肯定听不懂我说什么，但是，我想我的微笑会让他明白我是友好的。孩子也对我咧嘴，羞涩地笑了。那笑容跟伊丽娜阿姨有几分神似。

号声终于响起来了。我像触电一样站直身子。“我去看看。”说完，我便撇下母子俩，迫不及待地冲出了房间。长屋门口，我看到一个文身男人正解开席子，把厅外面那个“死去”的人救活过来了，而最要紧的是，我看到小三他动了动手睁开了眼睛。

“冰儿，我们到了？”他无力地说。

“是的，我们到了，到了。”我哽咽着，眼泪簌簌往下掉。他还是那么虚弱，但是看起来神智清晰，他还记得我们的目的地是达雅克村庄。

“达雅克人没有为难你吧？”他伸手轻轻抹去我的眼泪。我第一次发现他的眼神也可以这样温柔。

“没有。我们安全了。有人帮助我们，我们安全了。”我紧紧地握着他的手说。

“有人帮助我们？”他困惑地看着我。

“是的，有人帮我们。她是我的朋友，我的家人，我有跟你提起过的——伊丽娜阿姨。你记得吗？”

“谁？她？是她……”他看到我身后的伊丽娜阿姨了，他惊讶的眼神是那么熟悉，就像他第一次在丛林见到我一样，这眼神在惊讶中显得那么迷茫，乃至变得呆滞。他看起来像做梦一样，呆呆地瞪着伊丽娜阿姨。

“您好！”伊丽娜阿姨微笑着招呼他，他视若无睹，他并没有理会她，他只是那样直直地瞪着人家。我轻轻地推了推他："小三！"

"你……你……"他伸出手指着伊丽娜阿姨支吾着。我心疼地看着他，他看起来真的太虚弱了，连说话的力气都没有了。

"我叫伊丽娜。很高兴见到您。"她轻轻笑着。

"伊丽娜！你是伊丽娜……"他声音嘶哑，但是可以听得出来，他很激动，激动地微微颤抖起来。他将手伸给伊丽娜阿姨，我知道，他想跟她握手。伊丽娜阿姨朝他走过去，而那古芒紧紧地拉住了妈妈的右手，极其羞涩地跟着妈妈走到小三跟前。

"这，这孩子……"他看到了那古芒，垂下手来指着他问。

"我的儿子，那古芒。"她微笑着拉住儿子。"叫叔——叔——好！"她又一字一顿地教那古芒说中国话。可是那古芒只是一味地低着头绞着手指，他似乎紧张得连看都不敢看小三。

"你的儿子……真像你……"他低低地说着，然后乏力地垂下手，闭上了眼睛。

"小三，小三……"我紧张地唤他。

"冰儿，不要紧。他需要休息，让他休息一下吧！"伊丽娜阿姨提醒我别打扰他。

我看着他，痛苦地点了点头。

2

我们被安排在长屋东头的一间客房里。小房间也跟其他居室一样，简陋而原始，睡榻、木桩桌子，以及小火炉、咒符、避邪物等等。除了最基本的生活用品外，这里找不到生活之外的东西。这客房与一个大阳台相邻，阳台外开着一个口，那儿悬着一架木梯，这木梯和我在西头走过的木梯一样，可以通到地上。站在阳台，视野极其开阔，一条小溪静静地在屋前流过，孩子们喜欢在溪头戏水。溪头两岸横着一块大木板，有人从那板上走来走去。

最初的几天，小三总是半梦半醒。他睡得很不安稳，时常说一串莫名其妙的梦话，醒时也常常瞪着屋顶发呆，他的模样跟刚到岩洞时一模一样，有时我真怀疑他是否犯有间歇性精神分裂症。当然，丛林，岩洞，达雅克人村落，这些我们平日里想都不敢想的情况现在都碰到了，这一切真的像做梦一样亦幻亦真，他或许需要时间从幻梦中醒来。

那几天，我几乎都是守在小炉边上烧烧煮煮。达雅克人每天都会送草药过来，我的任务是熬药，然后侍候小三喝药。屋子天天都萦绕着浓浓的草药味。

两个星期之后，小三完全康复了。他走出屋门时，却没有像我想象的那样完全苏醒过来。他见到伊丽娜阿姨时总是那么沉默，他总是看着伊丽娜阿姨和她的孩子们发呆。那神色一点都不像丛林里的他，果断刚毅似乎已经离他越来越远了。

伊丽娜阿姨每天都会过来看望我们。有时她自己一个人过来，有时带两个孩子一起过来，她的第二个孩子才三岁，叫那吉尔。那吉尔和哥哥很像，他的鼻眼看起来也很像伊丽娜阿姨。那吉尔是个绝对精明好动的小伙子，他并不像他哥哥那么害羞胆怯，当然，或许他还没到懂得害羞的年龄，他见到我们总是咿咿呀呀地叫个不停，他似乎很喜欢我，经常乐呵呵地伸手要我抱他。每一次伊丽娜阿姨带他过来，我都特别开心，我会留他在屋子里玩耍，他会和我过家家，玩游戏。当然，他是总导演，游戏的规则和过程全由他掌控。他常常随手拎起地上的木棍，然后摆出射击的姿势，他咿呀着教我卧倒，我喜欢扮成一只狂奔的大象，或是一只睡大觉的黑熊，不过他似乎不喜欢睡觉的动物，他通常要我跟他"搏斗"，然后我被追赶，然后他远远地"射击"。我被"射中"后，成为猎人的囊中之物前，他还要我装死趴在地上，他通常会昂首挺胸绕着我转两圈，像模像样地在我屁股后面踢上两脚，确认猎物已经"死亡"，游戏结束。他玩游戏很认真，每一次都不要我笑，他可爱的神情却常常让我忍不住大笑起来。我无法形容他咿呀着指挥我的神情，他总是表现得勇敢而骄傲，那融合稚气与神气的小小脸蛋看起来是多么叫人喜爱，他的可爱几乎改变了我对女儿的期待，可以说那些日子，他让我第一次改变想法渴望生一个男孩。

在很长的一段时间里，那吉尔是我在这长屋里唯一的快乐伙伴，他陪着我度过一个个无聊而漫长的日子。他有说不完的快乐跟我分享，当然，在与他游戏时我学了不少他们的语言，我学会的第一句话就是"趴倒"。不过，随着日子的推进，我的行动越来越不方便了，我几乎不能俯下身来抱他，更别提和他玩游戏。伊丽娜阿姨怕好动的那吉尔影响我的生活，后来总是一个人来看我，不带那吉尔来。不过，那吉尔总是执拗地跟着她跑过来，到门口时，她还是把他打发走了。我多次跟她提起可以让那吉尔进来玩，我也很想他，可是，伊丽娜阿姨总是笑言不便。

伊丽娜阿姨陪我的时间很少，她看起来总是很忙。我因为爬上爬下不方便，所以很多时候待在长屋里，而她大多数时间在长屋外。到野地里采果子是这儿女人常做的，伊丽娜阿姨也一样，她没有特权不参加劳作。日出而作，日落而归。这儿的日子就是这样的简单而枯燥。不过，这里除了我之外，没有人抱怨生活，伊丽娜阿姨也不会，她看起来很快乐，她对自己眼下的生活似乎非常满意。

“冰儿，这儿是无可挑剔的。”她总是这样跟我说。我好奇地望着她，“可是除了劳作，就是吃喝睡了。”我嘀咕着。

“这有什么不好呢！劳作给我们带来无穷的快乐，吃饱喝足也是一件快乐的事情，还有睡觉，当你累时，你能躺床上安安稳稳地睡一觉，难道不是一件快乐的事情吗？”她笑着望我。

她张口闭口都没有离开过快乐，她真的很快乐？我极其疑惑。“伊丽娜阿姨，你难道不怀念赤道城的电影院？”我轻轻地问。当然，我怀念的东西可多了，电影院只是其中之一。我怀念赤道城商店里琳琅满目的货品，我怀念街头触手可及的美味食品，我怀念咖啡屋里的曼妙，我怀念汽车的速度，我怀念街区的平坦，我怀念海滨别墅的惬意，我怀念旗袍的高雅，我怀念俱乐部，我怀念图书馆，我怀念收音机响起的瞬间……与赤道城相比，我无法忍受这儿空洞的寂静。这是我走进丛林后，常常望着长空感到难过的原因。

“不，一点都不。”她笑着应道。

“一点都不？”我怀疑自己听错了。我看着她，可是，她真挚的眼神告诉我，她并不是在说谎，她是说真的，她一点都不怀念电影院，一点都不怀念赤道城所有供人享乐的人与事。

“在过去的日子里，我最想念的就是崇明和雪儿，当然还有爸爸。”她笑着说。她已经不像刚开始那样一谈到红房子里的家人就伤感。自从她从我这儿了解到他们很“幸福”后，她似乎没有了伤感的理由，他们快乐，她也快乐，这或许是伊丽娜阿姨永远快乐的原因。我问她：“难道你除了他们之外，对以前的生活就没有别的留恋了？”

她笑着摇了摇头：“哦，冰儿，当然有很多可以留恋的东西。你知道我喜欢跳舞，我爱去舞厅；我喜欢开车，自己开车到海滨兜风；我喜欢听爸爸拉二胡，我喜欢跟主麻谈心，我喜欢带雪儿晒日光浴，我喜欢陪崇明参加朋友聚会……哦，冰儿，以前的生活我有太多快乐的事情可以留恋的。但是，你知道，那只是以前，都过去了，我不能一直生活在过去。当然，最关键的是，我在这儿也很快乐，在享受纯自然的快乐时，我反而觉得这儿更适合我。你知道我不喜欢造作的矫饰，我就喜欢自然的美好。这儿的人这儿的事让我看到了这种希望，自然美好的希望。你或许无法理解，在我看来，电影院里的快乐是作为旁观者的快乐，而这儿亲临大自然的快乐是作为参与者的快乐，这两种快乐之于我是完全不一样的。当然，去餐馆享受美食的快乐永远无法与在大自然里彼此平等互助分享食物的快乐相比；独自开车到海滨兜风的快乐永远无法与大家齐心协力共同劳作的快乐相比；还有跳舞，这儿的人只要开心就跳舞，快乐随手可即，而在赤道城，你只能跑到舞厅里去挤，还得在特定时间；

还有赤道城里浓妆艳抹的女人们，她们穿金戴银，争芳斗妍，而这儿的人赤身裸体，素面朝天，赤道城的矫饰与之相比总是显得那么刻意而造作，那争芳斗妍的感觉似乎更是浅薄无知。冰儿，现在与过去，我更喜欢现在的生活，我觉得这里的生活贴近自然，这里的快乐自然而不矫饰。你问我是否怀念过去的生活，我除了怀念所有亲人之外，并不怀念过去的生活。没什么好怀念的。”她说着爽朗地笑了，她快乐的笑声，不能不让我确定她所说的一切都是她的真实感受。那个我魂牵梦萦的赤道城却是她可以释怀的地方，那个赤道城我想起来就渴望得到，却是她漠视而厌倦的。想想真让人难过。这一切原本她喜欢，我也喜欢的，现在她全摒弃了。我不知道为什么会这样，尽管如她所说的，这儿真的比赤道城更为平等，更为自由，更显自然而美好，但是这儿的生存条件和生活条件毕竟极端恶劣，跟赤道城根本无法相比。

“作为一个从现代文明中走过来的人，我是不可能喜欢上这儿并长久地留在这儿的。”我看着她，郁郁地说，“某些时候，我真怀疑是不是时空错位了，你似乎回到了原始人的世界遗传了最原始的基因，并继承了最原始的理想，只有这样想，我才能理解你为什么不怀念赤道城的现代文明。”

“哦，冰儿。你真是这么认为的吗?”她望着我，极其不可思议。

“是的，是的，我真这么想。伊丽娜阿姨，我不喜欢这样的生活。我觉得赤道城更适合我，我要回到赤道城去。”我认真地望着她说，我显得烦躁不安，害怕有一天我也会像她一样留在这儿，尽管我十分不愿意。

“冰儿，我真伤心。我以为你会和你的家人留在这儿。这儿真的很好，没有贫富贵贱之分，当然最关键的是，这儿没有战争，人们不知道战争是什么。这儿的人爱自然，这儿的人爱劳动，他们除了解决生活最基本的吃与住外，不会向自然界伸手要更多的东西。冰儿，你不知道这儿的人总是能够简单而快乐地生活着，只要没有疾病，吃饱喝足，他们就可以快乐地载歌载舞了。他们没有太多的要求，这使他们没有贪婪之心。他们远离贪婪，正因为没有贪婪之心，这儿的人活得更自在，更坦荡。冰儿，我就喜欢这种自在而坦荡的快乐。我想你应该多了解他们，你只要多参与他们的生活，参与他们的活动，我相信你会喜欢上这儿的。”她甜甜地笑着说。

我理解她，但是我知道我会令她失望，我不会喜欢上达雅克人，也不会喜欢他们的生活。尽管我对他们的世界充满好奇，他们的一举一动都让我觉得好玩，但是我非常明白，那仅仅是一种好奇的冲动而已，我知道好奇心一过，一切就不一样了。我要回赤道城，那儿的文明对我有巨大的诱惑力。我从未想过要留下来然后融入他们之中，或许正因为这样，在这儿我充当着旁观者，我对这个世界只留了一扇窗口，在窗口，我远远地望着他们。

远远地望着他们就足够了！

大多数时候，我就是这样站在窗口往外观望。看到光屁股的男男女女，我就会忍不住想到那莫村庄，那些飞奔在椰林里的母猪与公猪；看着树上树下活蹦乱跳的男女老少时，我却想起那莫林子里的猴子们……窗口里我最不想看到的一幕却总是不期然地出现，在草地上欢爱的男男女女，不能不让我想起尤素夫和它的“女人”，那草坪上的一切全展现在眼前，现在与过往是如此相似，这儿的人跟尤素夫是如此相似！那草坪上的男人和女人，那激荡的喘息和快慰的欢叫，那是尤素夫和它的“女人”，那又是达雅克青年和他的女人们……我惊讶地发现达雅克的男人和女人可以自在地在任何一片草地上欢爱时，我不禁想到他们的词汇里是不是没有“羞耻”这个词，这儿没有“战争”这个词是令人欣慰的，可是这儿没有“羞耻”，那又多么令人遗憾。我常常望着草坪上的男男女女羞愧不已，我无法理解他们何以在众目睽睽之下得以激情燃烧，我能给自己解释的也只能是他们与自然交融，连他们做爱的方式也和自然界的所有动物一样，他们明白地交配着，无须隐藏什么，就像他们光着身子四游走一样。他们会说：瞧，那交媾的兔子，那交叠的蜂蝶。自然界本来就没有什么见不得人的秘密……当然，解释只是提供一种理由，解释并不能抹去我对他们这种野蛮的反感。我并没有对伊丽娜阿姨说出我的感受，我不想让她太失望。当然，我一定会告诉她我不喜欢这儿的理由，某一天我们要离开之时我会告诉她。

我原以为小三康复以后，我们就可以继续上路了。出乎我意料的是，当我们谈到重新起程时的问题时，他犹豫了。

那一天，他从地上爬起来告诉我说他完全康复了。我摸了摸他的额头，的确一点都不烫。我相信他真的恢复过来了，他看起来精神抖擞。

“我去达雅克人家坐坐，沟通沟通感情。”他从地上起来，第一句话就是想出门。我笑了起来：“你是被关怕了？”

“不，不。我们需要跟他们好好交流一下。否则，我们不好待在这儿。”他说。

“你就放心好了，伊丽娜阿姨会跟他们交流的。你还是多花点时间想想我们什么时候出发吧！再拖下去，我怕走不了了。”我望着他，心情愉悦。我觉得出发代表着一种希望，早一天出发就意味早一天到家。我已经归心似箭了。

“出发？重新上路？”他疑惑地看着我。

“是的。你不觉得我们应该重新上路？既然你都康复了，我们也没什么理由再待在这儿。”我说。

“可是，你这半个月又变了个样，你还能走得动吗？”他静静地看着我。我摸了摸肚子，的确，我变了许多，肚子整个儿都凸出来了。我笑了。“应该还行吧！这儿离赤道城不会很远吧？”我看着他，希望听到肯定的回答。

“不。从这些人身上可以看得出来，我们离所谓的城市还远着。我们并没有走出丛林深处。”他低低地说。

“可是，我们已经走了一个多月了！”我望着他，瞬间感觉很难过。

“时间并不能说明什么，你知道在丛林里绕圈子是很正常的。不管走了多少路，我们没有走回原点就已经很不错了。”他自我取笑着。

“那怎么办？我们总不能就这样留下来。”我说。

“我们只能留下来。”他果断地应道。

"可是……可是我们都决定走出丛林了，又留在丛林……"我焦急地望着他。

"只能留下。我不想让你和孩子冒险。"他很坚定。

"……"我望着他难过极了。真没想到孩子会阻了我前进的路。

3

当然，我们留下来了。那留下来的日子跟我想象的一样，单调而乏味。白天，达雅克年轻人全部都要出去，女人找果实，挖野菜，男人们围猎捕鱼，老人孩子留在长屋。老人会编织箩筐篮子，孩子们就到处乱窜。我因为挺着大肚子不方便行动，所以是极少数留在长屋的年轻人之一。当然，小三就没理由留在长屋，他要跟男人们出猎。我并不担心他出猎会出现什么状况，但是不知道为什么，我内心里并不想让他跟着达雅克人满山遍野地跑。我想跟伊丽娜阿姨商量一下，看能不能让他留下做点细致的活，比如编织篮子之类的。伊丽娜阿姨很明白地告诉我小三必须出去打猎，因为这儿没有人会找理由偷懒，当然更没有人会因为某种关系而得到特别的照顾。即使她的老公乌沅是族长，她也没理由因此得到照顾而选择轻点的活。她说她除了会交代乌沅在出猎时多关注一下小三外，其他的她帮不上。伊丽娜阿姨并没有让我享受到特权，我感到很失望。一点通融的余地都没有，这一点令我更加不喜欢这儿。

不过让我深感欣慰的是，小三跟达雅克人出猎以后，不再长时间地发呆出神了，丛林刺激与紧张的战斗，让他又变回了刚毅而果敢的小三。他恢复状态，很快就融入达雅克人的社会。他讲达雅克人语言，他跟达雅克男人一起出猎，他扛上长矛，背上吹箭筒，他甚至决定也要和达雅克男人一样赤身裸体上阵。

那一天，他脱掉了军装，赤裸着站在我面前，我惊讶地张大了嘴巴。“你大可不必这样做，毕竟我们与他们不一样。”我难过地说，我无法忍受大白天要看着他光屁股晃荡在天底下。

“没有什么不一样的。入乡随俗。我不能搞例外。”他应着。

“他们知道你我本是穿衣服的人，他们不会要求你脱掉军装的。我知道，不会的。”我说。

“是的，他们不会要求我。但是，我得要求我自己。跟他们在一起，就得像他们的样。”他坚持着。我难过地看着他，我知道他是不会因别人的意志而转移的，说什么也没用。那一天，阳光灿烂，山花满园，他光着身子走出长屋，下到地上，走进太阳底下，走进鲜花盛开的草坪里，他和孩子们嬉笑，他和女人们拥抱……达雅克人吹响了号角，达雅克青年在草坪前的林子聚拢。男人们又出发了。

我站在窗口久久地凝视着人群，凝视人群中那个瘦削的看起来特别扎眼的白嫩屁股在太阳底下晃动。那一个早上，我眼前一直不停地晃着那个瘦削而白嫩的屁股。我知道，他认真地面对达雅克人了，孩子还要四个多月才能出来，他要认真地在丛林生活半年，即使半年，他也要认真面对，尽管我觉得这大可不必。

他和我想象的一样，他会像达雅克男人一样勇敢，当然，他比达雅克男人更具优势，他除了勇敢之外还有智慧。他接连三次出猎，三次都大获全胜，他用吹箭筒放倒了马鹿和野牛，他吹箭的精准，让所有达雅克人都大为惊讶。乌沅对他的态度起了很大的变化。伊丽娜阿姨告诉我说乌沅开始喜欢小三了。这个消息听起来似乎很不错。可是，在这个特殊的社会里，被首领喜欢上并不见得是件好事。我相信这个勇敢而不怕死的达雅克族长，他因为喜欢小三会让小三像他自己一样去做一些冒险的事。

这是我们来到达雅克村庄的第三个月，达雅克男人出去围猎象群。围猎象群，这听起来让我咋舌的事在这儿却显得非常寻常。小三说预计一个星期之后才能回来。这样长的别离，在这陌生的世界里让我很不舒服。那一天，没有送别，没有叮咛，男人们整装待发。还是由乌沅领队，号角吹响后，二三十个光屁股浩浩荡荡摇出草坪，摇进林子。我望着林子，晨曦薄薄地洒在树梢，飘落的露水沙沙沙地私语着，我寻找着晨光中那个瘦削而白皙的屁股，我想象着他和一群光屁股男人持着矛和箭，对着一群大象又喊又跳又叫又跑的情形。我想他们会烧火扰乱象群的视听，他们会借着火光用浩荡的声势冲散象群，他们会挖陷阱，将弱者追赶到陷阱里——被捕捉的或许是一只未成年的小象，也或许是一只老象，当然，或许还会是一只待生仔仔的年轻母象。母象，我不希望他们捕回一只母象，同是孕期母亲，我不希望母象会受到任何伤害。当然，这一切由不得我，我能做的只能祈祷上帝，别让这一群光屁股男人发现那样的母象。

那几天，男人们出猎在外，女人们依然忙着采集果实。老人们还是编织箩筐，一切和往常没什么两样。大家分享果实，携手劳作，看起来就是一片祥和景象。男人们都走了，女人们却依然悠然自得。不过，我还是不大愿意和这儿的女人们走到一起，我难以忍受女人们肥嘟嘟的乳房在篝火前颤动；我难以忍受她们用肥厚的嘴唇舔着乌黑的手指，还要发出啧啧的响声；我也无法忍受她们毫无忌惮的像野兽一样的眼神，以及像猴群长啸一样的爆笑。总之，我总是落落寡合地躲在长屋里。我除了伊丽娜阿姨和她的孩子们，再也没有别的朋友了。有时我寂寞难耐，会用那吉尔教我的简单词汇向长屋里的老人们问好。达雅克老人看起来比年轻人可爱，他们干瘪的嘴巴显得特别宽大，他们会笑着叨一些我听不懂的话，从笑容里，我可以感受到他们的友好。靠近达雅克老人，看着达雅克老人松弛下垂的皮肤，我会产生一种幻觉，像是走近一棵古老的松树。我会在老人跟前站一会儿，他们从不偷懒，他们总是有说有笑，但是手脚却从未停过。有时我真希望自己能帮忙做点什么，但是很遗憾，几次都因为蹲不下去而放弃帮忙。我会摸摸肚子，摸摸他们的新作品，他们的作品很粗糙，但是他们似乎并不在意。我不知道他们编织这么多的篮子做什么，达雅克人并没有耕种，也没有其他谋生手段。他们除了狩猎外，就是采集野果了，采集的野果每天都在消耗，看起来并没有太多剩余食物可以装在箩筐里贮藏。

我在长屋的活动范围就是从西头踱到东头，然后再从东头踱到西头。除了站在窗前或阳台呼吸几口外界新鲜空气外，我几乎很少走下长梯。伊丽娜阿姨曾多次坚持带我到楼下散散步，我都以种种原因拒绝了。不过，这一段男人不在家的日子里，我还是跟伊丽娜阿姨走下楼。

早晨的空气总是带着重重的水汽，脚边的草因为湿润而更显嫩绿。伊丽娜阿姨挽着我走向草坪。我们沿着草坪走向长屋东侧的溪头。

“今天怎么没有去采集?”我问。

“轮到我煮饭照顾老人小孩了。”她应道。

“这儿还是轮班制的!”我笑了起来。

“是的。这儿也有自己的制度。”她轻轻地说。

“制度是由乌沅制定的?”我好奇地问。

“不，不一定。很大一部分是达雅克人世代留传下来的。当然，随着时间的推移，或是环境的变化，都会有一定改变。不过，无论什么规定的更改，都要通过民主决议。这儿并不会以个人意志改变某项规定。”

“民主决议?”

“是的，民主决议。像西方国家的议会，长屋中间的大厅就是议会室。哈哈，你可能很难相信吧!”说到这里她开心地笑了，“当然，这儿的议会跟西方文明国家的议会无法比拟，不过，也不能小看了这儿的议会，这儿的议会让达雅克人祖祖辈辈享受着真正民主。很多重大事项的决定都通过议会决定。”

“哦，难以想象。我还以为族长可以决定并改变一切。”我笑了。踩着软软的绿草黄花，和伊丽娜阿姨一起走到溪头，我心情愉快，野外的新鲜空气让我感到从未有过的放松。

“不。你不了解这儿。其实，我最喜欢的就是在这里没有绝对的特权。任何人任何事都一样处理。如果你现在不是有身子了，达雅克人是不可能让你白吃白喝的。这听起来有点不近人情，但是，就是有了看似不近人情的约定，才会有眼下的人人平等。”她望着我认真地说。

“这儿真有绝对的平等吗？可是，为什么你和乌沅在这儿有一种高高在上的感觉。这种现象又怎么解释呢？”我笑着问她。

“不，你错了。乌沅是因为勇敢而成了头人，头人是受人尊敬的。但是，头人并不意味着可以享有特权。当然，我是因为乌沅而受人尊重，就像我的孩子们因为乌沅而受人喜爱一样。我们只是这儿最受欢迎的人，但这并不等于我们可以随意地享受特殊的待遇。其实，乌沅很不容易，你要知道，他带队出猎，必须冲在前头，在与大野兽作战之时，冲在前头就意味着更为危险。他带领部族在丛林讨生活，必须深谙丛林法则，必须比其他的达雅克人更懂得丛林，比如说他要准确地预测动物的行踪，他要知道动物偏爱何种植物，甚至他要清楚地说出夜行动物惯常走的路线。只有深谙丛林，只有利用这些知识做出细致而周密的计划，他才能做到百战百胜，他所有的威望都是建立在这个基础上的，只有带领达雅克人走出饥饿，走出疾病，他才会受人尊敬。当然，从表面看来，他的话像是圣旨，实际上，他只是遵照前人的所有规定履行职责。”她笑着耸了耸肩。

“可是，如果他愿意的话，他完全可以对他所爱的人有所偏袒对不对？既然他深具威望，他也完全可以利用威望做些对他本人更有利的事？”

“是的，他完全可以如你所说的那样做，比如他可以让我不参加劳动，或是可以让他的孩子们有更好的照顾。这对他来说很简单，动动口就可以了，没有人会抗议，也没有人敢抗议。但是，他很明白他不能这样做。他的生存条件，他的所有文化都很清楚地告诉他，要生存的话，就不能有怠惰或偏袒，任何人都不能。否则，这个族群将受到伤害，死神将会悄悄地来临。”她说着静静地看着我。

“被丛林淘汰，并不需要任何不测的天灾。”她强调。

“会那么严重吗?”我提出质疑。

“是的，很严重。丛林有一条生物链，达雅克人也有一条生物链，这条生物链就是千年得以生存的基础，谁也不敢随便去打破，这条生物链是建立在平等的基础上而最终达到平衡的，如果你借特权侵害了别人的利益，别人也会借特权侵害你的利益，一旦平等被打破后，平衡就失去了根基，平衡失去根基后，这个族群的力量就被削弱了。你知道，丛林法则是弱肉强食，在丛林里失去平衡，失去共同合作，削弱了力量，那这个族群也不会长久。冰儿，达雅克人深谙自然，也敬畏自然，所以他们总是世代坚守族群的文化与规定。平等共存是最基本的生存法则。与同族人共存，与大自然共存，这是他们文化的精髓。”伊丽娜阿姨笑了。她拉起我的手，轻轻地拍了拍。“冰儿，你不了解这儿。若有一天你读懂了他们，你会喜欢上他们的。”

我笑着摇了摇头。“我不知道会不会等到读懂他们那一天。伊丽娜阿姨，说真的，我害怕这儿，这儿的一切都让我害怕。我居住在这儿找不到安全感，就像被困在岩洞一样，我觉得这儿和那个岩洞没什么区别。还有，这儿的人……哦，我很难理解他们。”

“冰儿，不要拒绝他们，和他们交朋友吧！他们会是很真很铁的朋友。”

“嗯！我会尽力的。”我笑着冲她点点头。一边走一边聊，不知不觉已经沿着小溪走到了河岸边。这条河就是几个月前我们跨桥经过的河流，远远地还是可以看到河岸下边那清瘦的竹桥凌空而立。

“瞧，看到了没有？那一棵望天树。”伊丽娜阿姨抬起手指着前方说。我看到了，是望天树。正如她所说的，跟那莫林子里的望天树一模一样。它高耸入云，它孤独傲慢。

“就是它，每一次见到它我就会想到爸爸。”她静静地凝视着望天树。

“望天树！关于望天树，是不是有什么不为人知的故事？”我忍不住嘀咕起来。我想到罗爷爷，也想到了宛月汀。

“或许吧！爸爸应该有一个秘密，只有望天树知道他的秘密。小时候听妈妈说，那莫林子里的望天树是爸爸从丛林带回来的。”

“妈妈？”我惊讶地看向她，这是我到红房子后，第一次听另一个人提起那个几乎被忘却的女人。

“是的，妈妈。她如果活着，现在应该是七十八岁了！她小父亲三岁。”她说。

“她已经不在了？”我问。

“是的，我六岁时，她就走了。”

“六岁?”我吃惊地睁大眼睛。

“是的，六岁。她走时我一点都不知道那就是永别。”她苦涩地摇了摇头。

“她叫宛月汀?”我忍不住问。

“不，她叫苏克西米。她是地地道道的阿鲁达雅人，她的故乡盛产西米，所以她叫苏克西米。”她说。

“是吗?她长得很漂亮吗?”不知道为什么，我希望苏克西米就是宛月汀。

“不，一点都不，这是主麻说的。当然，在我的记忆中，妈妈是最美丽的女人。她很爱我，她从地里回来总要给我带回一堆新鲜水果。她知道我喜欢山竹，她在园子里种了很多很多山竹，第一颗成熟的果子一定是我的。”她定定地说。

她的话不禁让我也深深地想念起断了音信的母亲。“是的，每一个妈妈都爱着自己的女儿。”我轻轻地呢喃着。

“可是，不知道为什么，爸爸对妈妈总是很粗暴。爸爸从来没有关心过妈妈。如果爸爸稍微待妈妈好点，那一年妈妈应该不会匆匆离去。”她说着轻轻地叹了口气，“妈妈得了痢疾，刚开始，爸爸不给她请医生。后来病情重了，医生来也没用了。”

我感到难过，我知道苏克西米不是宛月汀，我确信她所说的妈妈并不是她真正的妈妈。我不知道罗爷爷为什么娶苏克西米为妻，看起来罗爷爷并不爱她，她或许只是罗爷爷满足某种欲望的工具而已。

“妈妈走的时候一直拉着我的手，我以为妈妈睡着了，我并不知道她睡着以后就再也醒不来了。并没有人因为妈妈睡着而伤心，我也没有。我以为妈妈太累了，她需要休息。当然，大人总有办法让我对妈妈放弃幻想。当我对妈妈的思念越来越淡后，我长大了，我连伤悲都忘记了。”她苦苦地笑了笑。

“后来，关于妈妈的故事，我只能通过主麻了解一些。主麻说妈妈是从山上来的，是一朵毫无特色的山花，除了不怕风雨外，没有任何观赏性，所以爸爸不爱妈妈。我听到主麻这样子谈论妈妈很难过，但是记忆里爸爸确实从未爱过妈妈。”说到这里，她抬起头茫然地望向远方。我不知道她看到了什么，或许她记忆中的妈妈还是清晰可见的，或许她记忆中的妈妈早已经模糊得不成模样了，她只能空洞地幻想着，幻想着……

“当然，妈妈还是有很多优点的，主麻说妈妈很能干，橡胶园有一半的树都是她种的。她还是一个割胶能手。”她突然补充了一句。我知道她肯定看到橡胶园里勤劳的女人了，在那莫村庄当个橡胶能手并不容易。

我静静地望着伊丽娜阿姨，望着她我似乎也看到那莫村庄，看到了村庄外的橡胶园和她的妈妈。凌晨的脚步声总是很准时响起，劳作者的习惯是自然养成的，不需要闹铃，再沉再美的梦，都会按时惊醒。那醒来的当口，就像一个机器人被输入了口令，带着机械的惯性从床上弹跳起来。她的妈妈是一个矮小粗黑的女人，揉揉眼睛，然后用冷水冲冲脸，胡乱抓过一块面包或榴莲糕，三口并做两口，塞到了嘴里。窗外陆续传来哐当声，那是扁担的铁钩和胶桶碰撞的声音。这声音就像工头吹响的上工哨，一声声催促人加快速度。匆匆套上粘满胶渍的工作服，戴上工作帽和胶灯，拎起电盒系在腰左边，再拾起胶线袋绑到腰右边，检查一下胶刀胶刮，然后，撩起扁担挑上胶桶，哐当哐当麻利地摇摆着，笼进了宁静的夜色。一夜又一夜，她都是这样醒来，并开始一天的劳作。橡胶园，泥土与作物，交织出甜腻的香味。有人在耳边诅咒——这深更半夜的，这该死的树，真是挨千刀的。“挨千刀的”，这就是人们给橡胶树下的魔咒，橡胶树没能摆脱这恶毒的咒语。沿着阴沉沉的林子走去，头上的胶灯孤独地投射出一道惨淡的黄光。地势平坦，只要沿着直线走着，半梦半醒也无所谓。田间蟋蟀的叫声极其执着，那单调而高亢的呼叫，使夜色更加凝重。当然，最令人发怵的是那偶尔从头顶树上爆出的一声声撕裂长空的惨叫，那是猫头鹰的哀号，这令人毛骨悚然的声音，总勾起人们关于坟墓骷髅之类最黑暗最恐怖的联想。听着这声音行在夜路里，不想清醒也不行了。进入种植园就近了，或许她割胶的树位不算太远。种植园纵深处不时有点点亮光闪动，这点点像萤火虫的光亮，是其他早到的胶工头灯投射回来的。割胶对这个女人来说或许真算不上什么事，擦胶杯，整胶舌，拨胶线，女人熟练地摆弄着。下刀，行刀，收刀，她总是那么敏捷而准确。她并不需要担心割太深或太浅，她不会让母树受伤，她也不会让胶乳流少了。她厚实的手，敏捷而有劲，一刀一刀，她快速而准确地剜着，顺着树干斜斜地转圈儿，一片片树皮轻悠悠地飘落下来。在这片神奇的土地，每一个东西在她心目中或许都有自己的灵性。这胶树呢，也一样有它自己的灵魂，它一定是恶灵，因此它才每一天都得承受被人剜割的苦痛。望着那汩汩的白色胶乳从割痕中慢慢渗出，细细地汇成流，一股股沿着割口流入胶杯，她被它深深地触动了，她或许深深地渴望着自己体内也能流出这样浓浓的白白的乳汁。不知道为什么，上天剥夺了她作为女人最起码的权力，她始终没有像别的女人那样流出这浓浓的白白的乳汁……

4

围猎的男人一个星期后回来了，但是只回来三个人。

长屋里，静悄悄的，被一种强烈的不安笼罩着。长屋中间，伊丽娜阿姨的屋子里断断续续地传来乌沅恼怒的嘶吼声。乌沅是被两个达雅克青年背回来的。除了乌沅和两个达雅克青年外，并没有见到其他男人的影子。我坐在窗前静静地等待着，日头从头顶慢慢地歪向脑后，天空中扬起红色的霞光，霞光下，林子被抹上淡淡的红晕。我再也忍不住了，我向伊丽娜阿姨家走去。我要知道其他男人去哪了，小三去哪了。可是，在长屋中，我被眼前的情景惊呆了，大厅里外站满了惊恐的老老少少，他们闭着眼睛，嘴里低低地念叨着什么。一个老妇人站在大厅中间的一块木桩上，头顶上插满征兆鸟的羽毛，手上拎着一片木头咒符。她闭着眼睛，使劲地晃着头，双手挥舞着木头咒符，那干瘪的嘴巴微微地颤动着，和她胸前干瘪的乳房一起颤动着。我不敢再往前走，我怕惊扰了他们的神灵。伊丽娜阿姨曾说过，这儿的人相信巨大树冠下的所有生命都有自己的灵魂，有些是善良的灵魂，有些是邪恶的灵魂，这些灵魂通过各种征兆同人取得联系，这儿的人时刻要遵循这些征兆。今天，乌沅受伤回来了，这是前所未有的事，乌沉应该是这个世界的精神支柱，乌沉的倒下将给这个世界带来什么样的征兆呢？我望着那干瘪的老人，我猜想那应该就是传说中的巫师带着族人联系征兆鸟，或者是巫师在联系创造世间生灵的 BaliMbutun 神明。希望他们从神明那儿得到的并不是一个坏消息。

我悄悄地退回到屋里，并没有莽撞地敲开伊丽娜阿姨家的门。我一个晚上都没合眼，躺在地上翻来覆去，脑袋沉重而混乱，小三和其他的达雅克青年，一个接一个地跳入眼前。丛林不远处，那个熟悉的象道上，那些原本悠哉的象群们，它们一定愤怒了，这一群矮小的男人惹怒了它们，它们向他们冲过来，有人被踩在象脚下动弹不得，有人被象鼻卷起来甩得很远很远，有人挂在树梢呻吟着，有人躺在地上哭喊着，也有人站在远处瑟瑟发抖着。在象群愤怒的吼声中，在这大自然强大的力量之下，这一群赤裸的男人显得那么渺小，渺小得微不足道。那些留下巨大足迹的坑道，是否已经被殷红的鲜血注满了？我和小三曾经携手一起跨过的象道，是不是躺满了达雅克绝望的年轻人？小三呢，他是不是也绝望地躺在那儿，躺在我们一起走过的土地上？一群大象，一群男人，这是力量悬殊的搏斗。谁会被上帝抛弃呢？躺在床上愤怒的乌沉似乎给出了答案！

我瞪着大眼望着黑洞洞的天花板，小东西在我肚子里不停地踢蹬着。很奇怪，我没有太伤悲，也没有痛哭流涕，甚至没有恐惧。这一夜，我将所有的希望与绝望全交给了上帝，我不抱任何幻想，我也不想太悲观，人还没有回来，至少还有一线希望，就像崇明叔叔，就像一民。没有回来，就有活着的可能。

我已经习惯了这样的等待。

我是在第二天才见到伊丽娜阿姨的。她匆匆走过我屋前，被我叫住了。她看起来憔悴了许多，我知道乌沅是她的世界，他倒下了，她或许开始反思自己的选择是否正确。她应该思考这儿恶劣的生存环境是否真的适合她。我叫住她时，她无助地看了我一眼，我第一次从她的眼神里捕捉到深深的伤痛。

“乌沅怎么样了？”我小心翼翼地问。

“很糟，冰儿，真的很糟。他伤得不轻——不轻——”她热泪盈眶。我心里难过极了。“不要担心，会好起来的。”我知道我的安慰是多余的，但是除此之外，我不知道还能做什么。

“冰儿，他是一只受伤的猛兽。你知道，他宁愿死了，也不愿看到自己这么虚弱。他习惯了强壮，他习惯了站立，倒在床上不是他想要的，不是的。冰儿，你知道的，一个病人最要命的就是自我放弃，他倔强到不配合医治。我一点办法都没有……没有……”她哽咽着，痛苦极了。我紧紧握住她的手。“别太担心，会有办法的，他现在心情不好，过一阵子就没事了。”我安慰她。她并没有像往常一样破涕为笑，只是默默地摇头。

“哦，冰儿。真对不起！昨天没来得及告诉你小三的情况。”她总算抬起头来了。泪水已经淌过她的脸颊，一滴滴滴到胸前。

“小三！他怎么说？”我急切地问。

“他说，他让小三带领达雅克青年继续追捕象群。”她不敢看我，或许她知道小三很可能会是第二个乌沅。

“什么！”我惊呆了。她抱歉地望向我，我不知道说什么好。如果小三和乌沅一样也被象群攻击，他还能回来吗？会有达雅克青年带他回来吗？他可是外来者。

“冰儿，神明会保佑小三和达雅克青年的。昨天巫师已经和尊敬的 BaliMbutun 联系上了，他说达雅克族会化险为夷的。”她定定地说着，那忧伤的眼睛突然放出异样的光彩。

“你真的相信神明吗？”我忍不住问。

“冰儿，这儿没有人不相信神明。神明无处不在，无处不在……”她轻轻地念叨起来，虔诚的神情让我难以相信她是从现代文明中走过来的人，我甚至难以相信她曾经受过高等教育。

“无处不在？”我疑惑地跟着念叨起来。

“冰儿，你一定要相信神明，神明会带他们回来的，小三会回来的。”她说着紧紧地握住了我的手，“今天要祭神明，冰儿，无论如何你一定要参加，为了小三，你一定要参加。”

“嗯！”我点点头。我不想让她太难过。

“你先准备一下，我会叫人过来带你下楼。”她轻轻拍了拍我的手，脸上露出了欣慰的笑容。

她走后没多久又折回来了，带来了一个老妇人。

“冰儿，赛里买带你去参加祭祀会。”伊丽娜阿姨拉着老妇人对我说。

“嗯！好的。”我笑着点头。

我认识赛里买，她是我常关注的老人之一，她和她老伴总是坐在门口编织篮子，她手脚麻利，在老人中谈笑风生，那皱得分不开眉眼的脸上常挂着开心的笑容。

“她会照顾你，你跟着她就行了。”伊丽娜阿姨拍了拍我的手，说完就走了。

为了和我搭上话，赛里买像往常一样放慢语速跟我交谈。她扶着我艰难地下了木梯。她告诉我，她要先带我去溪边洗脚。我并不明白这是为什么，我问她，她说见神明要手脚干净。小溪本是孩子们的天堂，今天却多了许多老人和妇女。人人都在认真地洗着别人的脚。他们都是帮别人洗脚，或者说是互相洗脚，并不是洗自己的脚。孩子们也一样。伊丽娜阿姨家的孩子也在，但是，没见到伊丽娜阿姨。当然，赛里买会帮我洗脚，可是，我却因为俯不下身而无法帮她洗脚，我只能望着她说抱歉。我不知道她听到了没有，她帮我洗完脚后并没有直起身来，而是伸手帮旁边另一个人洗脚，当然有一双黑黑的大手伸向了她，她的脚有人来洗了。望着这争着为别人洗脚的奇特情景，我说不出自己的感觉。在我看来，脚是一身中最脏的部位，如果有脚气的话，那更是不堪想象的。如果我并没有挺着个大肚子，我会俯下身去帮一个陌生人洗脚吗？我想起小三的脚，那又臭又脏的脚，我帮他洗过，非常认真地洗过。

不知道什么时候，两个达雅克青年扛着乌沅下来了，当人们拥到溪头争着帮乌沅洗脚时，我才发现。乌沅脸色苍白，但是两眼炯炯有神，他是微笑着迎接洗礼的。从他的微笑里我看到了希望，这不是一个随便可以被打败的人。伊丽娜阿姨下到溪里来，赛里买立刻伸手帮她洗脚。我站在溪里望着他们，溪水静静地淌着，没过我的脚踝，没过嬉笑着的老少的脚踝。他们的脸上洋溢着单纯的快乐，一点都看不出苦难的忧愁。

号角在岸上吹响，人们向巫师聚拢。巫师还是昨天那个巫师，头上插满犀鸟羽毛，手持木头和槟榔树花。乌沅被抬到前头，跟在巫师后面。巫师吹着号角朝林子走去。人群纷纷从地上捡起槟榔树花，跟着巫师朝林子走去。

我和达雅克老少一样，光着脚丫子走进了林子。

被雾露打过的土地是潮湿的，林子里的小路是潮湿的。脚踩在泥土上冰凉而黏糊。我不能保证这样子走下去，我的脚会保持干净，当然达雅克人也一样，我看到许多人的脚丫子都沾满了泥巴，看起来黑乎乎的。我忍不住问身旁的赛里买，脚脏了怎么办？她低头看看我，若有所思地摇了摇头说："很干净。"我困惑地看着她，我从未注意她的视力问题。突然她又加了一句："土地是众神的家。"众神就是万物，泥土是养育万物的，我忽然明白了，她的意思是说众神都离不开土地，泥土并不是脏物。

达雅克人在桥头停下来了，这是记忆中可怕的桥头。我第一次站在这桥头瑟瑟发抖的情形历历在目，小三就是倒在这儿的。一股深深的思念与担忧袭上心头。我抬起头望向对岸，一股莫名的痛楚侵袭而来——他还能回来吗？

号角一声声响在耳畔，达雅克老少的呼喊声也一声声响在耳畔。我看到达雅克老少走下河岸，岸边小舟静静地浮在水上，河水依然静静地淌着，偶尔可以窥见一两只鳄鱼漂到水面。"鳄鱼，有鳄鱼。"我喊叫起来。为什么他们还走下河岸，他们没看到鳄鱼吗？我向赛里买叫起来。赛里买不以为然地笑着，她让我不要出声，别惊动了神明。前头的老人妇女已经将巫师和乌沅送上了小舟。小扁舟朝河中心划去，小舟划过的地方，一群鳄鱼紧紧地追随着。乌沅将准备好的锦鸡和野牛肉，一块块地递给巫师，巫师呼喊着神明，岸上的达雅克人呼喊着神明，老老少少呼喊着，雀跃着。在喊叫声中，肉一块块地被投到河中，这是从达雅克人口中省下的肉，如果我没有猜错的话，这投下去的就是达雅克人今天的午餐或是晚餐。河面上红红的鲜血荡开了，鳄鱼们开始了丰盛的午宴。它们绕着小舟，轻轻地摆动着尾巴，那血盆大口突然显得优雅而含蓄了，没有想象中的抢夺或是混战，它们按次序等待着，一个接一个地昂着头等待着。巫师站在船头，她挥舞着手上的木符牌，跳着叫着。她杀了所有的锦鸡，她投完了所有的牛肉，她碾碎槟榔树花，她将花瓣一片片地投到河中，随着呼唤与祈祷，一片一片地投进河中。

“你觉得它们吃完水中的肉，会开始吃船中的肉吗?”我担忧地望着雀跃的赛里买，问道。她似乎没听明白我说什么，我解释了一遍，鳄鱼吃完水中的肉后，会攻击小舟上的人吗?她听到我的话似乎很惊讶，她不明白我为什么要这么想。她愕然地瞪着我看了好一会儿才说:“不，神明会保护善良的人。”

“你是指祭祀的河神会保护人们?鳄鱼不敢伤人?”我依然困惑地望着她。她冲我摇了摇头，又点了点头，我最后才搞明白，鳄鱼就是他们的神明。

很奇怪，鳄鱼们并没贪婪地围着小舟转，它们似乎并不觊觎船上的人，它们如果真想，掀翻小舟是轻而易举的事情。当然，它们并没有这样做，正如赛里买所说的，它们分享了飨牢之后便听话地散开了，它们看起来听得懂他们的话。印象中，那莫村庄凶猛的鳄鱼在这儿显得温顺多了，合作多了。

中午，我们离开了河边，一路上我都没有见到伊丽娜阿姨。

回到长屋，我一直想找伊丽娜阿姨聊聊，我无法忍受这看起来胜算不大的等待，静静地等着，我会发疯，我想问下乌沅，象群离这儿多远，如果顺利的话，他们几时能回来。我想了解尽可能多的情况，可是几次走到伊丽娜阿姨屋前，都看到屋门紧闭，门口挂着串串狰狞的兽牙，我知道这是达雅克人的避邪物之一。我不敢敲门，我怕我的莽撞不经意间冲撞了神灵，我在她家门口站了一会儿后，又转回自己屋。我守在窗口，看到伊丽娜阿姨的孩子们又到溪头玩耍了，快乐的呼喊声一阵阵地从远处传来。孩子们无法分担大人的痛苦，他们的单纯与无知给他们带来简单的快乐。不过现在，我觉得达雅克人似乎跟孩子一样，他们看起来是那么容易满足。容易满足也就容易快乐，这看起来并没有什么不好的，但是之于我，我明明知道很多不幸都可能发生，要我就凭借巫师的几句话就放心地快乐起来，这太难了。长屋又回到了平日的秩序，老人编织，年轻人采集食物，孩子们玩耍，大些的孩子捡干柴或帮忙采集食物。除了乌沅躺在床上像只困兽一样难过，或许也只有伊丽娜阿姨一个人守着丈夫感到恐惧了。我始终没有敲开伊丽娜阿姨的家门，我绕过她家走到赛里买家。赛里买正和她的老伴叨叨着，她的手快速地转着，手上的活计一刻不耽误。她见到我很高兴，上午的相处似乎拉近了我们的距离。她站起来要扶我坐到她身边，她知道我自己是无法往地上坐的。我依着她坐下。她还是那样乐呵呵的，眉开眼笑，看起来很快乐。

“你不担心你的孩子回不来吗？”我问。达雅克语说起来挺别扭，但是我相信她会明白我在说什么，就像我明白她一样。

“不，一点都不担心。”她笑着，嘴咧着，我看到了秃秃的牙床。

“可是，我很担心。象群，愤怒的象群，他们如果明智的话，应该放弃愤怒的象群。”我说。

“不，孩子。不能随意谈放弃。”我猜她是这样回答我的，我并没有听懂她这句话，但是从她的神色里我猜出了答案。“达雅克人有神明罩着，他们会回来的。”这句我听明白了。

“你们真的以为神明会保护他们？”我几乎多余地说出了内心的困惑。

“是的。你等着看。下午，晚上，明天，后天，他们随时都会回来的。”她笑了，“祭祀做完了，围猎的人就会回来了。”

“你真觉得有用吗？祭祀做完了，围猎的人就可以回来了？”我疑惑地重复着。

“是的。你必须相信神明。”她笑着，浑浊的双眸直盯着我。我也笑了，我不想让她失望，我并没有说出我担心人群与象群力量的悬殊。

当然，这长屋里除了我忧心忡忡地担心着围猎的人外，好像没有其他人了。这儿的老老少少都从巫师那儿得到了好消息，他们又开开心心地过起简单而快乐的日子。有了神明的预言，他们相信在外面围猎的年轻人会凯旋。尽管凯旋的队伍里没有乌沅会令人感到遗憾，但是他们相信只要有神明，外出的队伍一定会回来。乌沅看起来只是神明的代理人，他们心中的 Bal-iMbutun 神明才是真正的主宰。这个下午，我渐渐地明白我彻头彻尾地错了，乌沅并不是这儿的精神支柱，乌沅只是这儿勇敢的象征，我也开始明白伊丽娜阿姨是正确的，这儿没有绝对的统治，也没有绝对的特权，无论从丛林生存的角度讲，还是从他们文化信仰的角度讲，他们都不可能存在强权与统治。

我在赛里买家待了很久，直到傍晚，孩子们回来了，外出采集食物的妇女们回来了，我才离开他们家。和往常一样，我们在大厅里分享果实，妇女们会将采集回来的果实全部堆在大厅，孩子们会静静地等待食物，无论食物好坏，没有人争抢，人们已经习惯了拿一个递给别人，而不是先放到自己嘴巴。在这个长屋里，我渐渐喜欢上了这一点，我渐渐明白了伊丽娜阿姨的话——这儿的人从一出生就懂得分享。

我胃口一直很好，这让我感到很惭愧，我要吃比别人多一半的食物，而我却不能劳动。小三在的话，他可以通过自己的努力补偿我的缺口，我大口分享他们的果实时才不会不安。可是现在，如果小三他回不来了呢？我不敢往下想。这一餐我吃得很快，当我吃完晚餐回到自己屋里，我难过得几乎要哭起来。我站到窗口，尽情地让晚风吹拂我的脸，我的头发，我要在风中疏散郁积在心中的忧虑。天已经全黑了，林子里已经见不到美丽的山花，远处除了黑压压的树丛外，就是满天的星斗了。

今晚没有月亮，星星显得特别明亮。有人说过萤火虫照亮前方，此时，我宁愿相信星星照亮前方。那星星照亮的地方是不是达雅克青年回来的地方？我痴痴地望着远天，奢侈地想着。

我并不能确定自己是不是第一个看到丛林里的火把。当我第一眼望见它们时，我只以为是天上的流星滑落人间，我甚至悲伤地想到，天涯某处什么人将被带往天堂。当然，那闪烁的光圈越来越大，越来越近了，当林子被那摇曳的火光照亮时，我看到赤裸的胸膛，赤裸的胸膛前顶着的庞然大物。长屋里传出尖利的呼叫声，那是兴奋至极的喊叫。老老少少全拥到了阳台，有人甚至已经点上火把冲到楼下去了。号角声随之响起，这是集结的号角，也是凯旋的号声。更多的人走到楼下，草坪上架起了篝火，没有人怀疑这是凯旋，百分百地肯定着一场庆祝凯旋的欢迎式将要被揭开。我压抑内心的激动，静静地望着林子，又静静地望着草坪。草坪上的人手忙脚乱地生起火，并且兴高采烈地挥舞着火把跳起舞来。一群载歌载舞的妇女，那沉甸甸的乳房在火光中闪烁着，摇晃着。

男人们终于回来了。人群挤成一团，火光中到处是光光的屁股，光光的胸脯。那庞然大物被放下了，借着火光，我分明看到一头巨大的公象，那长长的象牙被撩在了一边。我试图寻找的人一直没有出现，这让我忐忑不安。号角声与嘈杂声响成一片，男人与女人混杂着，我根本看不清谁是谁。我真想跟着他们冲到楼下去一个一个查看。可是，我知道这混乱的场合并不适合我，我不能让我的孩子在这样混乱的情况下受到惊扰。

火光中，一个人被抱起来了，几个人围过去了，我看到了，那熟悉的白屁股被举起来了，他似乎支撑不住要掉下去，我的心一下子跳到嗓子眼。他就要掉下去了！人群接住了他，我的担心是多余的。门口有人在叫我。赛里买探了探脑袋，她还是满脸堆笑，似乎在说——看，是不是，他们回来了，神明带他们回来了。她笑着问我要不要下楼。我冲她摇摇头。她笑呵呵地独自扭动着干瘪的屁股举着火把下楼了，我望着她渐渐地远去，那跳动的火红的光圈也渐渐远去。我又转头，静静地望向草坪，一块肥大的肉悬在篝火架上了，那快乐的男男女女已经围在篝火边，他们手拉手跳着唱着舞着。女人们肥硕的屁股和颤动的乳房是火光中一道明灭的景，而男人们五颜六色的文身却给这夜晚投来了鬼域的清冷。我远远地望着他们，突然希望自己是他们中的一员。这是我来到长屋首次萌生加入他们的念头，不过，很快我就放弃了这种幻想，我无法忍受自己光着屁股晃着乳房，披头散发，嬉笑着与同样光溜溜的男人们搂抱一团。相拥着的赤裸身躯，会让我产生不洁的念想，尤素夫和它的女人，我和小三，草坪上的达雅克男人和女人，这每一个幻想都会让我欲火焚身，而我却不能像达雅克女人一样，拉上男人的手走进草坪，找一块平地，在火热的抚摸与喘息交融中了结一些……

远远地望着篝火，我静静地摸着肚子，小东西又在猛烈地踢蹬了。小三回来了，这是最重要的。

不知道什么时候，伊丽娜阿姨来到我身边，当烤肉香喷喷的气味迎面而来时，我以为香味是随风从楼下吹来的。伊丽娜阿姨看起来开心极了。她似乎忘却了乌沅的伤痛，好像所有不幸都没发生过。

“冰儿，为什么不到楼下去？”她笑盈盈地挨着我站到窗边。

我回过头来微笑着说："在这儿安静一点。"我瞥见了她手上的肉，她将它递给我。"拿去吧，赶紧吃，这可是你的小三带回来的。"她笑着说。

我犹豫了一下，立刻接过来。"谢谢。"我话音未落便毫不客气地狼吞虎咽起来。大口吃肉，大碗喝汤，我已经想了好久好久了。

"其实，你可以到楼下去，你应该参加这样的活动，他们的快乐你应该分享。当然了，小三这次可是立了大功，那可是一只成年公象。你看到没有，他被高高地举起来了，他在达雅克青年心中已经是一个英雄了。你真应该下楼去祝贺他。"她笑盈盈地说着，"乌沅没看错人。他将重担托给了小三，小三没有让他失望。"

我突然想到，乌沅看到这样的情景会是什么心情？曾经的勇士，他会以怎么样的心情迎接属于别人的凯旋呢？

"乌沅呢？他好吗？"我怯怯地问，我怕我的问话让她想到自己老公的没落。

"嗯，他很好。今晚他很开心，这是他回到长屋后最开心的时刻。你不知道，他一直在念叨着，他说他就知道会看到这一幕的，珀南人会有希望，珀南人不能因为他而被淘汰……"

"珀南人？"我惊讶地叫起来。

"冰儿，怎么了？"她困惑地问道。

"哦，不。没什么。"我含糊地应着。

"珀南人是达雅克族的一个分支，他们有别于猎头族，冰儿，你不用害怕。”她轻轻拍了拍我。

“嗯，我知道。只是我以前听说过珀南人是人类的猎人。他们不需要人头，但是，他们会猎人，猎杀不同于他们的人类。”阿玛倒下的一幕又展现在我眼前，我不想告诉她因为阿玛死了，所以两个珀南人也遇难了。

“冰儿，珀南人并不猎取无辜者，他们只猎杀侵犯他们土地的人。当然，在丛林深处还没有人真正侵犯他们，所以，他们至今还没有‘战争’一词。”她耸了耸肩轻轻地笑了。

“哦！那可能是我误会了。”

“冰儿，你应该相信这儿的人。乌沅受伤回来一直处于愤怒之中，他恨自己没能尽职，半路被踢下来。他从未因伤痛而呻吟过，他一心挂念的都是珀南人的明天。今晚，他看到了希望，他可以放心地退下了。”她静静地看着我，面无表情。

“他会好起来的。只有他才能带领珀南人走出重重困境。”我说。

“不，冰儿。他已经不行了，他恐怕这辈子都站不起来了。”她说着，垂下了头。

我惊讶地望着她，她看起来不是在吓唬人。

“冰儿，小三让他看到了希望。”她嘟哝着。

“是吗？”我盯着她莫名地紧张起来，我并不希望乌沅喜欢上小三。“一次两次的胜利并不能代表什么！当然，最主要的是，小三只是个过客。达雅人离不开乌沅，我相信你会让乌沅振作起来的。”我静静地望着她，我不想伤害她。

“冰儿，你不懂。乌沅，他已经无能为力了……无能为力了……”她声音越来越低，她害怕说出什么，我看不清楚她是否流泪了，但是我可以感觉到，她伤心极了。她似乎不仅仅看到丈夫倒下，她看到的是心中的神倒下了。

“别想太多，实在不行，你还可以回赤道城。”我难过地安慰她。

“不。不可能。”她突然提高了声音。她激烈的反应出乎我意料。

“为什么不可能？罗爷爷，雪儿，所有的人都在盼着你回去。”我脱口而出。

“你要知道，那个世界已经是过去的了，那个世界像是上辈子上帝恩赐我的——是上辈子。现在，现在我属于这儿，我和我的孩子们都属于这儿。”她痛苦地望向窗外，“你看到了没有，他们每一个人都是我的亲人，我怎么能独自离开呢？”

我愕然地望着她，我知道说什么都没有用了，我突然明白她已经不是赤道城的她了，赤道城的伊丽娜阿姨已经不在了。

“冰儿，你看他，他虽然受伤了，但是他还是大家的中心。”她说着，伸手指向了人群。我顺着她所指的方向望去，我看到火边的乌沅坐在地上大口吃肉，一群男女正围着他手舞足蹈着。他似乎也和着掌声舞着手摇着头大声吼叫什么，一点都看不出沮丧来。

“他是坚强的。”我说。

“是的。他是坚强的，但是面对恶灵，他无可奈何，他预感自己无法驱逐恶灵了，巫师的槟榔树花和祈祷已经无法找回他神志恍惚的灵魂了。他今晚很开心，他今晚也很认真，你看他大口吃肉，其实他是在睁大眼看人，他要在人群中选出一个传承‘衣钵’的人。在他离开之前，他要将自己的丛林‘秘籍’传授给那个人。你知道的，他有很丰富的丛林生活经验，这些经验撰写成书就是中国人口中的‘传世宝典’。他需要找到合适的人，今晚他开心的不仅仅是猎获大象，他开心的是，他找到人了。”她低声说着，没有眼泪，只有沉甸甸的痛。

“他找到人了？”我重复着，我有种预感，一种不祥的预感。

“是的，找到了。”她低声说。

“谁？”我急切地问。

“达姆让。”她应道。

“哦，谢天谢地！我还以为你要说的是小三。”我如释重负，开心地笑起来。

“你知道小三并不是达雅克人。”她说。

“是的，我知道。”我开心地说。

“小三可以是达雅克人的英雄，但是不会是珀南族的族长。”

“嗯，我明白。”我轻快地应着。

“哦，达姆让是谁？”我突然想起来，好奇地问。

“达姆让你应该知道的，就是赛里买的儿子。”

“哦，是他。他原来是乌沅的助手？”

“是的。他一直都是乌沅的助手。在没见到小三之前，乌沅最喜欢他。当然，小三总是在破纪录，第一次狩猎就猎到野牛，这在达雅克族并不多见。乌沅喜欢小三胜过达姆让。”她望着窗外狂欢的人群说。

“嗯，我知道。”

“不过我觉得乌沅没有选择的余地，他只能将‘衣钵’传给达姆让，尽管达姆让与小三相比逊色许多。”她说到这儿遗憾地耸了耸肩。

“嗯，我也这样认为，毕竟我们，我和小三，都是匆匆过客。”我强调了我们，我不愿意待在这儿，当然小三也不可能留在这儿。

“冰儿，你们离开了我会很难过。”她紧紧地抓住我的手。

“哦，别难过，我会回来看你们的，我会的。”我莫名地开心起来，感觉自己即刻就要离开这该死的丛林。

伊丽娜阿姨在窗口陪我站了好一会儿才离去。楼下的人群也开始散去，人们似乎唱累了舞累了。乌沅被达雅克青年扛回长屋，伊丽娜阿姨也回到了长屋。夜深了，草坪恢复了平静，长屋沉入了浓浓的睡意中。天上，星斗忽闪着，地上，篝火继续燃烧着。

小三回到屋里，他静静地从背后搂紧我，黑暗中，我紧挨着他。担惊受怕过后，总会有一种重生的感觉。见到他，我就像捡回了一条命，满心的惊惶与欣喜。他双手放在我肚前，感受着孩子的踢蹬。他是达雅克人的英雄了，从今往后，他就是达雅克人崇拜的英雄了，孩子会因为爸爸而高兴吗？不，孩子会和我一样并不以为然，因为爸爸不是达雅克人，爸爸不属于这儿。

“你知道吗？这儿的达雅克人就是珀南人。”我轻轻说。

“嗯！我知道。”他应着。

“你早知道了？你怎么都不告诉我？”我惊讶地转头看向他。

“一定要告诉你吗？珀南人也是达雅克人，只是他们不猎头。他们并不像其他达雅克人那么好斗。”他低声说。

“可是你说过珀南人是人类的猎人。你说过的，他们不猎头可是要猎杀人的，所有与他们不同类的人，比如你和我。”我质问着。

“嗯，我是说过。詹姆斯的日记里的确这样写着。当然，现在看来很可能是那个英国人并不了解他们。或者说那个英国人跟珀南人相遇时产生了冲突。可能他们相遇时，英国人拿枪对着他们了，他们最讨厌被威胁。他们或许对英国人做了什么不堪的事，比如说杀了他的仆从或是什么的吧！不过，在英国人记录下珀南人猎人后，他像人间蒸发了似的失踪了。记录珀南人是他日记的最后一页。你知道的，我曾经问家人，为什么日记断了，家人伤悲地摇了摇头。”黑暗中我可以感觉到他也很困惑。

“我猜想那个英国人或许也被珀南人杀了。”我说。

“是的，我也这样想。”

“可是，他们并没有杀我们。”我说着心头莫名地涌起一股幸运的喜悦。

“是的，他们并没有杀我们。所以，他们并不是所谓的人类的猎人，说他们见人就杀那是不正确的。到目前为止，我还没看到他们如何残暴，相反，他们团结一致、互助友爱、平等自由，这些有趣的秩序倒深深地吸引着我。西方文明社会里的自由与平等是建立在一定的侵略基础上的，立足经济基础上的自由与平等具有很强的相对性与局限性，这跟珀南人的自由与平等是无法比拟的。”他伏在我肩头低声说着，双手在我身上摸索起来，呼吸变得沉重而急促。

“嗯！或许吧！什么自由与平等，我们管不了这许多。现在我只祈祷上帝不要有战争，回到赤道城后能够平静地过着寻常人的生活就够了。”我像呓语一样说着。

“你现在想回赤道城过寻常的生活，可回赤道城后，看到别墅和官邸时，你又会改变主意，到时，你就会想过上等人的生活了。人的欲望总是无止境。”他轻笑着。

“如果有能力，当然也可以去追求更好的生活。这难道不对吗？”

“嗯，或许吧。可是，文明人多数被冠以‘上进’或‘有追求’，让你找足了理由去寻求享受的乐子。没有几个人会去认真思考，是不是正因为有了这无止境的‘追求’才有了无止境的战争与殖民掠夺。科学的发展并没有被拿来更好地保护地球人的生存空间，相反，人们争相利用科学进行掠夺，将贪婪的手伸向国民，伸向外族，伸向自然界。地球的心脏迟早会因为人类的贪婪而停止跳动。好了，我累了。睡吧！”他不快地推开我，转过身。

“你别跟我高谈阔论，我只知道我们需要过上好日子。”我也不快地别过脸。

真没想到这一夜会是这样草草收场。我躺在床上辗转反侧，和前一夜一样，我失眠了，然而，又不一样，我找不出失眠的理由，我只是觉得特别特别难过。我厌恶战争与掠夺，但是我却坚持向往文明世界的美好的生活，我想这并没有错。

5

接下来的几天，小三总在伊丽娜阿姨家里进进出出。他看起来很热衷坐在乌沅旁边听从他的“谆谆教导”。乌沅语速很快，我几乎听不明白他说些什么，每一次跟随小三过去，没坐多久我就会离开他们。这些日子伊丽娜阿姨天天都和达雅克女人出去采集野果，她并没有因为乌沅的特殊情况而躲在家里。八月里，很多水果都成熟了，只要多一个人出门，就会多收获许多许多的果实。芒果、红香蕉、番荔枝、番龙眼、火龙果、百香果，等等。大厅里每天都会摆上女人们从山间搬回来的各色果实。

人人忙碌着，我是唯一一个闲得发慌的。在这极其无聊的日子里，我更多的时间是跟赛里买老夫妇待在一起打发时间。只有他们有兴致听我用最简单的达雅克语言说一些极其陌生而难懂的人与事，他们总是很认真地听着，好奇地问着，当然，他们并不明白我到底说了什么。比如说我谈到赤道城的学校、餐馆、电影院，他们根本不明白那是什么，他们在自己的词汇里根本搜索不到相等同的信息。尽管我会兴致勃勃地跟他们分享过去的生活，尽力表达出我对那些人与事的期待，但是，他们最后愕然的眼神总是让我觉得很失败，我确定自己几乎是对牛弹琴。当然，和他们这样半懂不懂地东扯扯西扯扯，从赛里买口中我也了解到许多东西。据赛里买说，珀南族是达雅克族中唯一的游牧民族，他们通常在河谷或山头搭个简易茅屋居住三五个星期，然后再换个地方。他们转移的频率是由居住地的物产来决定的，物产丰富的地方，他们就会认真建筑竹屋，住下一年半载。赛里买的话让我很震惊，这样的竹屋只是他们一年半载的安身之所，我很难想象他们携家带口漂泊丛林的情形。当然，赛里买谈的最多的还是儿子达姆让。赛里买说他们的儿子非常勇敢坚强，七岁就开始参加劳作，为了救一个伙伴，空手同大蟒蛇搏斗，最终逼走了大蟒蛇。他十岁时射中了一只灰熊，灰熊怒吼着朝他扑过来，他像树一样一动不动，瞪着铜铃大眼虎视灰熊，灰熊在他面前停住了，悻悻地看着他，随后跪倒在他跟前。她说他十五岁就开始跟随乌沅，是乌沅身边最受欢迎的毛孩子。他跟随乌沅四处奔走，除了狩猎、采集外，他还为珀南人探路，寻找居住地，引领珀南人搬迁，等等。赛里买口里的达姆让还是毛孩子，可是现实中的达姆让已经是一个有着三个孩子的父亲了。通过赛里买的只言片语，一个跟随英雄的达雅克青年在我心中逐渐立体化，与此同时我也看到一个未来英雄或头人的影像。

达姆让和所有的达雅克男人一样是矮墩型的，并且有一头乌黑而卷曲的短发。这儿所有的人几乎都有一头乌黑而卷曲的头发，小三说这种羊毛卷的头发在热带雨林更容易透气。他看起来比小三矮一个头，但是壮实黝黑。他有着达雅克人典型的方脸，额头光滑低矮，眉毛粗厚浓密，眼睛滚圆，眼珠子乌黑明亮，看起来总是炯炯有神。当然，他嘴唇浑厚，和所有达雅克人一样，鼻梁粗短，鼻孔粗大。

真正认识达姆让是在一个傍晚，他刚从外面回来，他告诉赛里买他捕了一只母雉，还掏了一窝蛋。赛里买乐了，她从地上站起来，伸手将坐在身旁的我也拉起来，她要儿子带我和她一起到大厅分享食物。一听到肉和蛋，我激动不已，怀孕后食欲无限放大，对肉类食物的渴求常常将我置于贪婪的境地。达姆让并没有像其他达雅克年轻人一样客气而羞涩，他果断拒绝了他的母亲，这很出乎我的意料。当时，我并没有完全听明白他的话，大概意思是说那是为乌沅一个人准备的，他希望乌沅能够早日站起来。他深爱他的首领，看得出来，乌沅在他心目中的分量没有人可以代替。我离开他家时，他并没有让我看到丝毫的歉意，乌黑明亮的眼神和以往一样坦荡而直白，对我这个挺着大肚子的女人，他似乎没有任何照顾的意思，当然，在这个民族里，被照顾并不是一件好事。认识达姆让我感觉非常失望，他并不是我所喜欢的那种懂礼貌有教养的绅士，他直接而粗鲁的拒绝让我陷入极其尴尬的境地，最难以忍受的是，他对此并没有一点抱歉的意思。

我回到屋里，情绪非常低落，小三在阳台外做吹风管，我并没有兴致看他是否完成了岩洞里的半成品，不过我需要一个人解解闷。我朝他走过去，他并没有抬头看我。

“你说说看，我们到底还得在这儿待多久？”我站在他跟前问。

“不会太久吧！具体什么时间你应该问问宝宝。”他应道。

我下意识地摸了摸巨大的肚子。“一个月？两个月？最多不会超过两个月对不对？”一提要回赤道城，我莫名地激动起来。他并没有搭理我，他很扫兴，不过，我已经习惯了他的脾气。

长屋里传来吵闹声，有人在怒斥着。我好奇地循声望去。长廊中间，乌沅挥舞着拳头朝一个年轻人打去，那个年轻人摔倒在地。这是来长屋后第一次看到打架，我很惊讶也很害怕。伴随着咚咚声，我一次又一次地看到年轻人被掀倒在地，不知道为什么，我很同情那个在地上挣扎着的年轻人，我相信，他如果肯出手，一定打得过乌沅，毕竟乌沅已经是一只“病猫”了。乌沅还在怒斥着，我听不明白他到底在骂什么。

“打架了。你知道为什么吗？”我问小三。

他依然专注于手上的活计，吵闹声并没有让他抬起头。我知道这是一个极端沉闷的人，在这儿，除了乌沅和狩猎，他似乎什么都不关心，他看起来冷漠而难以亲近。

“不知道。”好久他才嘀咕了一句，算是应我。

“乌沅在骂什么？”我又问。

“乌沅骂达姆让没出息。”他应着，脸上毫无表情。

“达姆让？被打倒在地的是达姆让？”我惊讶不已。

“嗯！”

“可是刚才达姆让还想向乌沅进贡呢？这一回头却挨揍了，这些人真搞不明白！”

“进贡？”他抬起了头。我笑了起来：“你总算也有好奇的时候。”

他笑了笑，又低下头忙起来。

“达姆让端了鸟窝，他想让乌沅享用他的战利品，他说要让乌沅补充营养早日站起来。”我想起刚才被拒绝的尴尬，悻悻地说。

“原来是这样。”

“你知道什么？”我低下头问。这一低头我大吃一惊，他应什么我并没听清楚，可是他臂弯的槟榔树文身让我惊出了一身冷汗。

“这是怎么一回事？”我紧张地抓起他的手臂。

“没什么，只是文身而已！”他说。

“你为什么要文身？”我急切地问。

“因为我有资格文身了。”他轻描淡写，脸上依然毫无表情。

“有资格文身？文身还要资格？”我鄙夷地说。

“是的。”

“好了，不管怎么样，你得告诉我你为什么要学他们文身？”

“我喜欢文身。”他若无其事地应着。

“喜欢？你喜欢？可是我不喜欢。”我气愤地叫嚷起来，“你无非是和达雅克人打了一只大象而已，别以为自己真是那么一回事。你可别忘了，一两个月后，你还得跟我和孩子回赤道城。”

他并没有回答我，安然地忙着自己的活计。我痛苦极了。他和我想象中的爱人差太多太多，我不会要求他像一民一样爱得羞涩而含蓄，我也不要求他像崇明叔叔一样生活得浪漫而快乐，我只想他能够当我是一回事，做事情或选择什么时跟我商量一下，别将我独自弃一边，毕竟我将是他孩子的妈妈。

山上的女人们回来了，晚餐还是在大厅共享。在大厅里，我见到了达姆让，达姆让鼻青眼肿，我知道他被打得不轻。不过，他看起来并不介意，人们似乎对他的异样视而不见，没有人慰问他，即便是赛里买也没当一回事。当然，最让我意想不到的是，这个晚餐我分到了一块肉和一个蛋。这是达姆让递给我的，我困惑地看着他。我接过食物时羞涩地道了声谢谢。伊丽娜阿姨也分到了一个蛋，她将自己的蛋又给了我。

“不，你应该给乌沅。”我坚持着。

“他不会要的。你吃吧，孩子需要它。”她笑了。

“他应该补充营养。”我说。

“你看看他，他会要吗？”她指了指左边苦涩地笑了。我朝左边望去，乌沅已经将所有肉汤分给了老少，他自己正端着盆子大口吞食着蕨菜。望着乌沅苍白的脸，我忽然明白他的威望是怎么建立起来的。

那吉尔挤到我身边，我叫小可爱将蛋递给爸爸，他过去了，他一直端详着蛋，但是最后还是将蛋扔进爸爸的盆子里，乌沅望了望伊丽娜阿姨，然后拍了拍儿子的肩膀笑了笑。这一餐我仔细观察了达雅克人，我明白了伊丽娜阿姨所说的——这是一个大家庭，谁也不能有私心或偏心。

“伊丽娜阿姨，你看到了吗，小三身上的文身。”饭后我忍不住问伊丽娜阿姨。

“哦，当然，那是我帮他文的。”她抿着嘴笑了起来。“啊！你……”我望着她惊讶地瞪大了眼睛。

“你觉得不够好看吗？”她困惑地看着我。

“哦，不，不。我只是难以相信，你居然会文身。”我含糊地应着。

“冰儿，其实这并不难。如果没有限制的话，我也可以教你。”她真诚地笑着。

“不，我不喜欢这些。”我一口拒绝了。

“你不喜欢？”她惊讶地望着我，“这可是乌沉对小三的褒奖。冰儿，在这儿，并不是所有的人都可以文身的。”

“可是，说实话，我一点都不喜欢文身，看到它，我会将它同野蛮和愚昧联想到一起。”我说。

“不要这样想。文身是一种荣耀，这要经受痛苦，不是轻易可以做到的，也并不是每个人想文就可以文的。”她认真地望着我。

“哦，我不知道，反正我就是不喜欢。”我难过地应。

“冰儿，你需要去了解这儿的文化。你发现没有，人们身上的文身都不一样，从数量到花样都不一样，不同的文身代表不同的意义。巫师身上是征兆鸟和鳄鱼，征兆鸟和鳄鱼可以帮巫师同神明取得联系。而狩猎的年轻人，他们身上的文身表示在狩猎中的能力，蝎子与蟒蛇保护他们免受丛林中邪魔的伤害。而乌沅身上的生命之树是力量和神圣的象征，胸前的犀鸟是战神的使者，乌沅从上到下布满文身，只有四十岁以上的完美男子才有资格享受部族全部文身图案的……”

“完美男子？那看起来像中国京剧脸谱的，就是完美男子？”我惊讶地打断了她的话。

“是的。冰儿，只有德高望重者或者受人崇敬的勇士，才能文上这代表强大的图案。拥有全部文身的人会被当作神明，受到尊敬，这个人是完美而神圣不可侵犯的。”她轻轻地笑了。

“被视为完美而神圣不可侵犯的？”我想起乌沅打达姆让的情形。“就比如说乌沅打人，被打之人不可以回手？”

伊丽娜阿姨只是轻轻地微笑着点了点头。

“哦，伊丽娜阿姨，这儿的文化真是令人费解。”我使劲地摇着头。

“冰儿，不要拒绝，你就会明白了。这儿的生存环境恶劣，大自然变化莫测，人们相信万物有灵，将万物之灵文到身上，以寻求吸取大自然的力量或达到避邪的效果，这是很容易理解的。”她说。

“小三在双臂文上槟榔树也是为了寻求力量或避邪？”我困惑地看着她。

“是的。文上槟榔树可以免受丛林恶魔的侵扰。”她应着。

“你真相信槟榔树文身会让人免受丛林恶魔的侵扰?”我问。

“是的，我相信。”她定定地应。

“你真相信……”我不可思议地看着她。

“冰儿，不要怀疑他们，就像不要怀疑上帝一样，很多很多事情我们都搞不明白，特别是面对大自然，我们显得那么孱弱。尊敬万物之灵是必要的，只有万物生存，我们才能生存。”她声音很轻很轻，听起来像呓语。尽管我不认同她的观点，但是我还是静静地听她讲完。我不知道那晚是如何与伊丽娜阿姨分手的，我越来越觉得她和我之间有着一条鸿沟。

6

进入九月，达雅克人一年两次的远行进入日程安排。雨季前和雨季后，达雅克人需要走出深山与其他部族的人交换食品或用品。这种任务通常是乌沅带三五个达雅克青年前后花三四个星期完成。当然，乌沅已经不适合远行了。

这是雨林旱季里最寻常的日子，一早，火红的日头挂在天上，远行的人将要拿出去交换的物品全部搬到长屋下面。草坪上堆满了老人编织的篮子与箩筐，此时我才明白达雅克老人长年累月的编织就是为这一天准备的。除了篮子与箩筐外，草坪上还堆着根雕、水果，以及长长的象牙。号角声吹响了，小三赤裸着走出长屋。“你怎么说都是外面的人，你难道还想对小城镇上穿衣服的人‘坦诚相见’不成?”我说着给他递上了军装。

他冲我淡淡地笑了笑，他明白我的提醒是善意的。他接过军装披到了身上。他走了，和之前的远行一样，没有吻别，没有叮咛，我只能站在窗口目送他远去。这次远行很特别，去的是我们熟悉的地方，换种说法就是回家去，对他或是对我都可以这样说。“回家去”，那儿有集市有文明，是我们真正的家。很遗憾，我没能同去，我和孩子经不起颠簸，只能期待下一次了，雨季之后。

望着远空，我深深地想念赤道城，如果没有意外怀孕，或许我已经回到红房子了。遗憾与思念交织着像这红色晨光中的水雾，悠悠地升腾起来。

7

这是达姆让带着小三和其他三个达雅克青年远行的第十四天，我和往日一样，一起床就站在窗头远眺，我习惯了在远眺中等待。面对红日，我的等待很明确又很茫然，我知道在太阳升起的地方，孩子他爸或许踏上归路。我默数着他的归期，也想着孩子出生的日子。前两天，伊丽娜阿姨带来了医师，其实医师也就是巫师，她告诉我孩子很快就会出来，天上滑过流星，一颗星陨落，就有一颗新星诞生。在我肚子隐隐作痛之时，巫师在我门前挂上了槟榔树花。并不像巫师所说的，我的孩子在夜间降临，两天过去了，我的肚子恢复了往日的平静。除了偶尔的踢蹬外，小东西似乎并没有急着出来。

我站在窗口望着远方，远空与林子被蒙上一层沉沉的红光，达雅克男女扛着吹箭筒和长矛走出长屋，走进红色的晨光。

“冰阿姨——”门口传来低声呼唤。不用转头我就知道是谁，这儿除了那吉尔，没有人会这样叫我。

“那吉尔。”我开心地唤他。他并没有回答我，他的脑袋在我门口一伸一缩。我朝门口走过去。“那吉尔，你躲门口做什么？”

“看冰阿姨的小弟弟。”他探进半个脑袋回答。

“啊哈，在哪儿？冰阿姨的小弟弟在哪儿？”我故意夸张地寻找起来。

“冰阿姨，在这儿，在这儿！”他一边指着我的大肚子，一边抬起头认真地对我说。

“哦，原来在这儿啊！”我笑着抓住了他的小手。

“错了，错了。在这儿。”他着急地叫起来，他认真地抓过我的手，将我的手按到我自己的肚子上。我忍不住大笑起来。他认真而执着的神情，让我明白什么叫单纯的可爱。

“那吉尔，进来吧。”我笑着拉他。

“妈妈不许我进屋。”他坚决地缩回了小手。

“妈妈在家吗？”

“去采果子了。”

“嗯，那你就大胆进来，她看不见你。”我还是拉着他的小手，他却使劲地摇起头。“妈妈说弟弟就要出来了，我进屋弟弟会不高兴。”他认真地眨着大眼睛坚持着，“冰阿姨，你等等，我要送你一样东西。”他说完拔腿就跑了。

我望着那吉尔跑过长廊，当我重新回到窗前时，他已跑到长屋下的草坪中了。他蹲在草坪的一个洼地上，抓了什么后，又往回跑。没多少工夫他又出现在我的门口。他并没有进来，还是站在门口低声唤着我。我故意望着窗外佯装没听见。

“冰阿姨，送你东西。”他着急地提高了嗓门。我忍不住笑着转过身来。门口，他捏着小拳头，小手长长地伸进屋里。我朝他走过去问：“送什么给冰阿姨呀？”。他没有回答我，挥舞着小拳头，要我伸手接。我笑着伸出手，他张开小拳头，两只小蝌蚪扭动着小尾巴从他的小手掌心滑到我手上。看着小蝌蚪我愣住了，这是长了两条腿的小蝌蚪，我想起了达雅克孩子们活吃小蝌蚪的情形，他们从水中捞出蝌蚪握在手心，抬起头，一只一只扔到小口中，无须咀嚼，小东西会在小嘴巴中半蹦半游，通常是伴随着响亮的“叽叽”声滑过他们喉咙，看着小蝌蚪像幼虫一样扭动的身躯，我感到恶心极了。我握着小蝌蚪不知如何是好，当我抬起头想还给他时，那吉尔已经跑远了，那活跃而矮小的身子在长屋尽头一闪就不见了。

我回到窗前，长屋下那吉尔正飞快地朝溪头的小伙伴们跑去。三五个孩子在溪头嬉戏，远远地传来击水声和欢呼声。

我并没有注意到孩子们是什么时候走出视线的，当中午，阳光直照在林子里时，长屋突然慌乱起来，号角声犀利地响起，人们纷纷涌出长屋，向草坪奔去。乌沅由两个达雅克青年搀扶着也下了长梯。是不是远行的人出事了？我的心咚咚地跳起来。

所有人都向草坪跑去，向林子跑去，那条通往竹桥的小路闪现着达雅克老少黝黑的赤裸身躯。长屋里，我坐立不安，我无法说服自己就那样傻傻地站着等待消息，我终于冒险自己走下长梯。

我应该是最后一个到达桥头的。所有的达雅克人都围在桥头，有人茫茫然地凝视着河道，有人围成一圈在轻轻安慰着什么，一声声嘶哑的呼叫从人群中传出，我挤进人群，眼前的情景教我无法自制，我捂住嘴巴痛哭起来。伊丽娜阿姨瘫软在地上，那美丽的脸盘扭曲着，干燥的嘴唇翕张着："那——吉——尔，那——吉——尔！"那撕裂的哀号一声声地撞击着我。那吉尔呢？那吉尔怎么了？我噙着眼泪四处寻找，那古芒紧紧地拽着妈妈的手臂，而那吉尔呢？他到底在哪儿？孩子和大人都拥到桥头，没有那吉尔的影子，到处都找不到那吉尔。我跑到桥头，倚着竹桥扶手，望向河道，那深深地泛着红色的流水中，乌沅和祭师带领着达雅克青年向河道里抛洒槟榔树花。小舟轻轻地泛在水上，几只鳄鱼绕着舟楫驯服地摇着尾巴。"那吉尔？那吉尔的手！"我惊慌地叫起来，舟下一只小手在荡着荡着……

"冰阿姨，我看到你了，看到你了。"那吉尔轻轻地摇着小小手。

"那吉尔，你别跑太快，阿姨追不上，追不上你……"

"冰阿姨，你等等，等等。我要送你东西，我再去抓蝌蚪，蝌蚪……"

“不，不，别下到水里。那吉尔，别下到水里。”

“啊，鳄鱼！那吉尔，快回来，回来……”

我不知道自己是如何被抬回长屋的。当我睁开眼睛时，赛里买那干瘪的嘴巴在火把的黄色火焰中咧开了。我乏力地伸出手，她一把握住了我。肚子还在隐隐作痛，一阵阵的痉挛让我觉得透不过气来。我开始扭动身躯，汗水一滴滴从额上滑落，冰冰的，凉凉的。我情不自禁地打了个寒噤。黑乎乎的天花板，以及那闪烁的扭动的影子里，那吉尔又来到了我的身边。

“冰阿姨，我来看看小弟弟。”他眨着硕大的蓝眼睛，微微笑着。

“小弟弟？在哪儿，哪儿？”

“这儿，这儿呀，冰阿姨。”他认真地将小手按在我的肚子上，哦，小手冰冰的，凉凉的。

肚子又一阵剧烈的痉挛，我痛苦地打起滚来，我嘶叫起来。火光中扭曲的影子渐渐地模糊了，那吉尔渐渐地模糊了，模糊了。

“不，别走。那吉尔，别走。”我伸出手想抓住他，可是他的小手轻轻地漂起来了，河道里的小手轻轻地漂走了，漂走了……

“啊——”我歇斯底里地叫了一声后，坠入一片黑暗。

我醒来了，是在一片呻吟声中醒来的，我确信这声音并不是发自我的嘴巴，那是我身旁某个人发出来的。当我睁开眼睛时，看到医师躺在我的屋门前，肚子上放着一块大石头，她顶着大石头扭动着身躯，痛苦地呻吟着。火把还在窗前忽闪着，月牙儿斜斜地挂在窗边。赛里买借着火光静静地看着我。

“醒来了！醒来了！”她干瘪的大嘴巴咧开了。我头脑嗡嗡作响，虚弱极了，我一次次使着劲，肚子不停地痉挛着，沉甸甸地挤压着，身子下面一片湿漉漉。

“使劲！使劲！”赛里买叫着喊着。我不明白她是对我喊，还是对门口的人喊。她声音提得很高，她应该是替我和门口的人一起呐喊的。

“孩子就要出来了……出来了……”她兴奋地叫起来。

一阵撕裂的剧痛感从下体传来，我握紧了拳头，低吼了一声。在一阵剧痛之后，我整个脑袋一片空白，身体轻飘飘地荡了起来。

“哇——哇——”身后传来孩子响亮的哭声。我欣慰地叹了口气，闭上眼睛。我又游离到那吉尔的世界了，他是勇敢而坚强的男人，他已经不是一个三岁的孩子，他正将竹梢一根根钉在树上，他蹬着竹梢上树就像爬楼梯一样迅速而敏捷。“冰阿姨接住，接住。”他站在高高的树枝上，挥舞着双臂摇动着树梢，像巨人一样震动山林。满林子的金色果子像花瓣一样从高空飘下来，我站在树底下，阳光投在我身上，我旋转着身子，接住了一片片美丽的像花瓣一样轻盈的果实。马来熊蹑手蹑脚地来了，大犀牛成群结队地奔跑起来，哦，象群，象群像绅士一样踱着方步走来。那吉尔嗅到了动物的气味，他荡着树梢跳到地上，拎起我，飞奔到树上，就像尤素夫拎着阿玛飞驰而去一样……

我在疲惫中睁开眼睛，不知什么时候，窗边上的月牙儿换成了火红的日头。屋子里洒进了金色的光辉，孩子静静地躺在身边，那红红的脸蛋，小嘴唇一吮一吸地翕张着，她闭着眼睛，面带微笑，似乎沉在自己甜蜜的梦乡中。我不知道她能梦见什么，这儿的人相信天国有天使捧着茶迎接新来者，像那吉尔，天使用花朵迎接他的回归。而我最亲爱的孩子，天使是否用鲜花送别她呢？在天国的路上，她是否遇到了可爱的那吉尔？那吉尔，他希望见到弟弟，可惜我没能给他生个弟弟。

伊丽娜阿姨是在第二天下午来看我的，她双眼红肿，神情疲惫而焦虑。

“伊丽娜阿姨，回家去，跟我一起回家去。”我难过地说。

“不。冰儿，我的家就在这儿，这儿。”她很固执。

“想想孩子们，那古芒，那古芒需要赤道城的文明。”我抓着她的手，差点叫嚷起来，“那吉尔，那吉尔已经为这恶劣的生存环境丧命了。”

“不，冰儿。那吉尔回到美丽的天国，他仅仅离我而去——仅此而已……”她已经泣不成声。我也随着她无声饮泣，在我的眼前，那吉尔那小手又漂在河道里。我握着伊丽娜阿姨的手，就像拽住那吉尔的小手一样，我怕我一放开，他就没了，整个儿地没了。

伊丽娜阿姨早早地离去了。她第三天来看我时，看起来还是那么焦虑，原本美丽丰腴的脸盘变得极其憔悴而苍老。

远行的人是在一个星期后回到长屋的。当达雅克人又一次走出草坪走向桥头时，喜悦的神色早已替代了前几日的伤悲，达雅克人疗伤并不需要太长时间，他们只要与神明联系上，并告知神明一切，就会立刻忘记所有的不快。他们知道那吉尔走向了极乐世界，天使会欢天喜地地庆祝他的回归，他们可以安安心心地忘记伤悲而立刻投入新的喜事中。人们三五成群拥出长屋，又三五成群地回到长屋，回来的，手上肩上背上都没空着。这又是一次意外的收获，他们换回来的用品是以往的双倍，比如盐巴和刀具、火炉等等。每个人都分到了双倍的物品，为了庆祝这次丰厚的收获，他们又搭起了篝火。没有人再提及那吉尔，只有伊丽娜阿姨黯然神伤。

小三给孩子带回来一件小肚兜，这看起来很像我儿时穿的小玩意儿，在丛林深处拿在手上，感觉非常奇特。我要花上半天时间去颠倒时空，然后才能稍微明白一切到底是怎么一回事。

“你怎么知道会是个女孩？”我抚摸着肚兜的缎面绣花问。

“我喜欢女孩。”他轻轻应着。他半撑着手卧在孩子旁边，他直直地盯着她看，眼神里流出了暖暖的爱。

“你回家了吗？”我突然想起来问道。

“嗯！回家了。”

“家人呢？都好吗？”我问着，有点紧张。

“他们都好。一切都很好。”

我难过地望向他，一切都很好，他的老婆孩子都很好？我突然为听到这样的好消息感到伤心。我宁愿听到，他们不好，孩子老婆都不好。我为自己这自私的想法感到不安。

“你准备什么时候带我们回家？”我将目光移向窗外。回到赤道城，他的家我走得进去吗？他将如何安放我和孩子？

“等雨季结束后。”他轻描淡写地应着。

“可是现在雨季还没到。”我说。

“你知道的，雨季马上就要来了。”

“不，我不想等太久。”我坚决地说，“我要离开这儿，我要尽可能早地离开这儿，在雨季之前离开这儿。”

“你和孩子需要时间，你需要时间去恢复身体。”

“不。我现在感觉很好。再一个星期，我们就出发。”我说。

“不。再一个星期我走不了。”

“你走不了？”我惊惶地看着他。

“是的。他们需要帮助。”他低声说。

“谁？达雅克人？”

“是的。你知道他们正在承受不幸。”

“不幸？鬼才相信他们在承受不幸。你看看那窗外欢歌乐舞的猴子，你看看燃烧着的篝火边，哪一张脸上写着忧伤？”我气愤地叫起来。

“请别这样贬低达雅克人。”他提高了嗓子，“你知道长屋里有人在伤心。”

我惊讶地看着他。“这里除了伊丽娜阿姨还会有谁伤心？”

他没有回答，静静地看着孩子。

“伊丽娜阿姨，只有伊丽娜阿姨是不幸的，她失去了那吉尔。”我难过地说。

“她还将失去丈夫。”他自语着。

“乌沅？”我瞪大了眼睛。

“是的。乌沅即将离去。他在搬家之前即将离去。”他应着，面无表情。

“乌沅要离开？那古芒和伊丽娜阿姨呢？”

“那古芒和伊丽娜将永远随着珀南人漂泊。”他轻轻应着，声音飘忽不定。

“你应该劝她带着孩子和我们一起回家，她是属于赤道城的。”

“你劝过是不是？”他反问。

“是的。我劝过。”我无奈地摇着头。

“你应该知道她已经不属于赤道城了。她相信万物有灵，在巨大树冠下所有的生物都有灵魂，她相信自己是万物之一，她需要生活在这儿。丛林是他们的伊甸园，她和珀南人的伊甸园，她不会离开。”他也轻轻地摇了摇头。

“伊甸园？她和珀南人的伊甸园？这种地方也叫伊甸园？”我感到不可思议。

“伊甸园，快乐的园囿，有果实，有溪流，有歌声，有欢喜，有感谢！”

“你难道也觉得这儿是他们的伊甸园？”我反问。

“是的。我就这么认为。”他坚定地应道。

“为什么我的感觉却恰恰相反呢？这儿不是伊甸园，这儿是地狱，伊丽娜阿姨正在受煎熬。你不觉得她正在受煎熬吗？”

“她现在正在受煎熬，但是她相信日子会好起来的，神明就在她身边，她会有欢喜和感谢。”他说。

我惊疑地看着他，他理解她。

“可是，这跟你留下有什么关系呢？如果她真的这么认为，你留下又能帮她什么呢？”我突然想起什么，转向他。

“你知道乌沅是我的好朋友。他受托的，我一定要做到。”他紧盯着我。

“你，你想做什么？”一种不祥之感袭上我的心头。

“我要留下帮他们度过雨季。”

“可是度过雨季之后呢？”

“雨季之后，他们会搬家。”

“搬家也就意味着乌沅离去？”我瞪大了眼睛问。

“是的。乌沅会离去。”他不紧不慢地应着。

“乌沅离去后呢？你是不是还要帮他们安顿好，然后带领达雅克人围猎象群？然后，再带领他们到文明人中交换物品？你可以用最少的物品换到最多的东西，这是他们永远做不到的，对不对？”我提高了嗓门，无法忍受这无止境的纠缠。

“是的。你说对了。”他不耐烦地挥舞着手，从孩子身边端坐起来。

“伊丽娜阿姨说过达姆让会是族长的。族长将是达姆让，这儿并不缺领导者，你要搞明白！”我气愤地叫嚷起来。

“去他妈的领导者，我只知道伊丽娜和所有的人需要生存下去。在属于他们的世界里快乐地生存下去。”他气愤地站起身来甩门而去。我看着他消失在门口，我听着他走过长廊，走过竹梯，走进草坪。

草坪上篝火还在燃烧着，人们的欢呼声此起彼伏，火光映照着，窗口忽明忽暗，屋子里孩子的脸也忽明忽暗。在窗口，我迎着火光往下望，窗底下，我看到男人和女人相拥着扭动着，那沉甸甸的乳房是伊丽娜阿姨的，那消瘦白皙的屁股是小三。总有接二连三的女人走过来。达雅克族曾经的英雄乌沅被彻底地抛弃了，达雅克女人为获取精壮的良种基因，纷纷走向了小三。小三和乌沅不一样，他不是达雅克的种马，他只想专注地拥着伊丽娜阿姨，他拒绝了达雅克女人肥硕的乳房和屁股。

8

两个星期之后，我上船了。伊丽娜阿姨和那古芒站在桥头静静地挥舞着手，那高高的望天树下，伊丽娜阿姨美丽的脸上又露出了快乐的笑容。

“叫她霜儿吧！”小三抱着孩子说。我不知道他是早想好了名字，还是在临走之前想给孩子留点什么。我并不想给他这机会。“不。”我倔强地应着。

“她不叫霜儿，她不会是第二个雪儿，我会给她找个好爸爸并取个好名字。”我从他手中抢回孩子。

"冰儿——"他看着我，满眼的抱歉与遗憾。我讨厌他的抱歉，我宁愿他像原初一样冷漠而不近人情。我抱着孩子径直朝河边走去，达姆让已在船上等我，还有另一个划船的达雅克青年。

我一脚踩上船，船使劲地晃荡起来。"冰儿——"他惊叫起来。我并没有理会他，在他拒绝带我走之后，我就曾预感这一条路得自己走完了。或者正是基于此，我没有太多的伤悲与愁苦。

船慢慢地驶进河道，我抱着孩子，久久地凝望着望天树，以及望天树下凌空而立的竹桥。咬鹃拉起它的细嗓子，那婉转的叫声永远都重复着单调的歌声。我突然非常讨厌这儿所有单调的重复。

河水静静地淌着，船桨拍击着水面，鳄鱼在船前船后游弋。我很吃惊，它们可以如此乖巧地给我们让道，并且安详地望着我们，那眼神就像见到了老朋友。我并没有忘记那吉尔的手，那浮在水中的拉出长长红色水带的手。我搂紧了我的孩子，我要离开丛林了，我为自己毅然走上回程感到欣慰。

第七章

赤道石，月牙朝西

1

达雅克人是不甘寂寞的，在单调的桨声中他们伴进了长长的呼啸声与吆喝声。我静静地坐在船首，和往日一样，我并不喜欢和他们打交道，他们的一举一动都让我感到要命的野蛮和愚昧，即使在这最后的日子，我也无法对他们产生一点感情。他们在送我，这我很明白，可是我渴望这摇着双桨的人是小三而不是他们。

河道平静而宽敞，最初的两三天天气很好，行船速度很快。不可否认达姆让是一个很好的舵手，他总是有办法让船行驶得又快又稳。天气是在第四天开始变坏的，我开始明白怀着侥幸心理离开长屋并不明智。雨季并没有像我想的那样推迟了。暴雨铺天盖地而来，毫无商量的余地。我们的小船在风雨中颠簸着。狂风肆虐，山河震动，洪水汹涌而来。水位在瞬间涨高，河水冲击河岸，水面不断地被拓宽。峡谷里猿声凄厉，电闪雷鸣，我的孩子惊惶地啼哭起来，我除了搂紧她外，没有任何办法让她停止啼哭。那一整个下午，她的哭声傍着雷声和洪水声响彻山谷。急流来势汹汹，原本平静的水面泛起了层层浪花，四处暗流涌动，很难预测我们的船将被推进哪一个旋涡。我们不得不放弃船只，登上高地。

达姆让领着我们登上岸，并且找到大芭蕉叶遮雨。我的孩子在登岸时便开始打喷嚏了。这是多么要命的事，她还不到一个月，确切说，她来到这世界只有二十三天，就得经历这样的暴风骤雨了。暴雨是在傍晚停下的，丛林里道路泥泞，湿滑难行，有几回我几乎整个儿跌得人仰马翻。孩子在我手上很危险，达姆让接过了我的孩子。暴雨结束之后，孩子已经停止啼哭，不久她便睡着了。达姆让将孩子装进篮子，背在背上。达雅克女人都是这样背着孩子上山采果子的，这看起来有点难看，但是比抱在手上的确省事了许多。我不知道达姆让要带我们去哪儿，他看起来行色匆匆。一路拖泥带水，我走得很慢，另一个达雅克青年几乎是架着我前进的。林子里光线越来越弱，我不知道他们为什么不趁着天色没有完全收拢前，像小三一样砍下树枝筑个小巢过夜。他们麻木的行走让我很难以理解。我终于忍不住开口用很蹩脚的达雅克族语询问达姆让。达姆让告诉我，我们要赶到长屋里过夜。我不明白他什么意思。他所说的长屋在哪儿？

我跟着他们茫然地走着，估摸半个小时的功夫，天色便毫不客气地拉紧了。可是，达姆让所说的长屋还未出现。我们继续行走是一种很冒险的行为，我们已经难以判断自己这一脚踩下去是一洼积水还是一摊烂泥了。达姆让正在试图燃起火把，一声声“扑哧”声中，一串火星随着一缕焦臭的浓烟划过，之后，又回到黑暗，很明显，火石被雨淋湿了。我再次焦急地询问达姆让我们的目的地，他告诉我那个达雅克人废弃的长屋马上就到，那儿会令人满意的。我怀疑达姆让是否迷路，我想冲到他前头了解更多关于目的地的信息时，一团东西将我绊倒，我摔在地上，一手抓住了一团铁线。“铁丝网！”我惊呼起来。达姆让停住了脚步，达雅克青年走过来搀起我，我从地上爬起来。朦胧中，我看到眼前两米高的铁丝网将这荒野分割开。这是什么地方呢？这熟悉的铁丝网只在野生动物园里见过，可是，这儿不可能是野生动物园。这是一个矿山？一个独立的伐木场？不管是什么，铁丝网可以确定，这是文明人划定的领域，那里面一定比外面安全。沿着铁丝网寻找入口，这是我在无法确定达姆让是否迷路的情况下做出的决定。我坚持让大家攀着铁丝网前进。摸黑攀铁丝网前进是一种明智的选择。我们不知道走了多久多久，当一盏昏黄的灯光展露眼前时，我激动得几乎要跳起来——这是灯光，久违的灯光。可是一个发黄的木牌让我惊惧得不敢往前再迈半步。“麻风病院”——这是深山麻风病院隔离区。我惊惶地愣在木牌和灯光之下。我不知道达姆让是如何冲进麻风病院的，当我想制止他们时，已经来不及了，他们重重地敲响木门，那古老的门轴“咯吱”一声响后，他们大步走进院子里。不知什么时候，达姆让已经将背后的孩子抱在了手上。

一个年老的嬷嬷拎着煤油灯在门口迎接我们。她看起来对闯入者惊讶不已。这样的荒山野岭，这样的暴雨天气，居然有人带着没满月的孩子出行。当然，我想最让她吃惊的应该是达雅克人和我同时出现。

“嬷嬷，打扰您了。”在她拎着灯笼凑近我的脸时，我微笑着同她打招呼。

“不，夫人。主引领你们到这儿来，你们安心地走进来吧！”

她说着拎着灯笼带我们走进屋里。

屋内另一个老嬷嬷戴着老花镜凑在灯光下一针一针地缝制着修女服。当她从镜后抬起眼睛看我们时，也为我们这一行人感到吃惊。

“院长，他们是主领来的客人。”引我们进来的嬷嬷走近她说道。

“哦！阿门，请带进来吧！这么晚了，主乐意看到他的客人得到照顾。珍妮嬷嬷，你去吩咐下准备床铺，先让客人在这儿休息。”院长嬷嬷从木椅上站起来，她亲自领我们走进休息室。

“都是主的子民吗？”她微笑着问。

“哦，不。他们是达雅克族朋友，我，我还没入教。不过，亲爱的院长，我的许多亲戚朋友都是主的子民。”我紧张地应着。

她使劲地抬着头看着我们，厚实的老花镜几乎要从她纤细的鼻梁上掉下来了。她并没有因为我的回答而露出不快，依然温和地微笑着。“没关系，不是主的子民，也是主的朋友。我会依照主的意思帮助你们！来，坐这儿休息一下。阿门！”她亲切地说着，在桌台上搁下煤油灯，然后独自退出屋去。

我从达姆让手中接过孩子。孩子睡得很沉，我望着孩子，心里忐忑不安，这是麻风病院，我不能不为自己做出的选择负全责，一旦染上这种可怕的病菌，就如中了魔鬼的诅咒，没有人会拯救你，除了一点一点地腐烂直到烂死在病榻上外，你别无选择。想着麻风病人因腐烂而致畸形扭曲的手，那坏死而像木块一样拖在身后的脚，以及那红色的血肉模糊的脸，那烂塌的鼻梁和腐坏的黑洞洞的红眼睛……哦，不！我不禁发起抖来，那是一张魔鬼一样恐怖的脸，那是那莫村庄一个小木屋里的麻风病姑娘在一个午后从椰树丛冒出来的恐怖的脸。

那天，麻风病姑娘，她的贸然现身让所有的那莫居民感到不安。

“她应该滚进麻风病院”，“她不能将恶灵带到那莫的土地上”……人们义愤填膺，没有一个人敢靠近她，只能远远地吆喝着。不过，最后还是有人拿起了武器。在一片追打和吆喝声里，她像过街的老鼠惊惶地四处逃窜着，夜里，人们终于将她赶进了丛林。是的，主麻说她进了丛林，她逃进了丛林再也没有出来过——她会在这儿吗？那可怜的恐怖的脸孔，魔鬼的咒语将缠绕她一生，可是她还不到二十岁！——我不禁搂紧了我的孩子，我为自己的莽撞感到懊悔，我紧张地打量起这个休息室。这地板，这桌椅，是否曾有麻风病人用过？当珍妮嬷嬷给我们端进热茶和饭食时，我肚子咕咕叫着，却不敢下筷子。达雅克青年和达姆让狼吞虎咽起来了，我惊惶地制止他们，可是他们似乎并不在意。他们有神明护佑，邪恶之魔近不了他们的身。哦，这是多么愚昧的想法！我看着他们哭笑不得。

2

那个夜晚我偷偷啃了点小包裹里的苦菜干充饥，我坚持不喝水不碰这儿的任何东西。可是，很不幸，我的孩子半夜发起高烧，我不得不叫来院长嬷嬷。院长嬷嬷给孩子测了体温，40

度，她要给我的孩子喂温开水和药片，我想制止，可是她提醒我必须采取紧急退烧措施，除非我不想要这个孩子了。我抱着孩子站着，全身发抖，不得不接受院长的建议，可是我很担心这些器皿是否被麻风病患者使用过或触碰过。那一整夜我都没合眼，孩子在我的怀里喘着粗气，我噙着眼泪祈祷着上帝保佑她。

早晨第一缕阳光投到窗前时，晨祷的钟声敲响了，她微微睁开眼睛，随后便皱紧了眉头啼哭起来。我的孩子一边啼哭一边喘大气，她还在发烧，我看着她一筹莫展。我搂紧孩子，轻轻地摇晃着她，并给她喂奶，她停止啼哭，一口含住我的奶头使劲吮吸起来。可是没过多久，她又莫名地大哭起来，她挣开了我，我着急地搂着她摇晃着，敞着衣襟任由乳白的奶水滴下来。达雅克青年和达姆让都醒过来了，他们从我手中接过孩子摇着逗着，可是，无论怎么做都无法让她停止啼哭。院长嬷嬷应是做完晨祷进来的，她又一次给孩子测体温，并查看喉咙。39 度，体温降下了一点，可是喉咙红肿有气泡。

“再吃点药，如果还不行，下午要注射。”

“下午？”我呆住了。

“是的，下午。”

“可是，这儿……”我难过极了，我心里太明白待在这儿有多么危险。

院长嬷嬷的大眼睛从厚实的老花镜下抬起来，看着我。“你别无选择，夫人，除非你能保证半天时间内可以找到一家更好的诊所。”她一边说着，一边碾碎药片。当她碾完药片递过来时，瞥见了我胸前的赤道石。在这明媚的晨光里，胸前的赤道石像极了宝石，明晃而耀眼。院长盯着我的赤道石愣住了，那眼神惊惧而不安，她不禁让我想起阿玛，阿玛对赤道石的感情与此截然相反。

“院长，现在可以喂孩子药了吗？”我提醒她。

她缓过神，并没有回答我的问话。“这——”她指着我胸前的赤道石欲言又止。

“赤道石？”我微笑着将目光从她身上转到自己胸前。

“我能看看吗？”她说着没待我回应就伸过手来。我取下红绳子，将赤道石递给她。我看着她那苍老的布满老年斑的手颤抖起来。

她接过赤道石，久久地凝视着，翻转着。“赤道石，月牙朝西。”她低着头轻声说着，不知道什么时候，垂在鼻梁的镜片上淌下了一滴晶莹的泪珠。

“月牙朝西？”我惊讶地瞪着眼前苍老的面孔。

“孩子，这是……”她抬起头，看着我，那眼神迷惘而伤悲。

“哦，这是罗爷爷的赤道石。”石头静静地躺在她的手心，红绳子垂在手下，红红的绳子在微微地颤动着，颤动着……罗爷爷嘶哑而浑浊的声音响在耳畔：月汀，别动，你这么多年都跑哪儿去了？你不知道我天天看着你的赤道石。你的赤道石，你看，你的赤道石月牙朝西……月牙朝西……

“哦，不！确切地说，这是宛月汀的赤道石，宛月汀。”我说。

“谁？”她惊呼起来。那一贯平静的脸在这瞬间扭曲得不成模样。

“宛——月——汀！”我迟疑了下，一字一顿地应着。

她泪眼婆娑。我不知道她为什么会有如此激烈的反应。

“宛月汀——宛月汀——”她垂下头，像呓语一样念叨起来。

“院长，您——”我看着她颤抖的嘴唇，看着她迷茫而惊惧的眼神，那闪闪泪光，顿时明白了什么。她是宛月汀？我不由得想起与这个陌生而熟悉的名字相对应的人。“宛月汀？你是罗爷爷的宛月汀？”我莽撞地叫起来。

她轻轻地抬起头，瞪着眼睛惊恐地看着我，泪花静静闪烁着。

“孩子，我不是你家罗爷爷的宛月汀……”她颤抖着移开了目光，那目光呆滞而绝望。

“那么——那么您认识宛月汀？”我看着她不安地问。

“我，我是主的宛月汀。”她迟疑了下垂下头应。

“啊……”我惊呆了。

她不安地扬起头，那长长的睫毛闪动的瞬间，我依稀见到伊丽娜阿姨的影子。

“您是宛月汀！您是伊丽娜阿姨的妈妈？”

“伊丽娜！伊丽娜！她？她——”她激动地抓住我，说不出话来。

“她很好，很好。我前几天还跟她在一起。”我握住了她的手，她的手冰凉冰凉的。“不过——”我迟疑了下，我不知道是否该告诉她自己知道的一切，但是短暂考虑后我开口了，“她并不知道她的母亲叫宛月汀，她一直将另一个女人当作自己的母亲，另一女人，另一个已经不在人世的女人。”

“哦！阿门！”她痛苦地闭上眼睛。那苍老的面颊扭曲着，泪水一滴滴无声地顺着皱纹滑落。

“您应该去找伊丽娜阿姨，只要您愿意，我带您去。”我说。

“哦，不，不……”她害怕地颤抖起来。我不知道她害怕什么，同样是母亲，我看着她，难过极了。

“还有，罗爷爷一直在等您。他从未停止过等待。”我动情地说。那莫林子里，望天树下，罗爷爷那无望的等待又闪在眼前。

“罗爷爷？”她沙哑地重复着。

“阿龙，是阿龙。”

“哦！阿门！”她无力地叫着。她闭紧眼睛，眼泪又一次渗出来，一滴滴无声地淌下来。

“院长嬷嬷。”我轻轻地唤着她。好一会儿她才睁开眼睛，默默地抬起头。她泪流满面。“孩子，他还好吗？阿龙还好吗？”她望着我，幽幽地问。

“罗爷爷？”我看着她，抱歉地摇了摇头。

“他怎么了？他不在了吗？”她焦急地看着我。

“哦，不。他应该很好。可我，我已经一年没见到他了，我正准备回赤道城找他，我……”我瞥见她失落的神色。很可惜，我不能给她捎来更确切的消息。

“伊丽娜呢？她呢？她也在赤道城吗？”她紧张地问。

“哦，不，她不在那儿。不在……”

"她在哪儿?"

"她——"我犹豫了下。"她在丛林里，丛林的达雅克人村庄里。"

"丛林?达雅克人村庄?"她惊讶地瞪大眼睛。

"是的，丛林达雅克村庄。"我朝她点点头，肯定地说。

"怎么会跑进丛林?"

"几天之前，我还跟她一起待在达雅克人的长屋里。我劝她离开丛林，离开达雅克人，她没听我的，她选择留下了。"我遗憾地说。

"她留在丛林?她留在达雅克人那儿了?这是为什么?为什么?"她困惑不已。

"她说她喜欢丛林，她喜欢达雅克人。"我说。

"哦，阿门!"她轻轻叫着，而后，痛苦地垂下头。"他怎么能将她丢在丛林呢?她是美丽的公主，那野地会害了她，会害了她……"她低低地念叨起来。

"不，不。不是罗爷爷。是战争，是日本人。日本人将伊丽娜阿姨赶进了丛林。"我紧张地应道。

"日本人?"

"是的，日本人。那是好多年以前的事了。"我难过地说。

"上帝，怎么会这样!"她埋下头，看起来痛苦极了。

我想，她应该知道日本人的入侵，荷兰人的败走，她应该也知道，荷兰人卷土重来。我没有解释太多。太多太多的事情，我不知从何说起。

她沉默了好一会儿，突然抬起头来说："这一切都是主的安排，我罪孽深重啊！”她虔诚地在身上画起了十字，所有伤痛似乎都在祈祷的瞬间消逝了。“孩子，你就好好地在这儿住下，宝宝的病需要时间。”她将赤道石放回我手上，似乎将所有的伤悲都交还给我。她冲我轻轻地笑了下，便准备转身离开。

我愣住了。在她转身之际，我拉住她的手：“院长，我想尽早离开这儿。”

“哦，不，孩子。你的宝宝太小了，她因为病毒感染引起高热，经不起大折腾。你必须待在这儿，直到她康复。”她坚决地说。

“哦，那可怎么办？达雅克朋友不能逗留太久，他们送我回到赤道城后还要赶回山里去，我不想让他们在雨季里冒太大风险，他们的船只还在山脚下等着。”我忧心忡忡地看了看达姆让。他正盯着窗外跟达雅克青年说笑着，他似乎因晨起的阳光感到兴奋。

“孩子，如果可以的话，你可以叫你的达雅克朋友先回家。”她拉着我的手，也看向达姆让。

“叫他们先回家？”我惊讶地看向她。

“是的。你可以放心地在这儿住下，等宝宝的病好了，我再叫人送你下山。”她果断地说着，微笑着看我。

“好好考虑一下，叫你的朋友们先回家。”她叮嘱着，拍了拍我的手，然后转身离开了。

当珍妮嬷嬷端进早点时，我早已经饥肠辘辘了。此刻的我已经完全放松警惕，既然我的孩子都喝了这里的水，我还有什么好顾忌的呢！当然，最重要的是，我知道了院长嬷嬷是宛月汀，我脖子上的赤道石拉近了我们的距离，我没有理由不相信她。

早点后，我决定叫达姆让带他的伙伴回他们的长屋去，正值雨季，不能再拖延他们的时间，否则他们很可能回不去。让我感到意外的是，达姆让坚持要陪我在这儿，他说他没有完成任务不能回去，他固执起来连牛都拉不动，不管我跟他说了多少理由，他最后还是坚持同我们一起留下。

3

在最初的几天里，我一直担心麻风病患者会突然闯进来，我们将别无选择地面对他们。不过，事实并不像我想象的那样糟，当我走出屋子时，才知道病人被隔离在后院，他们无法跑出来。珍妮嬷嬷说，他们也从来没有主动跑出来过，他们不愿意随便展露魔鬼的面容。我由于好奇，隔着铁丝网朝里面观望，没有见到任何可疑的人或是令我惊恐的面孔。铁丝网里面有嬷嬷和神父走来走去，珍妮嬷嬷说，那是大家为病人净疮换药，或是为病人清洗衣物、打扫房间。珍妮嬷嬷会跟我讲许多关于病院的事，她提到最多的是物资匮乏，我很抱歉带着这么多人在这儿吃吃喝喝。由于这一点，我又跟达姆让郑重地谈了一次，我要他马上带着他的朋友回家。起初他还坚持不肯，后来我发怒了。或许是我的怒火吓到他，第二天他就带着他的伙伴离开了。我除了包裹里的苦菜干外，没有任何东西可以给他们了，只能祈祷暴风雨别影响他们的行程。

在接下来的一个星期里，院长天天来看我和孩子，她硕大的眼睛里总隐藏着幽幽的神思，从她苍老的面庞可以捕捉到年轻时的惊艳，那个被罗爷爷苦恋着的女人，那个让苏丹至死都没能忘怀的女人，谁也没能留住她，谁也没有搞清楚她留下的伊丽娜阿姨到底是谁的孩子。我在麻风病院待了一个多星期，直到孩子完全康复。即将出发时，我找她谈话，我希望能带上她，给罗爷爷一个惊喜。

“院长，那莫海湾有座红房子，那儿的门永远向您敞开，等了你近四十年了。”我说。

“孩子，你告诉你家爷爷，不用等我了，我是主的人了。”她低垂着眼睑轻轻地应着。

“院长，您可以考虑去看看他，就像探望一个亲人一样，仅此而已。”

“不，孩子。我将自己交给主的同时，我已经将我的所有亲人也一起交给了主，主会照顾他们，看与不看已经不重要了。”

“不，院长。你没有将孩子交给主，你将最亲的人交给了罗爷爷。那赤道碑旁，你难道忘记了？”

“哦，阿门！你？”她惊惶地看着我。

“院长，您难道不想在有生之年再见见他们？”

她埋下头沉默着，透过那低垂的头，我感觉得出她痛苦的深切。或许我真不该这样赤裸裸地揭开她精心裹藏起来的伤口。她很痛苦，但是她并没有被我说服，或许她有自己的理由。

第二天，我和我的孩子重新上路了，院长安排院里一个年轻的神父和一个马来义工送我们下山。

走出丛林的路颇费周折，这最后一截尽管也遇到了暴风雨，但是我们准备充分，行路也算顺利。我们是在第六天到达卡江港口的。卡江港口漂浮着一排排杉木，那粗大而圆滚的杉排，以及那来往作业的工人们，那挑担卖煮面的以及吆喝卖西瓜的小贩子们，锯木声和商贩的叫卖声响成一片，人群熙熙攘攘，喊声此起彼伏。望着港口这一派繁忙景象，我真恍如隔世。一上岸，我就急不可待地往红房子打电话。我紧张地握着电话，听着嘟嘟声，我不知道这一年多，红房子是否安然无恙。电话是雪儿接的，她一听到我的声音就惊叫起来，显然，我让她吃惊不小。从电话里可以感觉出来雪儿已经长大了，不知道她这一年是怎么过来的，急切的心情使我恨不得插上翅膀飞回那莫村庄。我告诉她，班车在午后到达赤道城，她说她会叫叔叔来接我，我不知道她所说的叔叔是谁，她没等我问话就挂了，她一定激动地叫她的什么叔叔去了。罗爷爷呢？他肯定还在林子里。我并没有立即挂上电话，我久久地凝视着话筒，想着，我回来了，回到人间了，心里五味杂陈说不出是什么感觉。

中午，我同神父及马来义工道别后，独自带着孩子坐上了开往赤道城的巴士。

午后的赤道城燥热无比，丛林里的阴凉在这儿找不到了，那火红的太阳赤裸裸地照在地上，人们承受着赤道上的强光。卖咖啡和卖椰子的小贩子在旅客中穿梭着，他们专业的叫卖嗓门一阵阵压过人群的嘈杂。我抱着孩子从车上下来，晒尔东正拉着雪儿的手朝我微笑着。雪儿见到我就飞奔过来。我望着晒尔东愣住了，我不知道这一切到底是怎么回事，为什么驱车前来接我的不是大吾代而是晒尔东？晒尔东，这熟悉而让我痛苦憎恨的面孔，我不希望我回来见到的第一个人是他。

第八章

梦中的伊甸园

1

红房子一切无恙，要说有什么变化，那就是在我卧房对面多了一间晒尔东的卧房。

面对红房子里的人，我难以解释手中的孩子，我犹豫着是否需要将真相告诉他们。在经历一番挣扎后，我还是扯了个谎，我的自尊不允许我说出自己是个弃妇。我给红房子里的人讲了一个动人而伤感的故事。故事的开头是真实的，我闯进了丛林，红毛猩猩相救，在美妙的林子里我邂逅了丛林的流浪者，他叫小三，我们相知相爱，最后，便有了手中的孩子。丛林岩洞的生活在我的口中变成了真实的伊甸园，美丽的人间仙境。流水在身旁流过，飞鸟在空中嬉闹着，而蜂蝶环绕着我们，草坪上，我们总是相拥着散步，我们渴时饮水，饿时吃果子，锦鸡为我们生蛋，野兔田鼠为我们产肉，咬鹃为我们敲响晨钟，猩猩是我们的守护神，我们可以随意在花丛中嬉戏，那儿没有战争，没有掠夺，那儿只有平静而祥和的生活。

“真有这么美好的地方啊!”年近半百的主麻陶醉在我想象的世界中。

“可是，很不幸的是，我的爱人他不久染上疟疾。那个月圆之夜，他极度不安地抚着我的小肚子，当他痛苦地闭上眼睛时，他的手还搁在我的肚子上。他走了，那个美丽的山坡从此暗淡无光。我知道我必须离开，我不得不挣扎着想办法走出丛林。丛林并不是绝对的乐园，丛林的一半是地狱，我就像夏娃一样因为偷吃禁果而受到了惩罚。我在丛林里又一次迷路了。当我受到黑熊攻击时，我倒在了地上。不过，上帝没有完全抛弃我，他招来了达雅克人，我被带到了他们的长屋。我在达雅克人的长屋里待了六个月，直至顺利产下我的孩子。当我要求回家时，他们便用船只顺流而下送我回到了卡江港口。”我为自己信口胡编的故事感动不已，无论是我口中的伊甸园，还是这悲情的结果。正如我所预期的，红房子里的人都被我的故事感动了，开始接受我的孩子，并对我的孩子充满了无限的怜爱，无论是主麻，罗爷爷，还是晒尔东。

可是，在红房子里与晒尔东低头不见抬头见是最令人难以忍受的事情。他见到我依然亲切随和，他似乎全然忘记了年前自己的猥琐行径。他越是对我亲密无间，我越是憎恨他，他令我坐立不安，有些日子我甚至计划离开红房子。

雪儿已经上初中了，她寄宿在学校，只有周末才回家。雪儿回来是红房子里最令我快乐的事情，我像等待大女儿一样，期待着周末的来临。雪儿长大了，可是她还是喜欢和我挤在一起睡。夜里，我常看着两张恬静的小脸蛋感到欣慰。雪儿，霜儿。我开始重新考虑孩子的名字。霜儿，这是小三临走时提出来的，当时我拒绝了。叫霜儿吧，就算是他给我留下的最后礼物吧！我望着窗外如水的月色，对小三既爱又恨的复杂情感又开始纠缠。

我一直不明白晒尔东是怎么搬到红房子来的，那个对面的卧房原是崇明叔叔的书房。现在，那些书籍居然全被堆进伊丽娜阿姨和崇明叔叔的卧室了。那个空落落的主卧现在变得拥挤不堪，我几次走进房间，都不忍瞥见那金色相框中他们曾经相爱的甜蜜。

听主麻说现在工厂和橡胶园完全交给晒尔东管理。我不在的日子，罗爷爷曾大病一场，是晒尔东撑住了这个家。这好消息在我看来却是那么讽刺，我知道晒尔东已经不是以前的晒尔东了。我回来时，晒尔东提起过让我管理工厂的事，但是我以照顾孩子而暂时不能回工厂为托词拒绝了他的请求。罗爷爷看起来比一年前老了许多，他对于我和晒尔东的谈话并没有提出明确的建议，他似乎不愿意参与这些了，他除了每天例行去林子外，便坐在阳台的摇椅上发呆，他似乎又变得恍惚而呆滞了。当年崇明叔叔和伊丽娜阿姨失踪后，他很长一段时间都活在虚幻里。我不知道在他虚幻的世界里，宛月汀是否又回到眼前了，看着他落寞而飘忽的神情，有几次我几乎忍不住要冲过去告诉他——那个麻风病院，那个宛月汀，她守着主，她也守着你。

不过，一次次我都临阵脱逃了，我没有勇气说出口。

不可否认，晒尔东是能干的，也是忠诚的。在工厂和橡胶园，他里里外外忙得不可开交。我是在三个月后回到工厂的，和原来一样，我是他的助手，他也和原来一样，总是用火热的眼神盯着我。我已记不清自己是从什么时候开始改变了对他的看法，是他紧张地捧着一朵玫瑰跪在我面前，还是那个暴雨之夜，他为了我的孩子跑遍了赤道城所有的药房？无论如何，他最终用行动感动了我，当我答应嫁给他时，他激动得痛哭起来。

他在商场上总是游刃有余，可是，我发现他在情感表达上像个孩子，弱智的孩子。当他抱着我痛哭时，我几乎后悔自己答应嫁给他。那时，我的感觉就像那一年他莽撞地将手伸进我的内衣一样。我感到一阵受到侮辱的恶心。

2

不久，在罗爷爷的主持下，我们在红房子举办了一场颇为隆重的潮式婚宴。这是岛国雨季中难得的好天气，整个那莫小镇似乎沉浸在一片喜庆中。日头早早地升起了，别墅里都是人，张灯结彩，到处贴满红色双喜。喜气萦绕四周，我在鼓乐声中由红娘引进大厅。大厅已经摆好香案，按习俗，东边站着晒尔东家的长辈，西边站外戚，北边站房亲，南边站小辈。晒尔东是孤儿，他请来了多名工厂老同事充当长辈，而黄黎凯和苏菲是我找来的外家代表。喜娘口里念念有词：手拿幡红五尺长，一心拿来扮新郎，扮得新郎生贵子，早生贵子中个状元郎。在喜娘的指引下，黄黎凯给新郎挂红，五尺长的红布轻轻地披在晒尔东身上。我看着晒尔东，心中说不出是喜是悲。嫁给晒尔东是我从未想过的。

“鼓乐齐鸣闹嘻嘻，才男正好配玉女，华厦堂前歌燕喜，鸳鸯枕上结夫妻——鸳鸯枕上结夫妻——鸳鸯枕上结夫妻……”鞭炮声迭起，震耳欲聋，我晕晕乎乎，不知道自己是如何被推进洞房的。

新婚之夜，我没有激情燃烧的感动，除了在晒尔东的挑逗下产生本能的渴望外，便是面对现实服从命运安排的妥协。我所等待的人被我小心翼翼地收藏在心底。当然，除此之外，我一直挂念着霜儿。

第二天，我一觉醒来便紧张地推开晒尔东。当我一脚冲进对面我原来的卧房，主麻尖叫着从床上跳起来。主麻说朦胧中看到我披头散发冲进来，以为是夫人回来了。夫人？就是那个已故多年的夫人。

“哦，不！”主麻还半梦半醒惊魂未定。

“对不起，我来看看孩子们。”我抱歉地说。

“看孩子们？——去，去，去，有我呢，你甭担心！”主麻彻底清醒了，她扬扬手叫我离开。

我望了望两个沉在梦乡的孩子，懊丧地向新房走去。

“将霜儿抱过来睡吧！”见我颓唐地走进卧室，晒尔东说。

我困惑地看着他。他冲我微笑着点头。

“是你的孩子，也是我的孩子，不管是雪儿，还是霜儿。”他又说。

“你难道真的一点都不在乎这是别人的……”他扑过来抓住我，没让我说下去。

“冰莉，我相信你。不管你的过去如何，我只知道现在你是我的妻子。”他认真地盯着我的眼睛。若是换成别个男人这样对我，我或许会感激不尽。可惜他是晒尔东，偏偏是晒尔东！这个在我心中留下阴影的男人，或许注定要付出成倍的代价来抚平我的成见。对于这个婚事，我一点都不在乎，我认为这是鲁莽而无奈的选择。或许正基于此，当时我公然挑衅他的信任。

我没考虑过他如果跟我较劲起来，我会有什么样的被动结果。

“实话告诉你，你根本不该这样信任我，所有的一切都是谎言——谎言，你知道吗？——就比如说这孩子的父亲，他智慧而彪悍，他并没有得什么该死的疟疾，他当然没有死去，如果他没有出什么意外的话，那么他现在应该开始捕猎了。”我对着他的眼睛，一字一顿地说。他愣住了。看着他惊讶的神色，以及那微皱的嘴角不安的抽动，我感到莫名的兴奋，心里充满了从未有过的胜利的满足感。

“哈哈哈！”他突然大笑起来，他的笑声叫我不知所措。“冰儿，你真是编故事高手。”

“我在编故事？我为什么要跟你编故事呢？——当然，除了孩子他爸外，我还在达雅克人家遇到了伊丽娜阿姨。在回来的路上，在那深山麻风病院里，我还见到了宛月汀。宛月汀，罗爷爷的宛月汀，你听说过吗？哦，这是多么神奇的世界！如果真有上帝的话，真应该适当调整一下，不是吗？让该遇见的人相遇，让不该遇见的不相遇，就比如说你和我，你我的相遇绝对是一个错误。哈哈哈！”我狂妄地笑着，看着他颓唐的样子，开心极了。“你要明白，我说的全是真的，一字一句全是真的。真的！”我强调着。

“我相信你这回是来真的。”他肯定地应道。他看着我，不断地点着头，他看起来没有生气，似乎比刚才更加平静更加镇定了。

“你相信？”我被他搞糊涂了。

“我是说你上回编的故事很精彩！真的很精彩！特别是那个

伊甸园，我都幻想着哪辈子能够拉上你的小手到那个丛林深处也去邂逅一回。哈哈哈！”他又大笑起来，笑得我毛骨悚然。

我困惑地望着他。我原希望来一场战争，或者说我渴望一场摧毁洞房花烛所有虚幻美好的战争，我希望他冲我大声吼叫，我甚至希望他像一只咆哮的野兽张牙舞爪向我扑过来……当然，他并没有这么做，他看起来平静而自信。我害怕看到他异常平静的笑容，我不知道他葫芦里卖着什么药。他这种反常的表现让我深感不安。

“你看起来并不在乎？”

“在乎什么？”他挨近了我。

“在乎孩子他爸。”我提高了声音。

“哦！这跟我有什么关系？我为什么要在乎？你现在是我的女人。你的孩子是我的孩子。在昨夜，我结束了一个人的漂泊，现在有你，有我，有孩子，这对我很重要，我在乎这些，我只在乎这些。”他又一次爽朗地笑了。我不知道他是不是用笑掩饰不快，我努力去解读他的神色，可是我没能读懂他。

“不过，有件事我倒提醒你。你没有权力保存秘密。雪儿需要见她的母亲，老爷需要知道宛月汀的现状，你有必要立即将实情告诉他们。立即！”他盯着我郑重地说。

“我……”我看着他，忐忑不安。他真的不在乎？他到底想干什么？

那一个早上，我们相安无事。接下来数日，我们一样相安无事。晒尔东似乎真的不在乎我所说的一切，这一点并没有让我感觉庆幸或欣喜，相反，我觉得挺失望的，我为自己的挑衅并没有取得预期的结果感到失望。

我并没有听取晒尔东的意见立即告诉雪儿和罗爷爷实情。我是在婚后的第二个星期才告诉他们实情。

“伊丽娜？宛月汀？”罗爷爷在我跟前不停地念叨着，像做梦一般，或许这一切来得太突然了，这充满戏剧性的一切令他惊喜却又令他慌乱。

“是的，我见到了伊丽娜阿姨，她和达雅克人生活在一起。我也遇到宛月汀。”我坚定地说。

“宛月汀？她告诉你她是宛月汀？”他紧张地拽住我的手，颤抖着盯着我的眼睛。

“是的，她是宛月汀，她说她是主的宛月汀。”

“哦，她怎么会跟你说她是谁？宛月汀？主的宛月汀？”他轻轻地摇着头，慢慢地踱开了，拐杖不断地敲击着青石板，耳畔传来规律的当当声。

“她看到它了——赤道石。”

“赤道石？”他停下来，慢悠悠地转过身。

我摘下胸前的赤道石递给他。

“这是她的赤道石？”他接过赤道石念叨着，他突然困惑地抬起头看着我。我紧张得喘不过气来——他忘记了自己如何将赤道石挂在我脖子上？他在想这赤道石如何跑到我这儿？

“她还记得赤道石？还记得赤道石？”他颤抖着又一次拽紧了我的手。我长长地松了口气：“是的，她记得。她说：‘赤道石，月牙朝西。’”

“赤道石，月牙朝西。哦，月汀，她是月汀。”他颤抖着重复着，那浑浊的眼睛闪烁着苦涩的泪花。

那一天，罗爷爷没有去林子，他一直在屋子前后转悠着。他的拐杖将屋子的石板地敲得咚咚响，他似乎在紧张地寻找着什么或是筹划着什么，又似乎在一步步地证实自己的力量，他重重地敲击着，他是有力量的，他敲响地板时开心地笑了。

他老了，但是他还有力量，他老了，可是他还没有完全糊涂。傍晚，他就行动起来了，他吩咐晒尔东联系教会，并准备船只，他还让大吾代寻找马来向导和搬运工，准备取道麻风病院和达雅克人的村庄，这个令人激动的计划就在他苍老的迷茫中理出了头绪。

晒尔东租来了一艘大船并请来两个船工，大吾代请来一个马来向导和一个搬运工。两天后，我们出发了。我将霜儿托付给主麻，带着雪儿，大吾代负责照顾罗爷爷，我们一行八个人到卡江港口，从卡江坐船逆流而上。

刚到卡河，我几乎认不出它。雨季里它比原来的河道宽了两倍，而且河水变得浑浊而深不可测，水流湍急，旋涡四起，这与年前的卡河相比，差别太大了。还好我们的船只装备先进，向导路熟，我们取道还算顺利。与河道相比，雨季后的山野却变得秀丽可人，万里晴空下，红叶与绿叶闪亮鲜润，望着岸上的坡地，整个坡地就是件红绿相间纤尘不染的锦缎绸衣，在微风的吹拂下更显得轻柔撩人。

从卡江港到麻风病院，我们只花了三天时间。这一路算是非常顺利了。我将雪儿托给大吾代。马来向导领着我和罗爷爷上山去麻风病院，其余的人留在船上等我们。

当午后的阳光斜照在铁丝网上时，锈迹斑斑的铁丝网昭示时光荏苒，那走过的日子谁也记不清原初生活的定义。跟随主的嬷嬷们尤其如此，她们乐贫行乞，甘心看护喘息魔咒之下的麻风病人，她们为主流血却感激圣主圣恩。除了主，她们真的再也没有任何情丝了吗？

麻风病院门口，在“请勿靠近”的警示牌前，马来向导停住了前进的脚步，他和我最初看到这木牌的感受一样，拒绝再往前一步。我独自扶着罗爷爷敲响了木门。

珍妮嬷嬷在门口探出半个脑袋，她见到我时愣住了，她一眼就认出我来，但是，她不明白我为何会再次光顾这个是非之地。

“阿门，夫人里边请。”她打开了门闩引我们走进院子。

院长还是在原来的休息室一侧接见我们。当她听到珍妮嬷嬷通报我时，分明叫了一声“阿门！”她或许已经料到什么了。当我和罗爷爷走进屋子时，她正慌张地调整着身上的衣帽。她从靠椅上站起来，惊惶地望着我们，目光最后定格在罗爷爷身上。

“月汀？”罗爷爷沙哑地叫了一声，颤巍巍地朝她走过去。她愣在那儿，这就是她当年的阿龙吗？让眼前的人与记忆中的人对上号似乎并不容易，她或许还没有从时间的落差里醒过来，她应是看到那个强壮帅气的小伙子了，那个短衫里伸出粗壮双臂的小伙子，可是眼前的人，憔悴而无力，伸过来的手干瘪瘦削……她就那样发愣着，当他冲到她面前时，她似乎全然不知。他伸出手拂去她额前的白发。“月汀，是你吗？”这凄怆的呼唤，最终唤醒了她。“你？你……”她颤动着嘴唇，终是没能喊出记忆中的名字。“阿龙！我是阿龙哪！”罗爷爷抓住她的双臂。“你是阿龙？是阿龙？”她低声问道，像是呓语，她看着他，似乎不相信自己的眼睛。他紧紧地搂着她，泪如雨下。岁月无情地卷走了两个人年轻的容颜，相见时一切风华都已经不再，她任凭他紧拥着，硕大的泪珠默默地淌着经年的委屈。

我不忍再看下去，这一幕太让人伤心了。我静静地走出屋子，在隔壁的休息室里坐下。一会儿，隔壁传来断断续续的哭声，之后是隐约的对话。

“你怎么会在这儿？”他追问着。她似乎沉在悲伤里，并没有回答他。“你为什么躲在这种地方？这不是你该来的地方啊！”他痛苦地叫着，那叫声蕴含着说不尽的怜惜。

她终于开口了。“哦，阿门！仁慈的主会原谅你的。这儿是圣主的殿堂，只有这儿才能为苦难的人赎回罪过。”

“你不该，你真不该到这种地方！你怎么能跑这儿来呢？我抓破脑门都想不到你会在这儿！”

“是主引领我来的。”

“哦，主！我的上帝！你在这儿待多久了？”

“三十八年！整整三十八年！”

“真是不敢相信！你居然在这儿待了三十八年！三十八年来你都没想过下山？都没想过找我们？”

“我下山过。那个赤道碑旁，我没忘记，就在那儿，我将她交给了你。”

“一晃近四十年了！四十年啊，你离开我们太久太久了——

跟我回去吧！回到你该回的地方啊！”

“不。我不能离开这儿，他们需要我，这儿所有的人都需要我！”

“你难道不愿意和我，和伊丽娜一起过日子吗？”

“哦，伊丽娜，我的孩子，她在哪儿？她来了吗？”

“月汀，我们去找她，她离开好多年了。我们一起找她去，她在达雅克人的村庄。”

“达雅克人的村庄？”

“是的，达雅克人的村庄。船在山下等着，我们找她去……”

“哦，阿门！你将她嫁给了达雅克族土著？”

“哦，不，不！是日本人，日本人将她逼到深山里去了。”

“日本人！日本人都走了这么多年了，她也该回来了，不是吗？”

“是的，她该回来了，我们领她回来，就去领她回来……”

这是一段令人心酸的对话。四十年后，相爱的彼此并没有模糊曾经的拥有，时间可以冲刷青春与美丽，可是时间无法冲淡刻骨铭心的爱恋。

重新起航了。落日的余晖映照在长长的河道里，金色的浪涛在我们的船只周围翻滚着。傍晚，宛月汀上了我们的船，当她第一眼瞥见雪儿时，她动了动嘴唇，几乎喊出“伊丽娜”来。她呆呆地看着雪儿，直至我将雪儿领过来，她才伸出颤巍巍的手握紧雪儿的小手。一路上，雪儿表现得异常沉默，她不知道发生了什么，只说要去找妈妈。可是记忆中的妈妈已经很遥远很模糊了，她不知道她的妈妈现在是什么模样儿。在未见到妈妈之前，有人叫她拜见姥姥。姥姥，这对她来说是多么新鲜的词啊！当宛月汀握紧她的小手时，她看起来不知所措。在她看来，这只是一个修道院的老嬷嬷。这个她从未谋面的老嬷嬷如何又一下子变成姥姥了呢？一切来得太快了！尽管面前的老人面慈心善，看起来激动非凡，可是她看着那张布满皱纹的面孔却感到局促不安。在我和罗爷爷的要求下，她轻轻地唤了声“姥姥”。宛月汀握着她的小手几乎泣不成声。

船上，宛月汀将苍老的面庞紧紧地裹藏在黑色的修女服下，罗爷爷一路搂着她，他那呆滞迷茫的眼神散发出从未有过的清亮光芒。他不再沉默了，一路上絮絮叨叨。令人意想不到的是，卡河在他眼里就像一件旧睡袍，他说他闭起眼睛也知道卡河有几条支流。

他说那是四五十年前的事了，他跟随英国人穿梭于卡河与丛林之间，英国人对丛林的热情像吸鸦片上了瘾一样。

“我已经记不清楚自己多少次跟着英国人从这儿深入丛林了。我记得英国人收集长嘴甲虫、飞蛙、大树蛙、布鲁克巨蝶，等等。英国人总有办法捕捉到各色昆虫。他将捕捉到的昆虫制成标本，然后将所有材料寄回他的什么大英博物馆……”

“大英博物馆？”我打断了罗爷爷。这个似曾相识的词，听起来是那么刺耳，我想到小三，以及小三口中的詹姆斯。

“那个英国人叫詹姆斯？”我望着罗爷爷问道。罗爷爷惊惶地瞪大了眼睛，或许太突然了，他看着我足足愣了两三分钟。

“哦，冰儿，你……”

“小三。小三他曾多次提到英国生物学家詹姆斯。”我解释着。

“英国生物学家？他是生物学家？”他的眼神困惑而迷惘。

“哦，或许是，或许不是。我不能确定你们说的是不是同一个人。”

“可是，他就叫詹姆斯。他总是捕杀各种各样的动物，地上跑的，树上爬的，天上飞的，水中游的，凡是他看中的，总逃不脱他的枪管子。”

“他捕杀所有他想要的动物，甚至红毛猩猩，是吗？”

“是的，甚至红毛猩猩！”他沉重地点着头应着。

“那就是同一个人了。”我确定无疑了。

“同一个人？还有人认识他？”他嘟哝着，眼神惶恐而困惑。

“是的，小三认识他。”

“小三？小三是马来人的后代？”他惊惧地看着我。

“不，他是华人后裔。”

“华人后裔？他，他是搬运工李福生的后代？”他自语着垂下了头。“是的，一定是李福生，也只有李福生了……”我不知道是什么让他变得如此恐惧而沮丧。瞧那低垂的头，那慌乱的眼神，多么令人不可思议。不过，谁也帮不了他，那尘封的历史，只有他自己独自咀嚼其中的况味了。我不敢再追问，不过，小三的所有之于我已经不重要了，我的孩子跟李福生什么关系就更不重要了。

3

船已经驶到卡河上游，卡河河面越来越窄，支流越来越多。船工说我们要将大船泊在岸边，换成小船前进。

那是从麻风病院出来的第三天，我们换上小船重新上路。向导引着我们从卡河进入一条叫蒙准河的支流。由于小船的轻便，我们很顺利地驶入了那条小河。行驶几英里后，那小河变得越来越宽，河两岸的土地全都被淹没了。越往前，我们越是看不到旱地，如果马来向导没有对河道极其熟稔的话，我们很可能就迷路了。倒在河里的树和杂乱缠绕着的水草树枝总是挡住前进的路，为了继续前行，船工不得不割开缠绕物。

站在船上望着汪洋泽国，我既感到新鲜又感到恐惧，一直安详娴静的宛月汀，也露出了好奇而惊惧的神色。“阿门！这是一片泽国，我们来到了泽国，眼下除了水就是露着半个腰身的树。”她望着河道轻轻地说。

“是的，在这儿树木都要适应泡在水中的命运，你看那露兜树，干脆就横在水中长了。”罗爷爷轻轻地应着，并指向前方一棵横卧水中的苍翠大树。

罗爷爷的情绪是在宛月汀的影响下缓和过来的。他恐惧而慌乱的神色逐渐消逝了。或许男人总是渴望在自己心爱的女人面前有所表现，望着这茫茫的泽国，罗爷爷又一次敞开了话匣。

“露兜树？”宛月汀轻声呢喃着。

“是的。像露兜树这样的有很多，雨季里的丛林是新一轮生死较量的过程，树木需要适应水性。当然，除了树木之外，动物也要经历考验。会爬的动物可以往上爬，躲到树上，不过要从这棵树到那棵树的话，许多动物都得学会游泳，所以丛林里绝大多数的生物，都会潜水游泳。”

他指着远处的水獭给我们看，那是一只年幼的水獭，半个头露在水面上。

“瞧，那是优雅的游泳好手。我最喜欢它，我喜欢它捕杀食物时像游戏一样轻松愉悦。”他说这话时一点都不像一个老态龙钟的老人，他或许回到了当年，搂着宛月汀的他应该是一个英俊的年轻人，一个捕杀猎物像游戏一样轻松的年轻人。

“蚁群也会以树叶为船，适应不断变化的环境，火蚁会手牵手搭起竹筏，送幼虫到安全的地方。”当我们看到一片树叶上载满蚂蚁时，他兴致勃勃地说，“不过，漂在水面上并不安全，鱼会啄食被困在水面的昆虫。那逃难的蚁群通常是鱼群的盛宴。看那鱼群——”

他望着水面，左手指指向鱼群。“鱼群也是雨季里一道美丽的风景线。成群的赤蝶鱼在交错的树根与树之间寻找掩护，藏在水下成群结队的虎头鱼一有危险就一跃而起，那轻盈翻飞的白肚儿，就像满天飞舞的柳絮，当年在小船头，我一伸手在空中抓过一只自由落体的虎头鱼，不过，那是危险的经历，为了那只鱼我差点掉到水中。”说起早年的事，他显得神采奕奕。

“鱼游在花长过的地方，你一定觉得不可思议。可是现在，我们眼前就是这样一番不可思议的景象。“如果你有兴致的话，你可以站到船边来，我让你看看这些鱼和这些花树。”罗爷爷说着向宛月汀投去了询问的目光。宛月汀犹豫了一下点点头往船边靠了靠。“你看到了没有？那是成群的鲇鱼，它们游过的地方还长着鸡血藤。”

出于好奇，我也挤到罗爷爷身旁，依着他所指的方向，我看到了所谓的鸡血藤花，一串串紫色的花瓣像游动的花蝶。鱼群与“蝶群”相映成趣，这是多么奇特而非凡的景致！

青灰色的鲇鱼是我熟悉的。可是赤蝶鱼、虎头鱼在我却是很陌生的名词，一路上我都渴望见到罗爷爷描述的情景，尤其是鱼群抢食花瓣，那满天的飞花与翻转的鱼肚白的情形最令人向往。

我们的船在蒙准河里缓慢行驶，两天后才从蒙准河驶入另一条支流。一驶入这条支流，一切便有种似曾相识的感觉。这一条支流河面很窄，洪水拉近了陆地与河道的距离，河道里满是残枝败叶。船吃水很深，越往前，河道越窄，风越阴冷。猿声四起，风声鹤唳，令人毛骨悚然，这就是丛林深处，我几乎可以断定这是通往达雅克村庄竹桥的河道！罗爷爷站在船首，他目不转睛地盯着丛林深处，一脸凝重，谁也不知道他想到了什么。

船在这条支流上行驶了一天，傍晚时分，我听到熟悉的咬鹃声，隐隐看到孤独的望天树，我知道我们的目的地到了。竹桥挺立在前方，我叫船工靠岸。

通往长屋的小路泥泞不堪，两英里的路我们走了近一个小时。当那个像巨大的鸟巢一样的长屋展现在我们眼前时，它异常的宁静让我感到不安。一楼的生活垃圾传来阵阵暖烘烘黏糊糊的臭气。草坪残败不堪，经过洪水冲积，泥沙毁灭了它曾经的娇艳。而草坪尽头的小溪里，洪水依然轰隆作响，曾经嬉戏的孩子们不在了。我抬头望了望长屋，那三三两两倚在窗台纺织的老人们也不在了。他们搬家了？我难过地望着这看起来空荡荡的长屋。雨季才结束，他们这么快就搬走了？我招呼马来向导一起走上木梯。

那虚掩的竹帘，空荡荡的卧室，除了被当作桌椅的木桩外，其他东西都不见了。可以确定，那出猎的男人和采集食物的女人永远不再回到这儿了。沿着长长的走廊，我走到了伊丽娜阿姨的屋子。令人失望的是，这儿和其他的屋子一样。要强调这儿和其他屋子有什么不同的话，那就是这儿浓烈的草药味道了。可以确定，乌沅的伤并没有治愈，在不久前，这儿还煎煮着药师从丛林带回来的草药。乌沅走了，他是独自走的。小三说过，他会独自离开。而乌沅走后呢？小三带着所有人也走了？他们需要搬家，雨季里他们会将附近所有的果实吃个一干二净，他们已将草坪翻个底朝天。我默默地走出伊丽娜阿姨的家，往东头我和小三曾经的屋子走去。在这个不到十平方的卧室里，我找不到一点曾经的记忆，这儿连木桩都没留下。我站在窗口，眺望草坪，草坪上曾经的欢爱又莫名地跃入眼帘。我曾经多么厌恶这儿的一切，可是今天我却那么渴望见到那一切。我渴望见到光屁股的小三，我渴望见到达雅克人所有肥硕的屁股和丰腴的乳房。我不知道自己站在窗口多久了，当马来向导提醒我下楼时，我梦游一样跟着他恍恍惚惚走下楼。地上等待着的人已经烦躁了，罗爷爷他们追问伊丽娜阿姨在哪儿，宛月汀激动地盯着我。我不知道该说什么好。看着我失魂落魄的样子，他们似乎猜到了令人失望的结果。

“他们搬走了！全搬走了！”我摇着头抱歉地说。

“都走啦？他们会去哪儿？他们没有出事吧？”宛月汀终于忍不住了，她握着我的手，紧张得大口喘气。

我看着她，难过地摇了摇头。这样的结果并不是我想要的，我知道他们会搬家，但是我没有料到他们会这么早行动，雨季才刚结束。

“这儿不远处有棵望天树。”我转向罗爷爷，移开话题，“伊丽娜阿姨说她每次望着它就会想到你。”

“望天树？”他愕然地看着我。

“是的，沿着溪头走，不远。”

罗爷爷默默地转头向小溪走去。我紧跟在他身后。望着小溪，我想起那吉尔，那可爱的小脸蛋曾是溪头最灿烂的风景。我带着罗爷爷沿溪头走到河道，望天树就立在小溪与河道的交汇处。“它和那莫林子里的望天树长得一模一样。”我望着它说。

“当然，这是母亲，那是女儿。”他抬着头轻轻地说。

“母亲？女儿？”我惊讶地看向罗爷爷。

“四十多年前，我就是从这儿带走那棵小树苗的。”罗爷爷轻声说。

“你来过这儿？”我惊呼起来，不敢相信这是真的，四十多年前这儿是一番什么样的景象呢？

罗爷爷久久地凝视着望天树，他的眼神由恐惧到伤悲，由伤悲到痛苦，然后又由痛苦到恐惧。我不知道那一年到底发生了什么，可是我确定这儿一定发生了什么令人不安的事情。我很想问，可是始终不敢开口。或许是为了向宛月汀表白吧，罗爷爷面对望天树讲起往事。

“那一天，我跟着詹姆斯从这棵望天树底下上岸。最初走进这个林子时发现这儿是猩猩家族的乐园，詹姆斯喜出望外。他一看到猩猩就立即拔出枪管，他似乎已经习惯了捕杀。他全然不顾向导的劝阻，在这儿大开杀戒。红毛猩猩抱着孩子们从这棵树荡到那棵树，它们对于我们的入侵毫无防备。依然在河岸边三三两两地依偎着，在太阳底下互相捉虱子，将捉到的虱子扔到嘴里。它们很少关注我们，直到詹姆斯对准一只成年猩猩开了一枪后，它们才慢吞吞地爬回树上。当猩猩接二连三倒下时，它们才开始做最缓慢而原始的反击，从四面八方扔来折断的树枝，那是多么可笑的反抗啊！”他轻轻地苦笑着，停了下来。他沉默了良久，然后又慢慢地抬起头望着河岸。“我永远也无法忘记那个下午，当一只母猩猩抱着不满周岁的孩子出现在我们面前时，詹姆斯为了活捉小猩猩开始向母猩猩射击，母猩猩全身中了三枪，左臂和后肢受伤了。当她从树上掉下来时，依然紧紧地抱着它的孩子。它从地上挣扎着站起来，眼泪一滴滴从眼角渗出来。当詹姆斯抬起枪对准它时，我愤怒地推了詹姆斯一下，我不想再看到残忍的屠杀，那是一个伟大的母亲和一个可怜的孩子。我并没有想到我这一推会将詹姆斯推到河道里，当他在一片涟漪中被鳄鱼撕成片时，我和李福生及马来向导都惊恐地惨叫起来。谁也无法挽回悲剧。当河水在一片红色的涟漪中恢复平静时，那只母猩猩抱着孩子走到我跟前，它静静地看着我，好一会儿，它拎起了我胸前的赤道石吻了吻，然后慢悠悠地抱着它的孩子爬到树上。它抱着孩子从河岸这一头荡到了那一头，然后消失在丛林深处……”我惊讶地望着罗爷爷。红毛猩猩？那个伟大的母亲和可怜的孩子？我明白了！阿玛？尤素夫？“四十多年了，它们并没有忘记赤道石。”我嘟囔着，“它们并没有忘记赤道石。”

四十年，多么漫长的岁月，我恍然明白——红毛猩猩，这个被称作森林之人的动物，它们看起来比我们中的某些人更懂得感恩！

“由于对詹姆斯的死我负有直接的责任，当李福生和马来向导决定回赤道城时，我不敢面对现实，留在了一个达雅克人的村庄中。在那个村庄里，我娶了一个姑娘为妻，五年后我才决定回赤道城。在回赤道城之前，我又来到这棵望天树下，从这儿带走了一棵小树，我希望自己能像望天树一样，看到蓝空，看到太阳，看到所有生活的希望。这棵小树就是现在那莫唯一的望天树！”罗爷爷突然停下来，他凝视着望天树，像一个虔诚的基督徒对着耶稣做着不尽的忏悔。他突然朝着望天树小跑过去，我们谁也不知道他要做什么。我们只看到他从望天树上取下了什么。他紧张地看着手上的东西失声叫着“伊丽娜”。我和其他人都朝他走过去，当我瞥见他手心上的赤道石时，我也忍不住惊叫起来：“伊丽娜阿姨的赤道石？”。

“赤道石，月牙朝东。”宛月汀从罗爷爷手上抢过赤道石，痛苦地说着。

第九章

赤道碑旁的尸体

1

那一年没有找到伊丽娜阿姨，罗爷爷并没有说服宛月汀回到赤道城。宛月汀仅仅带着赤道石回到了她的麻风病院。而罗爷爷回到赤道城后的第二天便收拾衣物离开了，他叫上向导和船工上山找宛月汀去了。他这一去就是十年，十年来他没有再回来过。在这十年间，我们每一年都会上山两次，一是看望他们，二是送些物资上山。麻风病院是很容易被人遗忘的角落，除了教会的救济外，它几乎得不到社会的资助，物资匮乏是这儿长期存在的问题。

令人遗憾的是，伊丽娜阿姨始终没有回来过，宛月汀至死都没有再见到她。宛月汀死时非常痛苦，她在病榻上躺了半年多，全身长满恶疮。晒尔东从赤道城带去的医生换了一个又一个，但是谁也没能治好她。曾有几人怀疑她染上了麻风病，但是，这种猜疑是多余的，她或许是因为卧床太久导致血液不循环而生出了那许多恶疮。当然，热带雨林潮湿而闷热的气候加剧了恶疮的漫延与溃烂。她侍候主大半辈子，可是仁慈的主并没有在最后时刻让她少受点罪。在最后的日子里，她整整七天七夜没进食。她像个植物人，偶尔转动的眼神告诉你，她还活着。她身上不断散发出恶臭，看你的眼神令你想到地狱里的绝望与无助。她为什么一直无法闭上眼睛呢？伊丽娜阿姨是我们想到最多的理由。我曾又一次带上向导和船工进入达雅克人的长屋。长屋已经破败不堪，我甚至无法再蹬上那长长的木梯。我知道他们没有回来过，他们是丛林的牧羊人，他们的家遍布广漠的雨林，他们不会回来了。就在最后的那个午夜，她闭上了双目。看着这个用一生来赎罪，最终依然没有得到仁慈的主护佑的女人，我痛哭失声。罗爷爷躺在她的旁边，他已经为她耗尽了所有心血，干枯的眼睛已经流不出泪了。他只是静静地搂着她，全然没感觉她周身的恶臭，他甚至对那恶疮里渗出的黏稠的浓液毫无察觉。他就那样静静地搂着她，直至她闭上眼睛，直至人们将她冰冷的身躯从他身旁强行拉走。

罗爷爷是在宛月汀入殓那天闭上眼睛的，他是静悄悄地闭上眼睛，他是赶在棺木合盖前闭上眼睛的，以求和她一路同行罢！

罗爷爷和宛月汀死时，雪儿已经长成美艳绝伦的大姑娘了。她在雅加达艺术学校学习音乐，此前立衡也从赤道城调往雅加达。我并不知道雪儿和立衡是哪一年相恋的，当年将雪儿托付给立衡并寄宿在他学校时，立衡是年轻有为的校长，而雪儿是他学校的学生。我从未想到立衡和雪儿会走到一起，但是，当他们即将结婚的消息传回来时，我和晒尔东都惊讶不已。

那一天，我从工厂里出来觉得天色尚早，便拐到了苏菲家。黎凯还在学校没有回来，家里只有苏菲和她的小儿子。

“嘿，冰儿，真难得见到你这大忙人。”一进门，苏菲就笑着迎向我。

“来看看小志儿啊！你看他都长这么大了，我才见过两次呢!”我说着便向地上的志儿伸过手去，他正趴在地上好奇地瞪着我。

“小志儿越来越像你了，看这圆圆的大眼睛，这肥嘟嘟的脸蛋儿。你家尽是生产帅哥啊！”我抱起他，心里略感酸涩，如果没有流产，我的第二个孩子或许也有这么大了。

苏菲看着我笑着：“冰儿，你也不赖嘛，你家尽是产美女。哦，你家的雪儿马上要出嫁了吧？”

“什么？你听谁胡说了！你知道她还没毕业呢！”我笑着应道。

“人家早就名花有主了，没毕业有什么关系呢！我是说真的，听说是要在她姥姥百日内成婚。”苏菲认真地说。

“这是哪门子事？我家姑娘，怎么你比我还清楚！”我看着她笑着，只当这是笑话。

“黎凯前天从雅加达回来说的。他说，立衡准备结婚了！”

“哦？立衡结婚是好事嘛，他也该结婚了，你看你们家的大小子都快赶上他了。”

“冰儿，你真是不知道啊！”苏菲瞪着我问。

“知道什么？”我疑惑地看着她。

“就是立衡和雪儿的婚事啊！”苏菲认真地说。

“立衡和雪儿？这是哪儿对哪儿呀？”我惊讶地望着苏菲。苏菲微笑着，那眼神告诉我，这一切并不是闹着玩的。

我们确切得到消息是在两天后。当雪儿带着立衡出现在红房子时，我便明白是怎么一回事。我并不讨厌立衡，可是他和雪儿毕竟不是同一代的人，他比雪儿整整大十五岁。晒尔东并没有提出异议，他尊重雪儿，他也要我尊重雪儿的选择。当我按照罗爷爷的遗愿将他和宛月汀葬到赤道碑旁边时，雪儿带着立衡第一次看望二老。

雪儿和立衡的婚礼是在办完罗爷爷和宛月汀的丧事后的第三个月举行的。我已经记不清当时的婚礼有多么隆重，没有罗爷爷主持，也少了些许潮汕人的味道。只记得那天立衡带来许多人，红房子被围得水泄不通，舞会是婚礼上最经典的节目。那个晚上，雪儿美得让所有女人妒忌。那一晚，我欣慰地望着她幸福地倒在立衡坚实的臂弯里。晒尔东是正确的，我想，如果伊丽娜阿姨还在的话，也会和我一样尊重她的选择，因为立衡使她成了最美丽的女人，她也会是最幸福的女人。

雪儿毕业后不久便回到赤道城艺术学校当老师。她并没有留在雅加达，我想最主要的原因是她深爱着赤道城，深爱着那莫的红房子，以及红房子里的所有人。半年后，立衡也调回赤道城了。如果故事可以这样结束的话，我想公主与王子的结合是最让人向往而满意的。可是，现实并不只是美好的，当上帝在创造美好时，或许已做了破坏的准备。

雪儿与立衡的幸福生活只维持了三年，在这短暂的三年里，雪儿就像一个快乐的公主。当一九六五年的钟声敲响时，谁也没想到这会是丧钟。

军队是在不知不觉中潜入赤道城的，作为印共的忠实拥护者，立衡成了军方的首要逮捕对象。夜里，他带着雪儿仓皇而逃时，他只知道变动开始了，并不知道事变是什么样的性质或者说事变会如何发展，这或许就是他在丛林躲避一年后，带着与军方和解的美丽幻想毅然回到赤道城的原因。达雅克人的村庄曾是他的大本营，他带着雪儿深入丛林是唯一选择。在逃亡的路上，他们偶然遇到了小三，可惜那时，伊丽娜阿姨已经不在了。小三已经不是原来的小三了，更确切地说，小三已经是珀南人的新首领。是小三帮助立衡躲过一劫，并派达雅克青年护送他们下山的。悲哀的是，等待他们的是冷枪。在那个火红的落日下，那个凄清的赤道碑旁，雪儿和立衡死在了乱枪之下，就算有当年那令人闻之色变的达雅克毒箭，也没能阻止悲剧的发生。

2

我和晒尔东是在事发后的第二天得到消息的。当我们赶到赤道碑旁时，立衡的尸体已经不在了，雪儿孤独地躺在血泊中，一团金苍蝇紧紧地裹住她的身躯，我无法相信这样一个如花似玉的女孩会被如此杀害。当时的惨状我已经找不到词汇形容了。当我晕倒在雪儿身旁时，我便再也没有机会看到她了。我醒来之时，晒尔东已经将她收棺。我决定将她埋葬在赤道碑旁，那儿是她母亲的再生地，那儿也有她的姥姥和罗爷爷，我想她会喜欢待在那儿的。雪儿的墓地里留着一个空穴，那是为立衡准备的。很不幸的是，我们始终没有找到立衡的尸体，军方自始至终都没有交出他的尸体。

因为政治立场模糊而受牵连的人成批成批地倒下后，我以为所有的悲剧到此应该画上一个句号了。可是，从没想到更不堪的事情还在后面。

两年后，当达雅克人从山上汹涌而来时，当午夜里那莫华人家门口被纷纷摆放上一块盛满鸡血的碗时，我嗅到了令人窒息的血腥味儿。我没有忘记伊丽娜阿姨曾经提到过的猎头族，那鸡血带来的种族复仇，那血流成河的长屋。可是，若干年后，那野蛮的屠杀被禁多年后，却突然像黑暗的旋风盘旋在华人居住区的上空。我和晒尔东早早去了赤道城，我们不经意地躲过了那场浩劫。可是，在赤道城的街头，我们躲在暗处惊惶无助地望着达雅克人用刺刀挑着华人的尸体游街。我们没有去工厂，我们就近将车子开进了黎凯家。我们在门口被堵住了，黎凯的屋子已经燃烧殆尽了，而志儿，志儿那胖嘟嘟的小脑袋却挂在一个达雅克青年的长杆上。一切都晚了，我伏在车窗上发着抖，已经哭不出声来，我望着达雅克青年扛着标枪，提着长矛，横冲直撞地从这一家跑到那一家，被拎住头发的妇女哭号着从屋中被强拖出来。被刺的华人青年的鲜血染红了衣物，飘舞在达雅克人的手中，远远看去就像一杆红色旗帜。没有任何哭喊声了，只有鲜血在告知那是一个人，一个尚在淌血的人。黑烟从黎凯家弥漫向四周，整条街都陷入熊熊的烈火中。我紧紧地抓着车椅，我无法控制自己，我瞪大眼睛发出撕心裂肺的哀号，我咬住嘴唇抖个不停。晒尔东一边开车，一边腾出一只手紧紧地搂着我，他知道不能在这儿久待，他突然发现达雅克人满街驱逐与追杀的全是华人。他急中生智，将车子驶到苏丹破败的宫殿中。苏丹的孩子出来迎接我们，我们在他家里躲过了一劫。那时，我们感到最幸运的就是霜儿当时不在赤道城。晒尔东很有见识，他在去年将霜儿送到新加坡念大学了。

赤道城和那莫村庄遭到前所未有的破坏，我们的工厂已经化成灰烬，我们的种植园也被毁掉了，那棵擎天的望天树倒下了，只有红房子完整地保留着。事后，主麻说是她和大吾代保住了房子，整个那莫所有华人的房子都被毁了，只有红房子留下来。或许，当时马来仆人的确起到一定作用。

那莫河道里，红色的河水淌了三天三夜。我始终没能从那惨绝人寰的事变中清醒过来。我只叫嚷着要离开那莫，离开赤道城，离开婆罗洲。我想起了香港。我要回香港。父亲与母亲在日本占领期间被害了，他们葬身何处我一无所知。就是从这一天开始，我从未有过地想念他们，想念香港。晒尔东同意带我离开这儿，他是一个好丈夫，当他递给我船票时，我从心底里感激他。那一天应该是我所有转变的开始，我发现自己已经不能没有他了，他要成为我真正的爱人了，他似乎已经成了我真正的爱人。一民、崇明叔叔、小三他们在他面前似乎已经变得像一戳就破的泡沫。是的，在这个世界，他们是一碰就破的泡沫，只有晒尔东才是我真真切切的依靠。

那天中午，我收拾好行囊，在离开前与红房子做了最后告别。我从一个房间走到另一个房间。当我走进崇明叔叔和伊丽娜阿姨的卧室时，我不经意间在零乱的书堆里发现了一本英文笔记，当我翻开首页时，“布朗克·詹姆斯”赫然出现在我眼前。我因好奇往下翻看，在主人潦草的字迹里，我分辨出了“英格兰”以及“丛林”等字样。我知道这是谁的手迹了，我可以肯定这就是小三口中的詹姆斯日记。小三？看起来貌似崇明叔叔的小三？哦！我几乎不敢想象这一切会是真的。我并没有将这一切告诉别人，我悄悄地将詹姆斯的日记装进手提箱。在香港尖沙咀广场的紫荆大厦上，每每翻开詹姆斯的日记，我都一次又一次地确认小三就是崇明叔叔。小三就是崇明叔叔，这是我心中的秘密，我一直没有将这个秘密告诉任何人。

在香港的日子平淡而乏味。二十年之后，我们收到来自赤道城的消息，通知我们去领取立衡的骨灰。我们再次回到赤道城，将立衡葬到雪儿旁边，尽管葬礼迟到了二十年，但是，我相信雪儿会愿意看到她的爱人的到来。葬完立衡，我提议再去看看长屋，晒尔东犹豫了，他没有忘记当年达雅克人的残暴。当然，我也没能忘记。不过，有消息说，当年达雅克人是被军方利用了，军方向他们散布了仇恨华人的谎言，他们的单纯让他们上当了，他们抡起了仇恨的长矛冲向华人，无形中充当了军方的杀人工具。

“不会再有那样的事情发生了。”为了说服晒尔东，我选择相信达雅克人。当然，我是怀着极其侥幸的心理去看长屋的。晒尔东租来了船只并雇了工人。我们又一次从卡河坐上开往丛林深处的船。

卡河还是当年的卡河，河道依然漂满长长的杉排，那个被认为取之不尽用之不完的丛林，一年又一年地给木材商人生产着各色优质木材，那长长的卡河印证着一批批木材商人的发家史。谁也不知道从卡河漂下的木材到底有多少，数十年来，这已经是一个盘大而复杂的数据了。向导引着船工，我们的船在卡河上飞速前进。我知道，现在的船已经不是当年的船了，不到三天，向导便告诉我到达目的地了。当我坚持向导走错路时，那笔直的望天树却告诉我，这就是丛林深处，这儿就是当年珀南人暂时的家。可是，我又怎么能相信，那小小的河道比以前宽了两三倍，而那河岸上的林子已经不是当年盘根纠缠的原始密林了，这儿是一个种植园，一个棕榈园，一个工业园区，我想，从这儿出口的棕榈油在香港一定能购买到，看到厂房上的“南亚金鑫”时，我觉得极其眼熟。我并没有上岸，只站在船头久久地凝视着望天树。过了好一会儿，我叫船工掉转船头回家。我想，不上岸是明智的，至少记忆中的长屋永恒存在着。

第十章

香港的夜空

深夜里的露水无声地润湿了眼镜，眼前一片迷蒙。香港岛灯火依然灿烂，高低错落的建筑中各色霓虹灯交织着，平静的海湾上空拉出一条条闪烁不定的金色火蛇。我沉浸在过往里无法自拔，往昔一旦回溯起来，心也随着过往变得沉重而迷惘。赤道城，那个我已经离开二十五年的小城还会如往昔充满暴力和血腥吗？答案应该是明确的，被挤到边缘的华人在那片神奇的土地上筑一个家不容易。

“冰儿，宛月汀至死也没说出伊丽娜是谁的孩子吗？”一民拥着我望着远空低声问，很明显他对这个不幸的女人充满好奇。

“她说了。她在病榻前告诉罗爷爷，伊丽娜阿姨是荷兰人的孩子。可是——她并不知道伊丽娜阿姨是哪个荷兰人的孩子。”

“她并不知道是哪个荷兰人的孩子？”一民惊讶地瞪着眼睛。

“那一年，荷兰公司有一个新矿开采计划，他们想让苏丹出面说服马来人将土地交出来。荷兰人三番五次地造访苏丹家。一天晚上，她刚洗完衣服，在苏丹家喝醉酒后的三个荷兰人尾随她回到卧室，强行占有了她。她只知道伊丽娜阿姨是荷兰人留下的，但是她不清楚到底是哪一个荷兰人的孩子。”我长长地叹了口气。

“哦！真不幸！”一民轻轻地摇了摇头。

“这或许是宛月汀不敢将伊丽娜阿姨留在身边的原因，她怕孩子问起父亲。”我望着香港的夜空，仿佛又看到那个不适应强光而不断拉扯修女服的老人。“非常不幸的女人，她最美丽的时光被荷兰公司的矿山妓院占据了。当她千辛万苦逃出妓院时，沦为洗衣女。可是，尽管如此，荷兰人终究没有放过她，使她怀上孩子而毁灭了最后一点虚弱的等待。她将伊丽娜阿姨交给罗爷爷时，或许就做好消失的准备了。她选择进入麻风病院就意味着她不想再回来。她真在那儿一待就是大半辈子。如果说她回来过，那便是她逝世后的事了。她病重时，罗爷爷想带着她回到那莫村庄，她拒绝了。她说她活着绝不下山，死后可以葬到赤道碑边上。她拒绝下山，她害怕山下的人，她害怕再次受到文明人的野蛮糟蹋。只有死后，她才会回来，回到赤道碑旁。赤道碑，那是她将伊丽娜阿姨托付给罗爷爷的地方，那儿也是她等待罗爷爷的地方，她生命的终点可以定格在那儿，她或许希望能从那儿从头来过。"说到这儿我不禁哽咽。这是爱一个人与等一个人的分割线，在跑道上转了一圈又一圈，最终渴望的还是回到原点。

"是的，能够回到原点似乎也可以满足了。"

"或许吧！"

"就比如我们。能够跟你并肩站在这儿看香港夜色，我现在已经很知足了。"一民长长地叹了口气。

"嗯！或许我也应该满足了。这么多年来，闲时总喜欢想着我们此生的遇与不遇。如果有朝一日再相遇的话，我们将以何种方式出现呢？也许在街上、公园，或菜市场。我买菜时突然抬起头看到你，或者你就是某个店老板或商贩。许多相遇的方式我都想过了，可是唯独让孩子们引见我们的方式没想过，从没想过。"我望着维多利亚港那扑朔迷离的水灯，更感慨万千。

"是的，这世间的事就是猜不透，我也从未想过会因为孩子们而让我们相遇。哦，霜儿与小儿的婚事你不会有意见吧？"

“还能有什么意见？你不要嫌弃我家霜儿就好了。”我微笑着看向他。

“哈哈，没意见就好。他们两个人的婚期都定下来了。”

“哦，这么快呀！霜儿都没跟我提过呢！”

“现在的孩子，都不用你我操心了。他们都长大了，三十好几，该成家了。”

“是啊，该成家了。要是以前，这种年纪都快当奶奶了。”我说着伸出手紧紧握住了他的手。认识他时才十五岁，当我知道自己爱上他时，也才十七岁，如果我们顺利成婚的话，二十年后我未尝不可能当上奶奶。看着他深邃的皱纹，我又一次将目光移向了远空，远空忽闪的星斗显得疲惫而乏力，星斗何曾不像这岁月一样，一成不变地转动着？

“冰儿，迟了，让我们躺一下吧！”他搂着我向里边的躺椅走去。当我看到他沉沉地靠在躺椅上时，我知道他真的老了。他一屁股坐在躺椅上时，吃力地扯着衣襟，想拿起被压在身下的小扇子，一片白色的纸片从上衣口袋掉了下来。他艰难地挣扎着，想站起来捡纸片，我已经伸过手将它捡起来了。

“这是什么？”我拿着纸片问。

“名片，我的名片。”

“你的名片？”我好奇地趁着灯光端详起来。“南亚金鑫棕榈油业有限公司董事长”几个字赫然展现在眼前。

“南亚金鑫——”我失声惊叫起来。

“冰儿，你怎么了？”他惊慌地伸过手抱住我。

“你就是那个将丛林变成棕榈园的人？”我惊惶地看着他。

“哦，冰儿，我还以为发生什么事了。”他松了一口气，微笑而自豪地看着我。“那只是我旗下的企业之一。你知道南亚这几年发展很快，我只是在一个军方高官的帮忙下，在那儿立稳了脚跟而已。”

“一民，你是如何发家的?”我紧紧地盯着他。或许我的眼神太过犀利了，他耸了耸肩望向远方。

“你知道的，流浪到婆罗洲时我放弃了教职。期间，我弄了辆自行车开始当小贩卖咖啡。我就是穿梭在街头巷尾的商贩，那个按着车铃喊着木瓜恰恰的小贩子。当日本人入侵赤道城时，我还日复一日地奔走在一个个偏远的小山村里。我并不像立衡那样对共产主义充满热情，但是我很明白谁是好人谁是坏人。当一个军官逃到小山村时，我确信他是好人，并且用我的方式搭救了他，可以说，那两年我几乎成了他的通讯员。当时，我并没有想到若干年后，他会是那个千岛之国的将军。他走后，我在那个村庄安身立命，我用当商贩赚来的钱开辟种植园。战争断绝了我回去找你的愿望，我在那儿成家立业了。就是从那个小村庄开始，我从一个咖啡种植园主变成了一个大企业家。当然，在这数十年的过程中，我和所有的华人一样起起落落沉沉浮浮。我曾经也是达雅克人追杀的华人之一，我的第二个儿子就死在达雅克人手中。不过，我比其他华人幸运的是，我早年搭救的人找上门来报恩了。他帮助我扩大种植园，他帮助我办工厂，他还特准我从事普通人无法参与的商业贸易，比如早年的丁香和面粉贸易。现在你看到的这个金鑫棕榈油，只是我众多产业之一。”

“哦，你是一个多么幸运的人。看来霜儿说的没错，浅水湾最高尚的别墅是你的，你的私人飞机可以与美国总统座驾相媲美。”

“冰儿，你似乎并不高兴听到这些好消息？”他犹豫而困惑地看着我。

“不，我只是无法理解为什么丛林被一点一点毁掉。我看到卡河那堆积成山的杉排，我看到丛林被棕榈园取代时，我就莫名地难过痛心。我没有忘记珀南人的家园。珀南人说天上落下一颗星星，地上才会倒下一棵树。现在天上的星星越来越少了，因为地上倒下的树越来越多了。我不知道当珀南人看到这成片的老树被残暴地砍伐时，会有什么样的感想。”我痛苦地倒吸了一口冷气。

“是的，达雅克人抵抗过，他们的毒箭杀死了不少无辜的工人。不过，军方出面，局面扭转了。军方不会让达雅克人再像野人一样在丛林中流浪，他们也不希望达雅克人永远像动物一样跑来跑去。”他静静地望着夜空说。

“哦，上帝！野人？动物？你不理解他们，你没有权力这样说他们。军方，军方是掠夺的始作俑者。”我愤怒地叫起来。

“冰儿，你……”他转向我，脸上满是惊慌的神情。

“丛林是他们的伊甸园，过去是，现在是，将来也应该是。除了他们之外，丛林里生存着千万种生物，毁了丛林就是野蛮而残忍地剥夺了这千千万万个物种的生存权利。我不希望众多尤素夫们的哀号将是丛林最后的绝唱。当最后一个游猎的珀南人流着眼泪走出雨林，走进固定的居住点时，天上的星星就和参天大树一起消失了，就像这香港冷静的夜空，繁星将不复存在。”我激愤地看着他，痛苦地说着。我从来没有像这个晚上明白过。这么多年的反思，我已经明白了小三的选择，我明白了伊丽娜阿姨的选择，我甚至明白了宛月汀的选择。很多时候我不得不重新思考谁是野蛮人。悲哀的是，在这样的夜空下，我看着一民，看着这个我牵挂一辈子的人时，我想到躲在他背后手握重器的推手时，我瞬间明白了谁是野蛮人！

“丛林是万物的家园，丛林是生存于丛林的动物和人共有的，谁也没有权利掠夺和驱逐他们，谁也没有，没有！”我轻轻念叨着。

我知道，我必须改变走进浅水湾别墅的计划了，在这之前，我一直向往着他的别墅，在这之前我决心跟他携手走完最后一段。可是，这之后，所有的一切都不一样了！